蓮田善明論

戦時下の国文学者と〈知〉の行方

奥山文幸　編

翰林書房

蓮田善明論　戦時下の国文学者と〈知〉の行方◎目次

III

はじめに

本書は、蓮田善明研究会における共同研究の成果である。日本近代文学研究の領域では、蓮田善明について初めての共同研究論集になる。

蓮田善明研究会は、九州に在勤する日本浪曼派研究者を中心に首都圏在勤の研究者にも呼びかけて二〇一一年六月に発足し、以後、熊本学園大学を会場として二〇一六年三月の第二五回例会まで準備期間も含めて約五年間続けられた。この間、熊本における研究会活動の中心を担ったのは、浦田義和（久留米大学）、坂元昌樹（熊本大学）、五島慶一（熊本県立大学）、河田和子（当時は尚絅大学）、野坂昭雄（当時は大分県立芸術文化短期大学）、中野貴文（当時は熊本大学）、長澤雅春（佐賀女子短期大学）の各氏である。

蓮田善明研究は、戦中期ファシズム研究としてもまさにこれから始まろうとする研究領域のひとつである。研究会発足当時は、それまでの一〇年間ほとんど見向きもされていなかった蓮田善明研究に戦中期日本の問題を新しく発見したいという期待をもっていたが、本書によってその一歩は踏み出せたように思う。

この五年間の研究発表内容は、「蓮田善明と佐藤春夫」、「保田與重郎と折口信夫」、「国文学からの出発――戦前の西郷信綱について」、「蓮田における長明・兼好」、「昭和一〇年代の〈森鷗外〉」、「保田與重郎の英雄論とグンドルフ」、「蓮田善明と『古事記』の時代」などであり、昭和一〇年代の問題を多角的に検討した。

なお、蓮田善明研究会の会員外から、原善、茂木謙之介の二氏に執筆をお願いした。二氏それぞれの専門領域からの考察を必要としたためである。

本書は三部構成になっている。

第Ⅰ部では、蓮田善明が唯一残した小説『有心』について論じた。それぞれの論考は、従来にない新しい視点から書かれており、今後の『有心』論研究の出発点となるだろう。

第Ⅱ部は、蓮田善明と古典について論じた。このテーマは、本研究会における研究発表の中核をなすもので、蓮田における鴨長明や本居宣長の受容の内実を明らかにしようとした。日本中世文学を専攻する中野貴文が本研究会の議論に参加することで、本研究会全体の意識が古典文学研究者としての蓮田善明像をより明確にする方向性をもつようになった。近代文学研究としてはやや越境的な試みをしたが、これが本研究会を特徴付ける重要なひとつでもあった。

第Ⅲ部では、蓮田善明と同時代作家について論じた。本研究会の五年間を通じて、昭和一〇年代における佐藤春夫の問題が未解明であることについて気になっていた。河野龍也の論は、それを解明する確実な一歩となるだろう。また、蓮田善明と川端康成についての比較研究は、原善の論が初めてのものになる。

二〇一六年三月の例会で今後は出版に向けて執筆期間とする旨の確認をしたが、その一ヶ月後に熊本地震があった。この困難を克服して執筆に励んだ寄稿者各位に深く感謝する。また、本書の企画を快諾していただいた翰林書房の今井静江さんにも深く感謝する。

奥山文幸

二〇一七年六月

I

独語としての対話――『有心』を読む保田與重郎

五味渕典嗣

1　批評と待つこと

　批評とはいかにも厄介なジャンルである。現在への問題意識を欠いた単なるジャーナリズム上での自己宣伝でないのなら、それはつねに、すでに書かれた何かに対する応答であり、すでに起こった何かについての立論であり、すでに流通しているイメージにかんする検証としてある。批評とは本性的に二次的な言説なので、つまるところ批評は、ひとりで思考を紡ぎ出すことができない。だから批評家たちは、〈いま・ここ〉でみずからの思考の同伴者となってくれるテクストを必死になって探し求める。同じ時代に活躍している書き手の著作にそれが見付けられた批評家は幸運だ。懸命にアンテナを張って、当たりを付けて見当たらなければ、過去のテクストのアーカイブを探せばよい。古典テクストを含めて考えれば日本語には一三〇〇年分ぐらいの文の蓄積はあるのだし、場合によっては、異なる言語で書いたり考えたりしたものだってある。実際に日本語の文脈でも、少なくない批評家たちが、翻訳を通して出会ったテクストや思考と協働し、読者にとっての〈いま・ここ〉へと引き出してきたはずである。

　それでも適切なテクストが見当たらない場合はどうするか？　批評家は原則としては読み手でしかないから、到来するテクストをじっと待ち続けることしかできない。あるいは、そんなテクストが訪れうるコンテクストを、期待の地平を辛抱強く耕し続けるほかにないだろう。「諸君は多数派である」とブルジョワたちに呼びかけた「一八四六年のサロン」のボードレールが、「正当であるためには、つまり存在理由をもつためには、批評というものは偏向的で、情熱的で、政治的でなければならない、つまり、排他的な観点、だが最も多くの地平を開く観点に立ってなされなければならない」と書いたのは、まさにそのことではなかったか。[*1]

だが、あくまでそれは机の上での話である。ひとはなかなかそこまで辛抱強くはなれないものだ。とりわけ、〈いま・ここ〉の読者に直截に訴えたいという思いが強いほど、批評家は焦り苛立ち、テクストを、作家を待ちきれなくなるだろう。そうなれば、少しでも自分にとって望ましい思考や主張に通じるテクストと出会ったと直観してしまったとき、いささか強引にでもみずからの論脈に引き寄せて、ことさらに言挙げし、言祝いでしまうという事態が起こりうる。テクストの論理を特定の立場から代補し、過度に我有化する批評ならではの陥穽にはまり込んでしまうのだ。わたしが思うに、一九五〇年の保田與重郎にとって、蓮田善明『有心（今ものがたり）』（『祖國』一九五〇年五、六月）とは、そのようなテクストではなかったか。

保田は、『有心』特輯が組まれた『祖國』一九五〇年一一月号に、この作について次の「感想」を寄せている。

小生の感想の結論――むしろ発足点を云へば、もしこの「小説」が、戦後の年若い作家の携へてきたものだつたなら、自分はどれ程うれしく心躍らせただらうかといふことである。といふのは、もうそれによつて、日本文学の明日が安心できるからだ。戦後の若い作家の描くものは、健康とか、頽廃とか、肉体とか、虚無とか、絶望などとはいつてゐるけれど、それはこゝ「有心」に描かれてゐるものの、皮相にさへたどりついてゐない。

しかし「有心」は戦前の人、しかも遺作として、この作者の後の作を望めない。異常の気持をもちつゝありふれたことに広大無辺な感動を味ひ、つねにありふれたことの奥に広大無辺なかのものと眺めることの出来た「この眼」、この「古代の眼」は、今はない。（「古代の眼――「有心」に対する感想――」、傍点は原文。以下同じ）

保田は、『有心』の書き手が〈いま・ここ〉にいないことを、心から惜しんでいる。それは、戦時期に「後鳥羽院以後隠遁詩人の列伝をものしてきた文人」として、生活世界からの退隠・隠遁を主題とした『有心』に、思想上の親縁性を感じたというだけではたぶんない。ここから始められるはずなのに、永遠に始めることができない――。喜びの中に哀しみが、出会いの感激と別れの絶望とが複雑に入り混じったこの両義的な感慨は、同じ号に保田が寄せた次の立言を重ねてはじめて、その真剣さ・深刻さを理解することができる。「我々はこの思想を、文学として小説として描く、一人の天才の出現を期待してゐます」「その天才の名によつて、この思想は記録されるべきです。この思想はさういふ文学作品によつて、初めて完全に、あまねく、けだかい、「慟哭」の形象を具して表現されるからです」（「絶対平和論拾遺」『祖國』一九五〇年一一月）。

すなわち、保田與重郎は衷心から待っていたのである。『絶対平和論』の思想に、小説として文学として生命を吹きこんでくれる書き手のことを。「日本の最もすぐれた精神の、その魂の中にかくれて存在してゐるおもひを、描く人」の到来を。『有心』は、そんな保田によって改めて見出され、読み直されていく。だから保田の『有心』の読みには、彼の問題意識・問題関心にもとづく、微妙だが決定的な傾斜が加えられてしまっている。

本論でのわたしの関心は、一九五〇年の保田與重郎が『有心』をどう読んだのか、ということにある。よって、この拙文は蓮田善明の思索を取り上げた考究ではないし、テクストとしての『有心』自体の理解・解釈を深めることを目的としていない。『絶対平和論』を書きついでいた保田は、『有心』の何を見、何を見ず、どんな文脈へと位置づけようとしていたのか。あるいはわたしは、ひどく些細な問題にこだわっているのかも知れない。しかし、ここではあえて、保田と『有心』との出会い／損ねについて、少し立ち止まって考えてみたいのである。

2 『絶対平和論』とは何が〈絶対〉なのか

一九四八年以来〈公職追放〉処分下にあった保田與重郎は、当時の活動拠点だった雑誌『祖國』一九五〇年一月号の社論「祖國正論」の冒頭に、「絶対平和の根拠と日本人の心構」と題した論説を発表した（初出発表時は無署名）。やはり当初は無署名で発表され、のちに敗戦後の彼の主著として知られていく『絶対平和論』（まさき会祖國社、一九五〇年）の起点となった文章である。

「講和問題があわただしく論議され始めた」という一文から稿を起こす保田は、「日本人が永世平和をうち立てるについて、一二の国家、あるいは国際的連合勢力の被護又は保証によつて、可能であると云つた甘い考へ方を、日本人は果してすす得るであらうか」と問いかける。一九四八年八月の大韓民国政府樹立宣言、翌九月の朝鮮民主主義人民共和国政府建国宣言、一九四九年五月のドイツ連邦共和国臨時政府、一〇月のドイツ民主共和国の誕生、同じく一〇月の中華人民共和国の成立と一二月の蒋介石国民政府台湾移駐と、アジアとヨーロッパでやがて冷戦体制と称される国際秩序が急速に構築されていく中で、アメリカ合州国を主軸とする西側との〈単独講和〉でも、ソビエト連邦など東側諸国を含めた〈全面講和〉でもない、「万世の平和を築く」ための道を開くこと。つまりは他国の「植民地ないし属国」にならず、「予想される戦争にもまき込まれない」方策を追究すること。そのためにまずなすべきは、まず「第一に近代的生活への憧れを棄て去ることである」。そして、「日本人の六十パーセントを占める農民生活が、全日本人の生活だと了知することである」。つまり、近代文明の尺度からすれば、あえて貧困にとどまることである。「その生活からは、戦争する余力も、必要も、さういふ考えも起つてこないやうな、さういふ生活」に生きる「決意」をよくすることである。問答体のスタイルで新たに書き下ろした「絶対平和論」（『祖國』

一九五〇年三月）で保田は、この「生活」を「日本の古い伝へ」「日本民族の神話の伝へ」と結びつける。曰く、水田耕作を「原理」とした「わが民族」にはそもそも「民族移動」という観念も「侵略」という考え方も存在しなかった（それは「文明開化」の思想がもたらしたものである）。日本の神話は、武器としての神器だった「天叢雲剣」を、草を刈る鎌（「草薙剣」）に変えてしまうほどの精神に貫かれているのだから。古からの伝えのまにまにコメを作り、しかるべく祭祀を行う日本人の「本質生活」に立ち返ることで、すなわち「道義と一体である生活」をあえて選び取っていくことで、「倫理としての日本」を実現するべきである——。

極端で急進的な立場を取るからこそ見えてくるものは確かにある。その意味で、「絶対平和論」以降、「続絶対平和論」（一九五〇年九月）「続々絶対平和論」（一九五〇年一〇月）「絶対平和論拾遺」（一九五〇年一一月）と『祖國』誌上に相次いで掲げられた論考は、歴史的観察として貴重な内容を含むことは事実である。「日本国憲法」の精神とは、侵略国の「戦車のまへに横臥して、なすにまかせるといふ大勇猛心」の発露に他ならないとか、「原子力」の「建設的用途」などはまやかしであって、「原子爆弾を作つた人間の智恵は決して、戦争を停止し得ない智恵」であるという明快な断言は、いま読み直すととても新鮮に感じられる。「米国が日本人を傭兵として採用」することは考えにくいが、「さういふことが実現した場合米国はアジア諸民族の不許に当面するに覚悟が必要」になろうと述べる一方で、朝鮮戦争の勃発はアジア各地の政権に日本の「「近代的実力」（工業力）をたよりにする」傾向を醸成するだろうという見通しは、一九五〇年代の東アジアにおける国家間秩序が構築されていく途上の発言として興味を惹く。戦後日本社会の厭戦意識が、「戦争は避け近代生活を享楽したい——他人が戦争してゐる日に中立的利益を享受したい」という無自覚な自己中心性から自由になれなかったことも、保田の〈予言〉通りではあった。しかも保田は、問答体の利点を生かし、時々刻々と変化する国内外の政治情勢にかなり鋭敏に反応している。日本国憲法は個別的自衛権を否定していない、という一九五〇年初頭のマッカーサー発言を皮切りに、同月のコミンフォルム批判とその反響、六月二五日の朝鮮戦争開戦以後いよいよ切迫さを増した講和問題と日本再軍備をめぐる論調、「五月頃より一せいに全面講和論を放棄した」新聞メディアの「事大主義」が結果した言論統制の感触など、この時期の言説の場を検討するうえで、主要メディアのそれとは異なる視座を提供していることは確実だろう。

もちろん、そうした意味での批評性と、『絶対平和論』の論旨にかかわる問題性とは別して考えるべきである。昔ながらのコメ作りと神事との一体性を説く保田の議論は、ことによると、エコ・ナショナリズムの先駆として発見されてしまう可能性もある。たとえば「保田の言う「正食観」を離れて、ほんとうは、まともな身体があろうはずはないのです」と説く前田英樹は、敗戦後の保田の思想は「西洋の物質文明」とは異なる、「自然の永久の循環に還」る暮らしをめざす「私たち」の「希望」だ、と揚言している。[*2] しかし、「反抗せず協力せず誘惑されない」「絶対平和」という結論が、そこに至る手段としての保田の論述や論拠を正当化するわけではない。日本には本来的に「侵略」の思想がなかったとは冗談にしても質が悪すぎるし、そもそも日本列島の農業はコメ作りだけで成り立ってきたわけではまったくなかった。だが、『絶対平和論』を論じる上では、こうした個別の論点に対する検証と批判だけでは不十分だとわたしは思う。大事なことは、保田がこうした発想をいつ、どんな経緯で、いかなる論理の下に育てあげていったか、ということだ。

そこでまず指摘したいのは、保田が行った論理操作の問題である。保田は、一連のテクストの中で、何度か「我々の云ふ絶対平和生活は、平和を守らうといふ必要から考へた思想ではなく、日本の神々の時代から、日本の道として伝へてきた道」であり、そこに回帰することが「終戦の大詔の教え」に他ならない、という意味のことを書いている。すなわち、一九四五年八月一五日に聞き分けがたいラジオの音声で「忠良ナル爾臣民」たちに告げ知らされた勅語の文字通りの実践と位置づけている。なるほど「堪ヘ難キヲ堪ヘ忍ヒ難キヲ忍ヒ以テ万世ノ為ニ太平ヲ開カムト欲ス」という文句のみが反復的に想起されてきたヒロヒトの言葉を少していねいに読んでいけば、「神州ノ不滅ヲ信シ」「道義ヲ篤クシ志操ヲ鞏クシ誓テ国体ノ精華ヲ発揚」せよ、という一節を看取できる。ヒロヒトの言葉によって開かれた「太平」を、「道義」と「国体ノ精華」という概念へと固く固く結び付けること。いってみれば『絶対平和論』とは、裏返しの〈八・一五革命〉説なのだ。

松本健一は、「昭和二十年八月十五日、日本に無血革命があった。——この壮大な仮構（フィクション）こそ、その本質において政治思想史学者だった丸山真男をして、あたかも「戦後最大の思想家」とでもいうようなアウラを獲得せしめたゆえんのものであった」と書いた。*3 その「仮構」の根拠は、いわば〈戦後民主主義〉の大憲章《マグナ・カルタ》となった論文「超国家主義の論理と心理」（『世界』一九四六年五月）の掉尾に書き置かれた一節である。「日本帝国主義に終止符が打たれた八・一五の日は、同時に、超国家主義の全体系の基盤たる国体が絶対性を喪失し、今や始めて自由なる主体となった日本国民にその運命を委ねた日でもあった」。しかし、米谷匡史は、その丸山の主張には「隠蔽と偽造」があった、と論じている。米谷によれば、敗戦直後の丸山は、立憲君主制をよしとする「戦前の考え方」を保持していたが、戦争放棄条項と象徴天皇制とを共に書き入れた政府提出新憲法草案（三月六日草案）の衝撃から、占領軍の諸改革を事後的に追認しつつ、〈八・一五〉という日付を、新たな始まりの象徴的起点として意味づけ直した。つまり、〈八・一五革命〉説とは、象徴天皇制という発明によって天皇制存置が規定路線化された「戦後日本の秩序が形成される過程の枠内で、その終点（三月六日）から出発し、始点（八月一五日）へと舞いもどって、その過程をあらためてなぞりなおすものだった」。*4

じつは、類似の問題は『絶対平和論』についても指摘できる。ポイントになるのは、初出では「続々絶対平和論」として発表された文中の一節である。

問　絶対平和生活の各個の基体は、戦争や戦力と無関係でせうか。

答　我々は戦争の最中、かの本土決戦の掛声の中で、それもよろしい、日本はその形で生き残るべきだと主張したのです。我々は戦争状態の中で、軍隊を放棄せよと云うたのです。国民全部が軍人になるのでなく、「国民生活」が抗戦基体となるべきだといふ意味です。誰も理解しませんでした。この「生活」といふ言葉は、特別な内容をもつてゐます。普通いはれることばではありません。
我々の抵抗線を、国民の自給自足生活の点に解決せよといふ主張です。当時これは空論だといはれる代りに、何かの革命思想だと思はれました。我々は反軍的でないやうに細心の注意をしました。我々は主義や理想を重んずるのでなく、つねに日本を第一義と考へるからです。〔略〕
永遠のものは、つひに不滅でした。勝つことはないが敗れることはない——だが、さういふ立場を、多数が初めから考へてゐたなら、汚名の一切を避け得た筈です。考へてゐた人もゐたのです。
しかしその当時は混沌として、戦局日々に切迫してゐましたので、唯一最後の対戦思想は、誰にもなかつたのです。根柢の日本を考へた我々は、当時の情勢と、軍部の思想とを考へた時不安でした。そこで我々は愕然としたのです。国を具体的に如何にするかといふ点に於てです。

「我々は戦争の最中、かの本土決戦の掛声の中で、それもよろしい、日本はその形で生き残るべきだと主張した」——。保田は、先行する『日本に祈る』（まさき会祖國社、一九五〇年）でも、「昭和十八年夏以後に於て、直面しつゝある大事を痛感した時、今こそまことの日本のいのちなる道徳の本質を明らかにすべき時を味わった」と書いていた。これらの発言は、決してデタラメでも作り話でもない。確かに保田與重郎は、「昭和十八年夏」以後、「本土決戦」の遂行を強く意識した思考の転回を行っていた。
以前わたしは、山本五十六戦死・アッツ島玉砕が日本語で報道発表された後に書かれ発表された『南山踏雲録』

（小学館、一九四三年）以降の保田が、急速に神話的世界に没入し始める様子を論じたことがある。[*5] 人皇第一代神武天皇が執り行った鳥見山親祭を「肇国の大祭」と位置づけた一九四四年の保田は、コメ作りのために祈り、収穫のあとで産霊のカミの力に感謝する生活を「万代不変」にくり返すことこそが、天孫降臨時の「神勅」に適うことなのだ、と書きつけた（「祭政一致考」『公論』一九四四年一〇月）。これは明らかに日本敗戦を意識した議論である。より精確に言えば、〈日本〉と名の付く国家機構と制度としての天皇制が廃絶されたのちにもなお、「神州ノ不滅」を担保するための議論である。理由は簡単だ。しかるべきやり方でコメ作りの農事を続け、しかるべきやり方で実りに感謝する祭祀を続けていくかぎり、どんな体制でも誰の支配の下でも〈日本〉は生き残る、と言えるからである。

戦時末期の保田與重郎は真剣に想像し、思惟していた。「本土決戦」以後、日本国家が存立できなくなる状況で、思想としての〈日本〉をいかに存置するか、ということを。だが、ここで問題なのは、こうしたレジスタンスの原理を〈八・一五〉から始まる物語に接ぎ木してしまったことである。丸山真男は、一九四六年三月六日の衝撃を〈八・一五〉に遡及させて物語を仮構したが、保田與重郎は、戦時末期の危機意識がもたらした着想で〈八・一五〉のヒロヒトの言葉を合理化した。自らの主張は決して「運動」ではなく、「国民抵抗線」の発現だと主張する一九五〇年の保田は、いってみれば、思想戦の論理の延長線上で、戦後日本の「平和」について語っているのだ。

そのことは、『絶対平和論』に頻出する「恢弘」という語の用法を見れば明白である。「恢弘」とは〈そのものを良いこと・意義あることとして押し広めること〉を意味している。よって、日本人は古くから伝わるコメ作りの生活という「伝統」を、「正しい生活」として世界に「恢弘」しなければならないという主張には、まぎれもなく〈日本〉を卓越化させようとする契機が入りこんでいる。しかもそのことが、「道義」「道徳」といった語彙によって、倫理の問題へと節合される。始源の段階から日本人は「水田という共同的な生産生活の中に、「神ながら」と呼んだ道をみた」。そのような生活を、神から承け継いだものとして受け止め、神に感謝しながら生きてきた。その生活の正しさをつきつめ、「近代生活と近代文明の放棄」へと進みゆくこと。そして、その「精神と道徳の文明」を、世界に向かって「恢弘」していくこと。なればこそ、坂元昌樹の「保田の「絶対平和論」の論理は時代状況さえ変化すれば、即座に〈絶対戦争論〉へと転化する可能性を秘めていた」という指摘は重要だ。[*6] わたしなりに言い直せば、保田の『絶対平和論』は〈絶対戦争論〉の裏返し以外ではない。福田和也は、敗戦後の保田の「故郷への帰還は、南朝の吉野還幸にも似た、敗戦後のパルチザンであった」とする。[*7] 一九五〇年の彼は、ヒロヒトの〈八・一五〉の言葉にかこつけながら、新たなる「思想戦」に乗り出そうとしていた。

そのように考えれば、『絶対平和論』で語られる「アジア」が、きわめて抽象的なイメージしか結ばないことも説明できる。ここでの「アジア」とは、ほとんど史的唯物論で言うところの〈アジア的停滞〉〈アジア的生産様式〉の表象と同義だが、興味深いことに、『絶対平和論』の「アジア」を〈大東亜〉という語で置き換えても、ほとんど文意は変わらない。つまりこの表象には、地理的な実定性も歴史的な裏付けも存在しない。あくまでアジアの道義的・道徳的中心として〈日本〉を再定立するために持ち出された、すぐれて戦略的なものでしかないのである。

3 根源と起源

あらためて確認すれば、蓮田善明にとって「生涯ものしたたゞ一篇の小説」(小高根二郎)としての『有心(今ものがたり)』は、複雑な成立と発表の経緯をたどったテクストである。[*8] 一九四一年一月、中国戦線で受傷した身体と荒んだ心とを休めようと出立した阿蘇垂玉温泉での体験をもとに起筆されたが、その時点では書き上げられず、そのまま筐底に収められた。その後、一九四三年一〇月の二度目の応召時、門司港に向かう「貨車の穴倉めく車掌室」でギリギリまで改稿と最終章の追補がなされ、『有心』と題されて、清水文雄のもとに送られた。しかし、このテクストが初めて世に出るまでには、さらに七年近くの時間が必要だった。さきに見たとおり、初出は『祖國』一九五〇年五月号・六月号だから、ちょうど『絶対平和論』の連載にはさまれるかたちで掲げられたことになる。たとえ偶然だったとしても、このタイミングは重要だ。事実、テクストとしての『有心』の特質は、『絶対平和論』との比較において見えてくるところがある。『有心』の内容分析を踏まえながら、具体的に検討してみよう。

まず注目すべきは、つとに斎藤清衛が指摘したように、『有心』の「私」が、自己と世界との間に決定的な懸隔・根底的な不一致を抱え込んだ人物として描かれたことだろう（「蓮田善明と有心」『祖國』一九五〇年一一月）。テクストの冒頭部、駅で汽車を待つ「私」が、本当にここが駅なのか・本当にここに時間通りに汽車が来るのかという疑念に追い立てられているのは象徴的である。「すぐ事実と自分とが離れて、隙間風がその間に吹き込」んでしまうような感覚、「現実と自分との二枚の像が一寸ずれてゐてぴつたりと密着しない感じ」。「私」は、〈いま・ここ〉の自分と現実世界との関係を調整できない戸惑いの中にいる。自分自身の言動や行動にかかわる現実感が稀薄だから、他者としての妻や子と思うようにかかわれない。そのことが、「私」をさらに孤独へと追いつめる。

しかも、「私」が感じている「世間と自分との何とも密着しないずれ」は、自己と世界との媒介としての言葉への不信に直結している。内海琢己は、「蓮田はこの作品の中では、意図的に「ことば」を消去しているのではないか」と疑っている。*9 じつはこれは、『有心』というテクストの論理の帰結でもある。「私」は、自らにとっての〈いま〉を、言葉がそれ自体の意味ではなく「目的とか弁解を立てて言ふ時のみ言葉が通ずる」時代として描出する。別の部分には、「今日は根本から言葉が腐臭をもつてゐて、その腐臭から到底脱し得ないと思はれる」ような時代だ、というくだりもある。「言葉そのものの不信任」を、他ならぬその言葉によって刻みつけること。「私」が、みずからを「書かない詩人」という矛盾した言いまわしで同定していくのは、決して理由のないことではない。

この観点からすると、『有心』の「私」の思考・発想の多くを論理的に説明することが可能である。なぜ「私」

は、とくに戦地からの帰還以後、現実世界とのズレに悩まされるようになったのか。それは、生きるか死ぬかがつねに紙一重である戦場では、余計な言葉は必要がないからだ。火野葦平は、「兵隊の言葉」は「日本の言葉のうちで、最も緊迫した、火花の散るやうな、要約した言葉である」、「心身ともに直ちに国の運命に通じ、国の運命に殉ずる者の言葉は、一切の無駄を避ける。それは、そつけないばかりに単純になり、その単純さの中に、無限の意味を含む」のだ、と述べた（「兵隊の言葉」『随筆珊瑚礁』東峰書房、一九四二年）。そこから推せば、温泉宿の部屋でひとり詩人の使命について内省を深める「私」が、軍隊における命令受領の場面を想起していることを見逃すべきではない。命令受領の申告は、つねに同語反復のかたちで行われ、一字一句の変更も許されない。解釈が揺らぐ余地のない言葉。「私」は「非常に潔癖な程この申告を立派にする癖をもつてゐた」のである。

また、言葉それ自体への不信は、記号論の語彙を使えば、辞書的な語義（デノテーション）だけでなく、いわば二次的で潜在的な意味（コノテーション）をはらんでしまうことへの懐疑につながっている。それゆえ、『有心』では、媒介なしの直接性やそれ以外に解釈の余地がない直情性が高く評価される。温泉地に向かう汽車の車中で、「私」は、朝鮮人の少女が泣きじゃくる場面と遭遇する。

この理由の分らない嗚咽は自分を間誤つかせた。しかも女の子は、もう汽車の騒音よりも高い声で泣き続けて、子供らしく、憚りなく、しきりに泣いて泣きやまないのであつた。女もそれを強ひてきつく止めるといふのでもなく、泣くのを叱るよりも子供の泣き入つてゐるのを抱きとつてゐてやるといつた恰好であつた。自分はわざと目を彼女等に注ぐのを遠慮して本に向けてゐた。するとその泣いて〳〵やまない、憚りのない泣声、どうかすると泣くことが一等自分の気に入つてゐるのだとでもいふ風にしやくり上げしやくり上げして、声ばかりはおーオ〳〵と泣いてゐるその声が、何かそこ（二人の女）だけを静かに包んでゐるやうな或るものが感ぜられて来、またその泣声が何か絶対な響きを以て、うつくしいものに聞えてくるのであつた。自分は本から目を外らし、その声を十分に聴き取らうとするかのやうに、耳を、心を、全身を、空ろにしようと身構へる自分を気づいた。（四）

なぜこの少女が泣いているのか、「私」にはまるで分からない。しかし興味深いことに、車中に響き渡るほど「おーおうと声を出して泣き出し」た少女を、「私」は決して奇異の目で見ていない。それどころか、全身の意識を集注させてその「泣声」自体を受け止めようと「身構へる」のだ。このシーンの直後に点描される「ハイ」「イイエ」としか応接できない少年の姿と合わせ、「私」は、泣くときは思うさま泣き照れるときには恥じらいを隠さない裏表のない少女少年たちの振る舞いに「微笑」し、「外界との触合ひがたいずれが突然おしのけられ」、「ちひさなのぞみ」さえ感じてしまっている。

ここまで来てようやく『有心』の読者は、なぜ「私」が阿蘇垂玉温泉に『平家物語』に加えて「リルケの「ロダン」といふ読本」と「金剛巌の「能と能面」」を持ち来たったかを理解することができる。すなわち「私」は、人間が裸形になる（ならざるを得ない）湯治場で、そのものの本質としての〈自然的なもの〉〈原型的なもの〉への遡行を企てているのである。「総じてこの衣服を纏わない裸の山々」に抱かれた場所で、作為を排した自然性、外見的な形相に左右されない本質、つまりは「清らかな純粋な形式」を見つめ、見出すこと。だから「私」は、農民たちのいかにも農民らしい身体や、若い女の生命力溢れる匂い立つ身体に心を動かされ、「あらわに好色でさへある」混浴の情景を愉しむのだ。池田勉は、このテクストに「意識過剰」という病に苦しむ現代人が「原初的なものへと帰つて行かうとする健かな憧れ」を読み取っている（「遺稿「有心」をめぐって」『祖國』一九五〇年一一月）。まさしく『有心』は、そのような意味での「思想小説」（保田與重郎「古代の眼」）なのである。

しかし、まさにその「思想」にこそ、『絶対平和論』と『有心』とを分かつ契機がはらまれているのではないか。一見この二つのテクストは、同じベクトルを向いていると思われるかも知れない。あるいは、保田與重郎と蓮田善明の思想信条や主義思想の近しさがそうした判断を後押しするかも知れない。たしかに『絶対平和論』も『有心』も、現在の現実を否認し、ものごとの本質を見きわめてそれに依拠しようとする志向性を有している。しかし、『絶対平和論』の「我々」が徹底して始源の風景への回帰＝時間的な遡行を目睹しているとすれば、『有心』の「私」は、あくまで現象学的・方法的な還元を意図していると言うべきだ。事実、『有心』本文には、外側も内側も飾らない湯治場の客たちを、一度は「原始的といへば原始的だらう」と思いなしながら、直後に返す刀で「「原始的」といふ言葉はここには向かない、「原始的」という言葉は別の人種に対して使はれるべきか、或は現代人の自己弁護の為にする言葉でしかない」ときっぱりと言い改めていく場面がある。つまり、テクストの最後で人間の内なる情熱と大地のマグマとを重ね合わせる『有心』は、あくまで原理的な問いを突きつめてゆくことで、自己と世界との和解を図ろうとする問題関心に貫かれているのだ。ベンヤミンを論じた小林康夫の語を借りれば、『有心』が追究しているのは、始まりとしての〈起源〉の物語ではなく、理念への問いから見出される〈根源〉なのである。[10]

おそらく、同じことは別の観点からも議論できる。『絶対平和論』に対する最も単純だが根底的な批判は、保田が夢想する始源の情景を〈日本〉と呼ぶ必要はまったくない、ということだ。その時期、産業化されていない流儀でのコメ作りなら、それこそ東アジア・東南アジアのあちこちで実践されていたはずだ。日本列島での稲作がどうしてそこまで特権化・絶対化されなければならないのか? 理由は簡単で、『絶対平和論』の主張が、日本国家の崩壊と滅亡を織り込んだレジスタンスの論理に出発しているからである。日本国家なきあとも、日本列島以外の場で自らを〈日本人〉と同定する人々もふくめ、民族の生存の思想的な根拠として構想された議論だったからである。だが、他のあらゆるナショナリズムがそうであるように、抵抗のための思想が肯定されるべき理念の主張へと反転されたとき、疑いなくそこには、同調圧力と自民族中心主義の契機が前景化する。そのことは、本論でもさきに指摘した通りである。

そして、ここが大事なのだが、テクストとしての『有心』には、基本的に偏狭で独善的なナショナリズムの傾斜が見られないのである。もちろん蓮田善明当人は、「日本を神国とし世界に比類のない光明の国とする観念」（渡辺京二[*11]）の虜だったかもしれない。しかし、あくまで〈根源〉に向かう原理的な思索に貫かれた『有心』には、論理の必然として、個別性特殊性としての〈日本〉の称揚や絶対化が入り込む余地がない。テクストには、湯治場に向かって独歩する「私」が、踏みしめる地面の感触に「この土だつたのだ」と感じ入る場面がある。中国の戦場で「粘りついて足を取り、油断するとつるりと靴を滑らせ」た記憶との対比において浮上する感覚だが、むしろこれは慣れ親しんだ故郷の大地への追懐と読むべきだろう。そもそも〈日本〉の地と血を特権化したいなら、さきの朝鮮人少女をめぐる記述はまったく不要であるはずだ。

保田の『絶対平和論』が、自説を〈日本〉の神話へと結びつけ、根拠づけようとしていたことはさきに触れた。だが、原初的なものへの憧憬は、必ずしも伝統への回帰と同義ではない。その意味で、テクストとしての『有心』は、それ自体が『絶対平和論』の論理に対する重要な批判として屹立しているのである。

だとすれば、『祖國』誌上で『有心』を論じた保田與重郎が、このテクストには「古代の眼と心」が生きている、と述べていたことが問題になる（「古代の眼」）。この「昭和の国学者」の「作品を一読した時、これを題材にして、昨今の自分の心理と思想をのべたい衝動を頻りに味つた」と書いた保田は、「蓮田善明はもつと生々しく、天地創造の始めの、即ち神の訪れといふ事実を、こゝで「ぴたりと」今日の世事人情にわたつて描いてゐる」と書いた。しかし繰り返せば、『有心』には「古代」にかかわる記述は存在しない。「天地創造」「神の訪れ」を思わせる記述も見られない。保田の評論は、『祖國』の『有心』特輯号（一九五〇年一一月号）に掲げられたが、ごく短い文章の中で「古代と近代とは断れてゐるのだらうか、つながつてゐるのだらるか」と書きつけた浅野晃「『有心』読後」以外に、このテクストに〈古〉を読んだ者はいないのである。齋藤清衛は、作中で言及されたプルーストやドストエフスキーの心理小説との「連繫」を指摘している（「蓮田善明と有心」）。既述のように、池田勉は近代人ならではの「意識過剰の悲しみ」を読み取っている（「遺稿「有心」をめぐって」）。坂村真民は、ゲーテやリルケの詩句に通じる「清冽」「清浄」の方を強調している（「有心の悲情について」）。すなわち、『有心』を読む保田與重郎の解釈は、やはりどう見ても過剰という他にない。

おそらく、だから保田は、『有心』に心動かされながらも、このテクストを手放しで賞賛していない。『有心』の書き手が「年若い作家」だったなら「日本文学の明日は安心できる」という言い方は、むしろ『有心』から始まる可能性への期待と読むべきだろう。保田にとって『有心』は、「昨今の自分の心理と思想」たる『絶対平和論』の内容を委ねるには、やはり不十分なテクストだった。じつに皮肉なことに、一九五〇年の保田與重郎が言祝いだテクストは、まさにその時点で彼が訴えようとしていた言説を根底的に問い直す論点を潜ませていた。

批評家としての保田與重郎が蓮田善明をどう評価していたかは、別して考えられるべきテーマであろう。その逆も然りである。しかし、ここで少なくとも言えることは、テクストとしての『有心』が、一九五〇年の保田の思考を捉えかえす重要な視座を提供している、ということだ。問答体の叙述がすなわちダイアローグではないように、すべての批評がテクストと対話しているわけではない。『有心』を読む保田は、テクストが自らの立場や論理に包摂できないことを、どこかで気づいていたのかも知れない。

注

1　シャルル・ボードレール（阿部良雄訳）「一八四六年のサロン」（『ボードレール批評I』ちくま学芸文庫、一九九九年）。
2　前田英樹『保田與重郎を知る』（新学社、二〇一〇年）。
3　松本健一『丸山真男　八・一五革命伝説』（河出書房新社、二〇〇三年）。
4　米谷匡史「丸山真男と戦後日本　戦後民主主義の〈始まり〉をめぐって」（情況出版編『丸山真男を読む』情況出版、一九九七年）。
5　拙稿「敗北への想像力――保田與重郎『南山踏雲録』を読む――」（『藝文研究』二〇一五年一二月）。
6　坂元昌樹「「絶対平和論」の再検討――保田與重郎の〈戦後〉――」（『文学部論叢』［熊本大学］二〇〇三年三月）。
7　福田和也『保田與重郎と昭和の御代』（文藝春秋、一九九六年）。
8　小高根二郎『蓮田善明とその死』（筑摩書房、一九七〇年）。
9　内海琢己「蓮田善明の小説『有心』試論」（『河』一九九一年六月）。
10　小林康夫『起源と根源　カフカ・ベンヤミン・ハイデガー』（未来社、一九九一年）。
11　渡辺京二「蓮田善明試論」（『思想の科学』一九六二年一二月）。

蓮田善明「有心」論――島尾敏雄「はまべのうた」と比較して

浦田義和

はじめに

昭和の戦時下国文学者であり作家であった蓮田善明と戦後文学作家島尾敏雄は、激烈で悲惨な戦争に、そのナイーブな性格を蹂躙され、生死の淵に立たされた軍人でもあった。

蓮田善明は、明治三七（一九〇四）年熊本県生まれで、昭和二年広島高等師範学校文科国語漢文専攻を卒業後、二四歳で鹿児島歩兵連隊に幹部候補生として入隊。翌年少尉に任官して除隊。旧制中学校教師を経て昭和七年広島文理科大学国語国文科に入学、一〇年卒業後台湾の台中商業学校教師を経て、一三年四月成城高等学校へ転職。その年の一〇月に三五歳で召集令状を受けて一四年四月日中戦争下の中国中南部の戦線に陸軍歩兵少尉として従軍。九月陸軍中尉に昇進後、一五年一二月招集解除となり、故郷の熊本県植木町へ帰還。一六年二月上京し、成城高校教師へ復職。一八年一〇月四〇歳で再度招集され、一一月シンガポールを経て、一九年一月インドネシア戦線に従軍。二〇年四月シンガポールに退却し、八月終戦詔書の発表後一九日上官を射殺後自決した。[*1]

一方、島尾敏雄は、大正七（一九一七）年横浜市生まれで、昭和一五年長崎高等商業学校卒業後、九州帝国大学法文学部経済科を経て、一六年同学部文科に再入学、東洋史を専攻した。一八年九月九州帝国大学を半年繰り上げ卒業後、一〇月二六歳で志願して旅順海軍予備学生教育部に入隊。一九年二月第一期魚雷艇学生となり、横須賀、長崎の大村湾での訓練を経て、五月、少尉任官。一一月二七歳で特攻艇「震洋」指揮官として奄美群島に配置された。一二月海軍中尉に任官。二〇年八月特攻出撃命令を受けたが、即時待機のまま敗戦。九月海軍大尉に任官後、招集解除。神戸に生還した。[*2]

蓮田の戦時下の作品として『陣中詩集』（昭和一五年執筆）「有心（今ものがたり）」（昭和一六年一月執筆）私製『をらびうた』（昭和一八年一二月）があり、島尾の戦時下の主な作品として、私家版作品集『幼年記』（昭和一八年九月）や「はまべのうた」（昭和二〇年執筆）などがある。

これらの中から、戦争下の小説作品として「有心」と「はまべのうた」を取り上げ、比較してみたい。

1　蓮田善明「有心」

「有心」は、蓮田善明が一四年四月から一五年一二月までの第一次召集後、一六年一月から二月「療養」のための阿蘇温泉滞在中から書かれ、一八年一〇月第二次召集時に終章が書き足されたとされる全一七章からなる小説である。[*3]この「療養」については「右腕の負傷のあとの十分でない神経と長い陣地生活の間に大体強くない体に患ってしまつた腰部のかなりひどい神経痛とを一度温泉あたりで治療してみたいと願つてゐた」（「有心」二章）と作品中の「自分」の述懐で説明されている。このことについては、友人の清水文雄の回想に「九州の一角に帰国の第一歩を印したとたん、精神の平衡を失って波止場に昏倒したという」[*4]とあるので、かなりひどく「神経」を痛めていたことが類推される。また「大体強くない体」については、小高根二郎「年譜」（『蓮田善明全集』）からは一五歳の時の七か月の「肋膜炎」による休学が確認される。

「有心」という題名については、古典文学における「有心体」を意識していると思われる。通説によれば藤原定家『毎月抄』の「有心体」は、よく引かれる「毎月抄」の「よくよく心を澄まして、その一境に入ふしてこそ稀にもよまるる事は侍れ」のように、歌を詠む態度のことを指していると解釈するのが、一般的のようだが、その「心」は、どうやら定家が「近代秀歌」で言うところの「余情妖艶」と関わっているようだ。[*5]たとえば、『毎月抄』での「心」とは、定家の著作を詳しく分析した出佐百合子によれば、「有心体の『心』は、『すなほに優し』『やさしく物あはれ』『優』などであることがわかる」とされ、また定家の「有心」に関する歌合せの判詞として「多くが時の推移に対する感情、それは和歌の基調と中世の美的理念一般に通じる『あはれ』即ち諦念と結びつき、知性化された東洋的心境を歌っている」「また『優』を古典的なしっとりとした美で、『あはれ』と同様にしみじみとした情趣美と見、『えん』を単に王朝的な『なまめかしさ』だけでなく、『あはれ』に通じる美とするなら、定家が『心あり』と評した歌はすべてこの様な情趣美を中心に詠まれている」と説明されている。これらの点から「有心体」とは、おおよそ人や自然を対象にした歌の「しみじみとした情趣美」ということになろう。また、歌に向かう態度としての「心を澄まして」「一境に入りふし」について、中世文学研究者の藤平春男は、『定家卿相語』の「恋の歌をよむには凡骨の身を捨てて、業平のふるまひけむ事を思ひいでて、わが身をみな業平になしてよむ。地形を詠むにはかかる柴垣のもとを離れて、玉の砌、山河の景気などを観じてよき歌は出来るものなり」を引いて「古典を媒介としての芸術的虚構の世界への自己転移」「作品内世界に完全にはいりこむこと、即ち詠歌主体を生身の自分から脱離させ作品内世界に〈転移〉させることを意味している」と述べている。このことから『定家卿相語』における〈転移〉とは、作品とだけではなく、自然をも含む対象と自分との交感という意味に拡大してよいのではないか。

このような定家「有心」の解釈から、蓮田善明は作品「有心」について、「しみじみとした情趣美」の表現を意識し、その表現の方法として、文学作品や景物への「転移」のようなことを意識していたとの解釈も成り立つだろう。そのうえで、蓮田は、この作品を「むすび」でも断っているように「うるはしいなずらへごとか何かで、あらぬ神さびた筆でしるすといふ、本当の『ものがたり』」でない、すなわち「今ものがたり」である、と謙遜している。それは「今」つまり、戦争中の卑小な「自分」の出来事を「ものがたり」つまり日本伝統精神に連なるものとして、書いた、という事であろう。蓮田は、いわば安易な〝古典遊学〟に陥ることを恐れ、あくまでも「戦争」と「自分」にこだわったと言ってもよいだろう。その批判精神は、おそらく日本浪漫派の「近代という時代」への抵抗と通じているだろう。

保田与重郎は「神経衰弱者を描く」「思想小説」（「古代の眼」『祖國』昭和二五年一一月）と述べたが、この小説を「心理的小説」としたのは、蓮田の恩師の斎藤清衛である。「『有心』は、所謂私小説の中に入るものであるが、主人公自身の心理解剖を中心とした心理的小説といふこともできる」（「蓮田善明と有心」『祖國』同前）と述べている。作中随所に展開される「自分」の心理の解剖は、まさしく心理小説といってよい。たとえば「事実と自分とが離れて、隙間風がその間に吹き込むのを感じた」（一章）とか「何か自分の想念といつたやうなものが、生きもののやうに闇に走つて行つて、見もしらぬ若い女を打ち擲いたかのやうな一瞬の不思議な錯覚を覚えたほどであつた」（一五章）などである。前者では対象を確りと捉えられない不安心理を描いているし、後者は、更に「生き霊」的な超心理的現象を述べている。また同文で斎藤は「作者とプルーストとの連繫を想像する」と述べている。「有心」一五章中に「人は一瞬に百千のことを思ったり見たり感じたりしてゐるものである。それはプルーストでさへどれほどもそれを捉へて記録し得るものではない」とあり、当然、蓮田は「心理的小説」を充分意識していた。

作品「有心」は、冬、熊本から阿蘇の温泉宿に汽車で向かい、その温泉宿での浴客とのふれあいがあり、そして火口登山を試みるという主人公「自分」の行動としては直線的な筋立ての、ほぼ作者の実体験を基にして書かれたと推測される。先述した斎藤は「私」小説風のものであると述べている。しかし、私小説として捉えるよりも、むしろ「心理解剖」の「劇」とする方がより相応しいと考えられる。主人公は、『能と能面』（金剛巌著、弘文堂書房、昭和一五年五月）を阿蘇行きに持参している。心理劇ものがたりとでも言ってよい構想があったのではなかろうか。その点から、ここでは、日本劇文学の構成原理「序破急」をヒントに作品構成を分析したい。

後で付け加えたとする最後の結びの章を加えて全一七章は、能や浄瑠璃の「序破急」構成を借りて言えば、おおよそ次のように五段に分けられるだろう。

「序」は一章から五章阿蘇行の段、「破」は六から一五章温泉宿の場面、「急」は一六、一七章火口への段である。さらに「序破急」の五段構成として、「破」の段はさらに「破の序、破の破、破の急」の三つに分けられる。六から一〇章が「破の序」として「観察」の段、一一から一三章が「破の破」として「生命の賛美」、一四から一五章が「破の急」として「悲劇」の段と解釈できる。

ところで、「有心」については、現在のところ作品内容に立ち入った分析はなされていないと思われるので、構成に基づいて、煩を厭わず各章ごとに分析したい。

「序」の段は、次のようである。

第一章では、駅までの道でも、駅でも「現実と自分との二枚の像が一寸ずれてゐてぴったりと密着しない感じ」と、不安神経症的な心的状態が描かれ、更に妻に語るのに「何を、何と、妻に語ったらいいか。自分の真意を…」と、「言葉そのものへの不信任」が述べられている。その「真意」とは「この時代の言葉では言へなかった」とあるが、国文学者蓮田善明としては「隠遁」或いは「出離」が最も近い言葉となりそうである。蓮田の親友の清水文雄は「これは現代における『遁世』の書である。遁世が知識人の自己律法としての厳しい倫理であることを語った、今日唯一の書である」（「小説『有心』について」昭和二五年五月）[*6]と述べている。また酒井隆之は「『隠遁』とは、逃げも隠れも出来ないものとの孤独な戦ひであり、蓮田はその戦ひの果てに詩人への径を切り拓いたのである」（「近代

の眼詩人の眼　蓮田善明の『有心――今ものがたり』」（『日本及び日本人』一九九八年七月）と述べている。ここでの「詩人」とは酒井によれば「自己の主体性を滅却させ、己が尽くされるやうな境地に赴くといふことであり、『仮の身』として伝統に『命ぜらるる』ことに他ならない」（同前）とされる。

いずれにしても第一章では、「自分」とは何か、「言葉」とは何かという根源的問いかけがなされていると捉えられるだろう。そして、「平家物語」とリルケ「ロダン」と「能と能面」を旅の友として購入したことが書きそえられる。これらの本は、「自分」の「真意」を仮託、あるいは形成するためのツールとしてとらえてよいだろう。

しかし、第二章において、「平家物語」は「方丈記」の代わりであることが明かされている。戦地からの帰還の途中で夢中になって読んだ「方丈記」を「もうこれよりほかかない」と思うのは、次のような気持ちからであった。「一言もなしに死んでよかったし、さういふ死方で死ぬことのみが今日ではほんたうの文化であると信じてゐた」「『天皇陛下万歳』といふ言葉だけがふさはしい」そこに「形も言葉もなく生きてゐる生命といったやうなものを思ひついたりした拍子にはあはれな気がしたりした」（傍点著者）と述べている。この「あはれ」については、むろん本居宣長「物のあはれ」と関係しているだろう。

「有心」執筆以前の論文「本居宣長に於ける『おほやけ』の精神」（『国文学試論』昭和一三年六月）の中で、「もののあはれ」を「自然の情の文化的憧憬」「人間的な性情の道」と言い、宣長の「詩と云ものはおろかなる実情のありのままなる処をつくり出るこそ本意なれ」という言葉を引用し、また「『感ずべきあはれをしる』ことは「おのづから」の自然人情の中に神の構想を憧憬し、みとめることでなければならぬ」と述べている。後の評論『本居宣長』（昭和一八年四月）では、このことをもっと分かりやすく「嬉しいこと面白いことの場合よりも、かなしいこと、恋しいことなど、すべて心に思ふにかなはぬ筋には、感ずること限りなく深い故、さういふ方面をとりわけ『あはれ』といふことになったりする」とのべ「あはれの深き時は、人をも同じあはれを催さしめ、神も又そこに感動せらるるのである」と述べている。さらに「真に感動のいきを保持するものこそ、神に感通し、従って又神の御心に通うたいのちを受け伝へ得るものである」と述べている。

これらのことから類推すると、戦地で「天皇陛下万歳」とだけ言って死ぬとは、思うにかなわなかったが、日本の文化的伝統の「いのち」を受け継いで従容として死に就くことに異存はなかった、という意味になろう。[*7]

そのような戦地から帰還し、国内の総力戦体制に接し、「国の文化への奉仕の道」として鴨長明のような「出離といふ行動」を「せめて諷刺にでもなり得ないか」と思ったりするのであった。ことさらな戦意高揚のための文学を「からごころ」として嫌悪する蓮田の批判精神が覗いている。[*8]

さて第三章、第四章ではもう一つの持参本であるリルケ「ロダン」[*9]と「自分」の交感が描かれている。

筋立てとしては、第三章が熊本の駅での待合室での心境、第四章は熊本から阿蘇立野までの汽車中の出来事と心境である。

リルケ「ロダン」に「『かたち』への切々たる憧憬」とか「清らかな純粋な形式を想ひ描かうとする詩人のとったその時代の最も高い技術であった」事を読み取り、「ロダン」から「なぜなら、世界が彼の道具に従って来たからであるである」[*10]と「ロダンは自己の名声を得る前に孤独であった」を引用し、芸術家の「孤独」に共感している。また、ここに書き込まれている「かたち」「技術」「道具」の中で「道具」とはもちろん創作（芸術）行為のことであろうから、観念を典型へと具象化する営為を真剣に模索している著者の苦闘の姿勢からと受け取れるし、また「孤独」は鴨長明の行為（形式）の隠遁と通じる、主人公の願望であろう。他にリルケ「ロダン」から、「大へん愉しい小ささといったやうなもの」と「ロダンが凡ゆるものを――その願ひをききとつて――生命を見出してやり、――それらのものが『自らを変形して』、――しかも『生命を些しも失ってゐず、反対に、一層強く、はげしく生き』る、――純粋な、玲瓏たる生命へと、――この偉人の非常につつましい忍耐と努力とで導かれ」ということと

「人間の身体の到るところで泣くといふことがあること」[*11]を知ったことなどを読み取っている。これらのことから「小ささ」「生命」「泣く」というキーワードが取り出せるだろう。「小ささ」に関しては、リルケ「ロダン」に、たとえば次のような記述がある。「単に有名な作品や、はるかに明瞭な作品に限られてゐたわけではない。この目立たないもの、小さなもの、無名なもの、余計なものは、深い内面的な興奮状態によって、即ち生命あるもののこの豊かな、不意の動揺によって、同様に充されてゐた」（石中象治訳リルケ『ロダン』一九四〇年八月弘文堂書房）。また「生命」に関しては、同じく「すべてのものは自らを変形し、そして調和させてゐた。けれども彼等は生命を些しも失ってゐなかった。反対に彼等は一層強くはげしく生きてゐた。」（同前）とあり、「忍耐」については同じく「それはロダンに於けるひとに知られぬ忍耐である。或るしづかな、おちつき払った辛抱強さである」（同前）とある。このようにリルケ「ロダン」から引用している。他にも第六章に引用されている「観察の対象の実態が突然に浮かび上がつて来るまで幾度も繰り返し観るといふことを学んだ」などは、リルケ『ロダン』訳者「後記」（石中象治）からそのままの引用である。

次に、主人公は、汽車の中で子供たちの戦争ごっこを見て「感動」する。しかし他の乗客の「どの顔もどの顔もこの事件に対して些しの、全く些しの感応も示してゐなかった。」ことに「目をふさぎたいやうな気がした」と感想を漏らす。戦争に命を投げ出した「自分」にとって「子供の戦争ごっこ」は「私」を無くし「おほやけ」に奉仕する純なこころのあらわれと見えたのだろう。また同じく車中で「朝鮮人」の娘の「理由の分からない嗚咽」「高い声で泣き続けて」いるのを「泣き声が何か絶対的な響きを以て、うつくしいものに聞こえてくるのであった」と感じる。激しい全身での「泣き」について、蓮田は「（須佐之男）命が成年に至って哭泣してゐたわけは（略）国民の災禍をすべてわが身の罪過として負担する決意の表情ではなかったか」（「哭泣の倫理」『文芸文化』昭和一六年九月）と着目している。また、乗客から問われてもはっきり返事できない中学一年生位の少年の「表情に表はれない気まり悪げな恥じらひがあった」ことに希望を持つのであった。すでに第1章で「言葉そのものへの不信任」は表明されていた。

このようにリルケ『ロダン』に共鳴し、車中の情景に激しく心を動かされる「自分」が描かれている第五章は、温泉宿への長い山道を歩く場面である。

そこでは、「支那」での「わけもなしに追はれるやうに歩いてゐる歩き方に馴れている自分」と違って土地の人たちのいわば道（自然）と同化しているかのように「静かに歩いているのが、目にしみる」と感じる。或いは山道での「伐木」への同化などは、先述の題名考で述べた「有心」体での自然との交感（転移）であり、また阿蘇を歩きながら戦争を思い出すのは、プルーストの意識の流れを意図しているようでもある。自然や風景や村の様子などの景物との交感は「すべてが何でもなく平凡で、きまりきつてゐて、しかも自分をおどろかし、自分に新しかった」とされている。

以上が「序」の段である。ここでは、この劇の主要な舞台である温泉宿の場面を準備する「自分」についての説明の段と解釈される。

次の「破の序」の段では、温泉宿で、なんとか「自分」を攫もうと試行する主人公が描かれている。

第六章は、温泉宿の室内と「自分」との交感が描かれている。観察の描写はまるでロダンを思わせるように細かくなっていくとともに、景物と交感する心境も刻々と変化していく。室内の「淀んだ暗さ」の中で小鉄瓶は「貧しい中に湧いてくる美しさ」を感じさせる。その暗さに突然「白い明るさが不意に音もなく室内に充ちこんで」来て、「ほのぼのと胸が明るむ思ひがした」のもつかの間、殺風景な部屋を見回すと「或る非常に過剰なものの齎している倦怠」が自分に入り込み、ロダンの彫刻の写真に心が「食い込んだと思うと視線は彫像の上を上辷りばかりした」となる。「自分」の捉えどころのない「心」が描かれていると言っていいだろう。捉えどころのない「心」に関して、たとえばリルケ「マルテの手記」に「何故、すべてのものが私の中にずんずん深く入ってゆき、そしてこれまで何時もそこに止ってゐた場所にもはや止らうとはしないのか、私には分からない」（堀辰雄訳「マルテ・ロオリッツ・ブリッゲの手記」『四季』一九三四年一〇月）[*12]とあり、参考になろう。

第七章はリルケ「ロダン」に触発された、浴客の身体への着目と、日本独自の建築様式である「障子」の比喩の提示がなされている。

ここでは老人は「老衰といふにはふさわしくない張りをもった皮膚であった」「一本の額の皺にも、実正な働きの閲歴が年数をかけて美しく刻まれてゐるのが見えた」と描かれている。この「働き」に関しては、リルケ「ロダン」の「労働の記念碑」ひな型についての次のような叙述が参考になろう。「以前に恋をする肉体が分かつたやうに、今度は働いてゐる肉体が彼に分かつた。それは人生の一つの新しい啓示であつた」とある。またリルケはロダンの姿を「何がこの偉大な芸術家を、己れの道具の低い、頑固な存在の中へ、己れのあらゆる力の限りをつくしてすつかり心を潜める以外に何も望まなかつた一人の職人となりきる程に偉大ならしめたかを、いつかわれわれは分るであらう」（石中訳リルケ『ロダン』弘文堂、昭和一五年）。と捉えてもいる。また「有心」では、「（老人の）二十にならないやうな娘」のほうは「美しいにちがひないが、その前に、別な力で圧倒してくるやうな何かであった」と暗示的（「別な力」が悲劇を意味する事が後に描かれる）に描かれている。

ところで、「障子」は、前章でも触れた、外界に侵入される主体のない「心」と関わる、比喩である。リルケの「マルテ」では、至高のプライドのようなものが、「僕」を支えているが、「有心」の「自分」は、いまだ「自分」の心の置き場所、或いは「形」が見つかっていないのである。そこで「障子」が注目された。「みだりがましい外界の侵入を防ぎとめ、又内側のものの濫りな逸脱をも制止した」。この「障子」の比喩は、何を意味しているのであろうか。日本的文学伝統の「形」としての「詩」であろう。しかし、もっと突き詰めて「障子の無に観念的に陥ちかけて、哲学者めいた、乾いた思念が目に触れてきた」と「死」をイメージしてしまうのである。

だから、せっかく思いついた、「自分」と外界との緩衝材が第八章では「障子の桟が肋骨のやうに、うす気味悪く薄明の中に透いて見え、それが水を浴びたやうな悪感で痙攣してゐるもののやうに映ってきた」となる。この「暗い」文章の調子は、リルケ「マルテ」の「一体、此処へは人々は生きるためにやって来るのだろうか？寧ろ、此処は死に場所なのだと思った方がよくはないのか知らん？」（堀辰雄訳『マルテ・ロオリッツ・ブリッゲの手記』同前）という「マルテ」冒頭の調子に似通っている。或いは一九世紀末象徴主義のローデンバッハ「死都ブリュージュ」の主人公で妻を亡くしたユーグの次のような暗い想念に通じている。「運河の水面に無数の針をつき立て、濡れた網にとらえられた小鳥が、網目にからまってもがくように、人の心をつかんで凍えさせる、そんな細かい雨…」（田辺保訳『フランス世紀末文学叢書8死都ブリュージュ・霧の紡車』国書刊行会、一九八四年七月）。なお、ローデンバッハについては「有心」一〇章で「ゲオルゲス・ローデンバッハがロダンを率直に『自然力』と呼んだやうに」と、その名が出てくる。[*13]

しかし、マルテは、世俗否定の為の皮肉や反語に孤高の存在をかけているのに対し、「自分」にはそれがない。そんな時「自分は」ではなく「彼は」という呼称が浮かび上がってきたという。第三者としての語り手の登場ということになろう。「一度その『彼は』という言葉を自分の代わりに置き換えてみた。よく小説家がやるやうに。しかしすぐそれを苦笑して投げ捨てて」とある。このような「人称」への問いかけは、横光利一「第四人称」の提案や、たとえば太宰治「道化の華」（『日本浪曼派』、昭和一〇年五月）の「僕はもう何も言ふまい。言へば言ふほど、僕はなんにも言つてゐない」という「葉蔵」の言葉のように、時代の流行でもあった。また、ここは、「マルテ」の次のような言葉も参考になろう。「こんな第三者こそぜひ否定しければならぬのをまだ知つてゐなかつた。いつも一番ふかい秘密から人間の眼をそらさうと、意地わるく企らんでゐる自然の、これは虚構の一つにすぎぬのだ」（大山定一訳『マルテの手記』白水社、一九三九年）。だから「彼」ではなく「自分」に帰って、「自分を断絶して、その断絶によって起こる渇望の中にのみ純粋に生の形式を見出して行ったのではなかったか」と思い返す。しかし、ではその「無私」を確認する手っ取り早い方法として、そのような「自分」を客観視する目を妻に求めようとする。

しかし九章で、妻に電話するが結局、「自分」の心の真実は伝えられない。「言ひ出さなければならないことが、口から出てこない苦しさ」で終わってしまう。[*14]

一〇章で、主人公は「妻の日記」や「ロダン」をきっかけにした「自分」探しの試みから「暫くお別れにしようう」と思う。この温泉宿の浴客の「体」を見て「天から与えられたものを純粋に働かせてゐる愉しさといったやうなものが浮き出てゐる。彼らの身体は楽しんでゐる」と得心する。そこから「生」の「形式」はどのようにあるべきかと問いかけ、「人間は——人間を生き生きさせ、美しさをもち、有用なものを創り出すためには、（略）仮の身、仮の形式としてあることを厳しく思い出し、仮の身に住しなければならない」そして「誰がこの『仮』の真理を嗅ぎ分けるか。詩人。詩人だけ。清貧の詩人——」と高揚する。ここで「自分」を「詩人」になずらへようとしている。しかし「もっと小さなことを考えよう」と「自分」、「家族」、「ここの浴場の人達」という「身親」に限り、そうして「さうだゲオルゲス・ローデンバッハがロダンを率直に『自然力』と呼んだように自然に、創り出して行くのだ」と「自然」に落ち着き所を見出した。「自分」の「自然」は「未来への（謙虚な心遣ひ）」であり「自分の名」への「なつかしさ」であった。

この様に「破の序」の段で、「自分」の「自然」にたどり着いた主人公は、次の「破の破」の段で、「破の序」の段の心の安定を足場にして、生命賛歌を奏でるのである。

一一章で、男の浴客の「女子の不自由が一番辛かなア」という言葉や隣室の男客の「女中」へのからかいなども、「それは彼等にとつて一つの熱を出す運動みたいなものであつた」と男の「自然」として許容する。

一二章では、浴場での若い女の裸の身体をくどいくらいに描いている。「花のもつ野性さ」「人間の若さそのものの匂いが発する或るはげしいものがあって」「弾力的に力強い金属的な或るものさへ感じさせた」「その周囲に清らかな山地の空気と太陽とがあって（略）自然に卑屈な匿し立てなく内から美しく強くなれるだけどし〳〵と発育してその健康な四肢肉体を作つて行ってゐる」そのようなものとして結局「純粋な生の沸騰」「『物』としてこしらえようとする技巧の及び難い、天の作品であり、最も生きているものであった」と結論付けている。蓮田の親友の池田勉は「太陽の光、大地の香り、さういふ原初的なものへの蓮田的な憧れ」（「遺稿『有心』をめぐって」『祖國』二五年一一月）を指摘している。

一三章では、老若男女、さまざまな身体を描いている。「老人」は「はたらき鍛へられきつた渾然たる肉体」として「美しかつた」。「壮年中年の男達」は「頽廃や消失への危険がどことなしに漂っている」が「根を下ろし、枝や葉を出してはたらきつゝある」。「青年」は「生が、切ないものとしてだけある」。「母といふべき中年」は「生が悲しいまでに人々の目を刺す」、「妻」は「夫の蔭にゐることによつて大胆さを目立つて示してゐる」、「（痩せた）子供達」は「湯そのものである」。そして顔なじみになった老人の娘の健康で活発な「白い豊かな体」の泳ぎ姿に主人公は眼を引きつけられるのである。

以上のように「破の破」の段では、それぞれの身体の表情を描くことで、「生の賛歌」を奏でた。

しかし、次の「破の急」の段においては、人間の悲劇を見出して行くことになる。

一四章で、主人公は浴場で「ここで初めて病人らしい女」を見る。それは「中年の女」で「放縦に荒んだ肉体であつた。何か前身があり、あだなところがあつた。それは子供を生まない体であつた」と元芸者であることを述べ、「その複雑な体の中に、彼女自身の意識せぬ怨恨と悲しみと怒りと執拗な生の欲望とが、燐光のやうに燃えてゐるといつたやうな凄まじさが、ちらりと漂うのが感じられた」と描写している。「自然」から逸脱している身体である。

一五章で旅の友として持参した『能と能面』からの類推であろうか、先の中年女に能の「狂体」を感じる。「己と己が肉体の肉と血を噛み啜り、萎れ荒んだ己が肉体を託喞つてゐるやうな、怨念に青白んでゐる女体の、おのづからに放つてゐるもの狂ほしいみだらさが、冷静であらうとする意識に、ぴつたりと貼りつき、次第に自らの血管の中へ、寄生木の白い根のやうに、糸のやうな根をしづかに執念く食ひ込んでくるやうな気がして」きて「こんな女こそ、能楽の幽鬼のやうな狂体となるものではあるまいか否すでに狂体そのものではないであらうか」と思うのである。[*15]『能と能面』には「般若は必ず女性であつて鬼になつたものすなはち鬼女に用ゐる」「般若は悲しみと怒りの二つをもつてゐる」とあるから、「狂体」のイメージが膨らんだものであろう。

しかし「狂ふほかないほどまでにはたらいてこそ、生は最も純粋であり又はたらき充ちてゐるに違ひなかつた」と思い返し「どれも己の中にあつたし、どこにもついて行けた」と、「自分」を無にする境地にたどり着く。だが、そこに事件が発生する。「小説めいたことが起つた」のである。

親しくなった老人の、あの健康な娘の亭主の戦死の悲報が齎されるのである。「泣声は怺へようとしながら、又も噛みしめる歯を吹き破るやうに顫へて迸るかと思ふと、遂に大口を開けて辺り憚りなく喚くやうに泣く」その娘の泣声を聞いて、主人公は戦地の「炸裂の爆風がまざ〳〵と感じられたり」して、「体にこたへていのちのきり〳〵軋めく苦しさと切なさとに顫へやまず、そのためかのやうに声をあげて泣き体をもだえた」のであった。般若面の「狂体」のような中年女さえも許容した「自分」の「心」は、此処に至り平衡を失ってその娘の悲しみとはげしく同化し、遂に哭泣の姿になる。「さうして泣いてゐるうちにやがて何もなく己もなくただ荒涼と激越し、もはやなにも求めもしないし思ひもしない、悲しみだつてしない、恨みだつてするものか、ひとり体をふるはせて涙を拭い」「断絶した、と心に叫んだ」という事になる。ここにおいて遂に人の情けと「断絶」することが描かれている。小倉脩三は、その娘の「悲劇」について「日常的に進行しつつある『現実』の頽廃に対する強い嫌悪感と、完璧な美への憧憬、そして悲劇による救済という構図」（「蓮田善明と三島由紀夫──小説『有心』を中心に」『成城国文学』二〇〇五年）と述べている

以上のように「破の急」の段で、戦時下という時代の日本国家の民の悲劇を身に引き受けた主人公は、最終段「急」の段で、火山口への道行きを描き、大団円となるのである。

一六章は、「決心」して「火口」へ上る。道々で戦地のことを思い出し「幾度も死を決せねばならない」と考えたりしながら上って行き、遂に噴煙を眼にする。「うす気味悪いほどゆつくりと何気なげに雲のやうな煙のかたまりが後から〳〵湧き上がつては風に崩れて東手の山を蔽うて流れてゐる」のを見るのであった。この「噴煙」と一七章の「作者の眼と直身には最もあざやかにのこつてゐることが、むしろ今は書かせようとせぬ」という後記をめぐって、小高根二郎は「それ（あざやかにのこっていること　筆者注）は雪の点々とした灰黒色の急斜面に転がっていた自殺体だ。（略）許嫁の戦死も知らず深夜の浴槽を泳ぎ回った彼女が、その無常を再現するためにした跳躍の果であったのだ」（『蓮田善明とその死』筑摩書房、四五年三月）と想定している。そのような小高根の推定を受けて松本健一は、「わたしの勝手な推測では、彼が見たものは阿蘇の噴煙だけだった。（略）おそらく死んだあとそのような煙となって空中に消えてゆくわが身というものを、かれは直に感じとったのではないか」（「昭和への挽歌」『日本及び日本人』一九九〇年七月）と述べている。

この「噴煙」＝「雲」について、蓮田はかつて昭和一三年一一月の『文芸文化』紙上で大津皇子論として「青春

の詩宗」で「若人は死に臨んで『百伝う盤余の池に鳴く鳴を今日のみ見てや雲隠りなむ』と、『生』と『死』を恐ろしいまでに識別してゐる。（略）この詩人は今日死ぬことが自分の文化であると知ってゐるかの如くである」と述べているし、さらに「雲の意匠」（昭和一七年歳末『神韻の文学』一条書房収録、昭和一八年一〇月）で倭建命の遺歌「愛しけやし吾家の方よ雲居立ち来も」を引いて「死の際に於て、雲を見てゐるといふのはたしかに古代から日本人のしてゐることだといふ、漠然たる思ひのつながりをもつてゐた」と述べている。又「有心」一七章に「作者の此の『いまは』に似た登攀の道に、ふと口にうかんできた『世のつねのけむりならぬとはのけむり』」とあるので、これらから類推すると、雲を見るとは臨終と生命のことであり、したがって「急」の段は、「自分」の死と再生をイメージしていることになろう。

この様にして、「マルテの手記」を思わせるような不安神経症的の心理の解剖から始まった「今ものがたり」は、「手記」風でありながら、主人公の死を暗示することで終わるという一定の「序破急」の構成をもった心理劇的な「ものがたり」であった。

2　島尾敏雄「はまべのうた」

次に、やはり主人公の死が前提とされたような島尾敏雄の童話「はまべのうた」を取り上げる。

「はまべのうた」は奄美大島の海軍水中特攻基地で書かれ、その原稿が現地の小学校教師大平ミホに渡され、加計呂麻島に不時着し内地に帰還する海軍神風特攻隊中尉の手を経て、福岡の友人真鍋呉夫の元へ届けられ、戦後同人誌「光耀」第一号（昭和二一年五月）に掲載された作品である。*16 最初ミホに渡された時の副題は『古事記』の「乙女の床の辺に吾が置きしつるぎの太刀その太刀はや」という倭建命の辞世句であったが[*17]、戦後発表された時には、林古渓作詞の「はまべのうた」の「あしたはまべをさまよへば昔のことぞ偲ばるゝ」に変えられた[*18]。「はまべのうた」という作品タイトルは、戦後発表時のサブタイトルからも当然、童謡「はまべのうた」林古渓作詞から採ったものであろう。二木紘三や池田小百合によれば、初出は東京音楽学校交友会誌『音楽』一九一三年八月号であり、次に一九一八年には竹久夢二の装画つき楽譜が「セノオ楽譜」九八番としてセノオ音楽出版社から出されている。島尾が目にし、耳にしていたのは、おそらく「セノオ」版であろう。童話・童謡雑誌『赤い鳥』の創刊やヒット、竹久夢二の流行によって、人口に膾炙していたこの歌の歌詞は次のとおりである。「一　あした浜辺をさまよへば、昔のことぞしのばるゝ。風よ音よ、雲のさまよ、よする波もかひの色も。二　ゆふべ浜辺をもとほれば、昔の人ぞ、忍ばるゝ。寄する波よ、かへす波よ、月の色も、星のかげも。三　はやちたちまち波を吹き、赤裳のすそぞぬれもせじ。やみし我はすべていえて、浜辺の真砂まなごいまは[*19]」。

この童謡「はまべのうた」は、池田小百合や二木紘三の研究を手掛かりに解釈すると、大正ロマンの香り高い詩であることがいえるだろう。竹久夢二のイラストの効果とともに海岸のサナトリウムのイメージ、恋しい人、懐旧の情などが大正時代の若者を酔わせたと思われる。この歌詞から類推されるイメージとして、島尾「はまべのうた」には「浜辺」「風」「音」「波」「貝」「月光」がちりばめられている。

島尾敏雄「はまべのうた」は、乙女との恋は背後に隠され、作品後記で「祝桂子ちゃんとその先生のために」と付されているようにあくまでも少年、少女が主役の童話である。

主人公は、南島の昼の部落と夜の月の光の下の世界を行ったり来たりする。

この童話で、日本軍特攻隊基地の為に分断された奄美大島加計呂麻島の「呑之浦」部落は「ニジヌラ」となり、学校や役場のある「押角」部落は、近くの「スリ浜」からの類推であろうか、「ウジレハマ」とされ、「隊長さん」

は、基地を迂回し、その二つの部落を美しい物語で繋ぐのである。「お月夜の晩などにはこの二つの部落はまるで青い青い水底に沈んでゐるやうでありました」と始まる。部落は「月の光がした〻るようにこぼれてゐるのでした」と、童話の空間は月の光の下の世界である。そこは山鳩や蛙や千鳥やふくろうの声に充たされている世界である。

一方昼の世界に関して、この童話には、作者の現実否定の巧妙な仕掛けが施されていると思われる。たとえば、「ケコちゃん」の兄の「トシちゃん」たちと出会った「隊長さん」の、「ぐんかを教へてやろうね」というその軍歌とは「海の子供は海がすきー」となっている。このとぼけたような軍歌は、当時学校でも慫慂されていた「海ゆかば」へのからかいだろう。また、部落の人たちがへいたいさん歓迎会で歌う「とても不思議な音色」の歌は「千年も万年も見たことのないふかしぎなくぢらがやつて来た　いや、それはくぢらではないよ　みなみの島を守りに来たふねだよー」とされている。これも軍艦への或る種の茶化しではなかろうか。島尾は、長崎時代に同人誌に書いた作品「お紀枝」への特高による弾圧を決して忘れることはなかったようだ。

月光の世界では、主役はむしろ少女「ケコちゃん」であり、「ケコちゃん」によって、「隊長」は「たいちょさん」に変身させられ、リードされる。

このケコちゃんは、むろん作品付記の「祝桂子ちゃん」とつながっているが、その物語上の姓「キク」の出自は何だろう。実はこの作品に見え隠れするのは、奄美の伝説である。[*20] 文中にケコちゃんの故郷である「サッコの島」には「大昔に北の方からたくさんの天にょたちがやって来て住みついたのだといふ伝説があるのです」と記されている。これは奄美の伝説である「天降り女人」を思わせる。いわゆる羽衣伝説の一種であるが、その特徴は、「(天から降りてきた)どのアマヲナグも、必ず白風呂敷の包み物を背負い(略)異性を覓める女であるから、男に会った際、その心を蕩けさせ、誘惑する」(金久正「天降り女人」『旅と伝説』昭和一八年一二月)[*21]、のである。また同じく作中に「この島に古い古い昔から伝わって来た可哀そうな奴隷娘をうたった」歌があり、「きりょうよしのやさしい娘でしたが、ただ身分が奴隷であったばかりにみんなにいぢめられてたうたう死んでしまった」という歌であったとされている。これは奄美の伝説の「今女の亡霊」だと思われる。金久正は「(一種の農奴である)家人の今女は、こよない美貌の持ち主で、村の評判者であった。やがて主家の旦那の思い染めるところとなり、これに気づいた家刀自(注　主婦)の嫉妬うわなりは火と燃え、ついに家刀自は、(略)死に到らしめた」(同前)という話を記述している。

前者の「天降り女人」と極めて似ている伝説で、民謡になっているのが「嘉徳ナベ加那節」で、「鍋加那」という美女の出身地「嘉徳」は「喜界のある部落」という説もあることから[*22]「キカイ」の転として「キク」が類推されるし、また伝説研究家の「金久」、或いは奄美大島大和村「大金久」よりの転とも類推される。「ケコ」もあるいは「桂子」からの直接的名称だけではなく、「嘉徳(カドコ)」の転音も加わっていると見ることも可能だろう。

いずれにしても島尾は、「ケコちゃん」の背後にこのような伝説を匂わせているのである。

そして「隊長さん」は、少女「ケコちゃん」の友達になってしまい、まるで通い婚のように、その少女のもとに通うのである。「隊長さんはケコちゃんがかあいらしくてかあいらしくてたまらなくなりました」という記述には、実は作者の少女偏愛が隠されている。

この童話は、「お月夜の晩にはウジレハマでもニジヌラでも、ふくろうがやつぱりくほうくほうとないて、はまべにはちどりがちろちろとんでゐたといふことです。をはり」と終わっている。この「ふくろう」は「隊長さん」の、「ちどり」は「ケコちゃん」の転生であると目される。しかし、この童話が倭健命の辞世の句から始まっていることからすると、この「ちどり」は、『古事記』の同じ倭健命の死を悼む家族の歌の「浜つ千鳥　浜よは行かず磯伝ふ」(同前)との関連が思い合わされる。「八尋の白千鳥」になった倭健命を偲んで「妃たち」や「御子たち」が「田」を「蔓」のように這いつくばり、「浅小竹原」を血だらけになり、「海」に漬かり、まるで「磯」の「千鳥」のように追いかけながら歌った歌の中の一首である。

まとめ

このような島尾敏雄「はまべのうた」と比較して、「有心」の特徴について述べると以下のようになろう。

まず、題名についていえば、「はまべのうた」は、大正ロマン調であり、恋する乙女のような頽廃的なロマンへの憧れである。一方「有心」は日本中世の和歌の精神であり、日本伝統文化の思想への憧憬である。

両者のサブタイトルについて、「はまべのうた」の倭健命の辞世の句は、乙女への愛に剣を添えるという多分に演劇的な仕掛けであり、神話的な装飾であったに対し、今ものがたりとは、物語と「今」という相反する概念を結びつけ、その「今」は、国の戦争という今であり、戦争のなかの「自分」の今の「心」であった。

戦争という状況の緊張を一方は緊張への反動・反発のように夢を紡ぎ、一方は自己反省へと向けたのである。

次に物語の時空間について、「はまべのうた」は、地理的には南海の島での昼の世界と夜の月光の世界での島の少女と「隊長さん」の出会いと別れが語られ、物語の終わりは、いわば水平軸で忽然と消滅するのに対し、「有心」では、山の温泉場と浴場における揺れ動く心から、ついに火口へ向けての道行きが描かれ、下界から山頂へ、いわば垂直軸で上昇すると言えるだろう。

登場人物の特徴は、「はまべのうた」が「会話」する「隊長さん」と「ケコちゃん」に対し、「有心」では、「自分」とあくまで観察の対象としての他者でしかないが、時に他者の魂と交感してしまう「自分」が描かれているという事になる。

「はまべのうた」では、参照文献の可能性として奄美の民間伝説が挙げられるが、「有心」では、研究論文的正確さでリルケ「ロダン」が引用されている。他に「有心」では、鴨長明「方丈記」や金剛巌「能と能面」、「平家物語」などが実名で挙げられている。両者の引用の意味は、島尾における「性愛」への着目に対し、蓮田は、詩人像の形追求から、隠遁への願望ということだろう。

最後に、文体・文飾について言えば次のようになろう。「はまべのうた」が、オノマトペの多用やウジレハマとかニジヌラという地名の造語に見られるような、強くてしなやかな虚構意識による童話物語であるのに対し、「有心」は、現実とズレてしまう「自分」への着目を通して、「私」とは何かの追求という自意識追求の昭和の新しい文芸思潮に掉さす、語り手もいない、私の内的世界の徹頭徹尾独白の心理劇であった。

「はまべのうた」は、作者の「私」の焦点化を避け、第三者「隊長さん」と南海のパラダイスのような島の少女との触れ合いというおとぎ話、童話に仕立てられた。薔薇の花、花の香り、鳥や蛙の声、月の光の下でのお話は、「ケコちゃん」も「隊長さん」もいなくなる結末である。しかし、単なる夢物語と言えないある違和感がある。それが、サブタイトルの辞世の句であり、「兵隊さん」であり、「少女」へのこだわりである。「ケコちゃん」は、「隊長さん」が愛してやまない少女であり、そこに作者の少女への性愛というものへのこだわりが感じられる。つまり戦争と強引に断絶し、個人の性愛の欲望追求の夢を童話物語に仕立てた作品であったと言えるだろう。

一方蓮田「有心」の「自分」は家族を愛するという個人の欲望と日本文化への献身、奉仕の精神との矛盾相克に悩む心のありようからの「別れ」が描かれていた。つまり、人の情けと断絶し自己滅却を通じて日本文化に連なる精神としての自己滅却の厳しさ、律法へと投身した作品であったという事になろう。

注

1　小高根二郎『蓮田善明全集』「年譜」一九八九年四月。

2　島尾ミホ編「島尾敏雄年譜」『島尾敏雄事典』勉誠出版、二〇〇〇年七月。

3 広島高等師範学校の同窓生で親友の池田勉によれば、昭和一六年二月以降四月頃まで、東京世田谷の池田の下宿で書き継がれたと思われる（『祖國』昭和二五年一一月）。また同じく親友で作品本文の校訂者清水文雄は次のように述べている。「この小説の素材のメモは無論湯の宿でとられたものが多いであろうが、執筆はおおむね下山後になされたらしく、その後長いあいだ未完のままで筐底に蔵められていた」（昭和二九年九月、『河の音』王朝文学の会、一九六七年三月所収）

4 清水文雄「小説『有心』について」（昭和二五年五月、『河の音』同前再録。）なお「彼は宇品に上陸して日本の国土を踏むなり、均衡を失って転倒したと、清水文雄が伝えている」（小高根二郎「解説」『蓮田善明全集』）。

5 藤平春男「幽玄と有心」（『国文学研究』早稲田大学国文学会、一九七三年）、出佐百合子「藤原定家の『有心』」（『日本文學』東京女子大学日本文学研究会、一九六六年）など。

6 所収『河の音』一九六七年三月）。

7 松本健一も『蓮田善明日本伝説』（河出書房新社、一九九〇年一一月）で同様な見解を述べている。

8 松本健一は、帰還した蓮田の苛立ちと捉えている（同前）。

9 『ロダン』（昭和一五年八月、石中象治訳世界文庫第三六、弘文堂書房

10 原文の石中象治訳リルケ『ロダン』（前出）第一部最後に「なぜなら、彼の道具の方へ世界が歩みよつて来たのであつたからだ」とある。

11 原文では「人間の身体ぢゅう到るところで泣くといふことがあること」（石中訳）とある。

12 大山定一訳『マルテの手記』（白水社、昭和一四年）には「何のせゐか知らぬが、すべてのものが僕のこころの底に深くしづんでゆく。普段そこが行きどまりになるところで決してとまらないのだ」とある。

13 なお、この記述はリルケ『ロダン』（一九四〇年八月、石中象治訳）に拠っている。

14 神谷忠孝は「有心」執筆中は「遁世の願いと肉親への愛とのジレンマに苦しむ時期」（「作家に見るロマン主義蓮田善明」『国文学解釈と鑑賞』昭和四六年一一月）だと指摘している。

15 池田勉は『能と能面』の中の「般若」の面を取り上げて、「あの額にたたまれてゐる悲しみは、あれは知性の悲

しみなのだ、そんなことを蓮田は私に語った」（「遺稿『有心』をめぐって」前出）と述べている。
16　同人庄野潤三、林富士馬、大垣国司、三島由紀夫。
17　『古事記』中巻景行天皇条「嬢子の床の辺に我が置きし剣の太刀その太刀はや」（小学館『新編日本古典文学全集古事記』一九九七年六月）。
18　島尾ミホ「はまべのうた」（『島尾敏雄事典』勉誠出版、二〇〇〇年）、寺内邦夫「島尾敏雄・掌編『はまべのうた』について」、『南島へ南島から』和泉書院、二〇〇五年）
19　ウェブ「二木紘三のうた物語」（二〇〇七年一月）、池田ウェブ「なっとく童謡・唱歌」（二〇〇八年八月作成、二〇一五年七月更新）より。なお、両者によればこの二点には歌詞が三番まであったが、戦後版教科書『中等音楽三』（文部省、昭和二二年三月）には第三番が削除されている。ちなみに初出の歌詞は次のとおりである。「一　あしたはまべをさまよへば　むかしのことぞしのばるる　かぜのおとよくものさまよ　よするなみもかひのいろも　二　ゆふべはまべをもとほれば　むかしのひとぞしのばるる　よするなみよかへすなみよ　つきのいろもほしのかげも　三　はやちたちまちなみをふき　赤裳のすそぞぬれもひぢし　やみしわれはすでにいえて　はまべの真砂まなごいまは」。この三番について、もともと三番四番とあったものを一つにしたので意味不明になったことが池田小百合によって明かされ、また「まなご」はサナトリウムに入院していた林古渓の姪のことではないかと二木紘三によって推測されている。
20　ミホの父は文化人であったから、当時、話か本を参考にした可能性はある。
21　金久正『奄美に生きる日本古代文化』（刀江書院、昭和三八年三月所収）、なお「天降り女人」伝説については、柳田国男の『民間伝承』（昭和一九年三月号）での言及や早くに昇曙夢による『旅と伝説』（昭和三年号数不明）での紹介があることが同書で記されている。
22　金久正「嘉徳ナベカナ節の一考察」『南島』（昭和一四年一月）、『奄美に生きる日本古代文化』（前出）所収

蓮田善明における詩と小説

野坂昭雄

蓮田善明の「有心」[*1]（『祖國』一九五〇年五、六月）は、いわば小説についての小説である。といっても、いわゆるメタフィクションだという意味においてそうなのではない。確かに、この小説の最終章は、「有心」の書き手がそれまでの記述について言及し、小説内世界とは位相の異なる地点から状況が説明されるという点で、メタフィクション的だと言えるかもしれない。しかし「有心」は、評論集『鷗外の方法』（子文書房、一九三九年）などに提示された蓮田の詩と小説をめぐる議論と重ね合わせた時に見えてくる独自の構造を有している。自らが小説であることを自己顕示しながら展開する小説、それが小説をめぐる小説ということの内実であると考えられる。

本稿ではまず蓮田の小説論を概観した上で、彼の唯一の小説「有心」を論じてみたい。

1

『鷗外の方法』の第一章「小説について――森鷗外の方法――」は、当時の一般的な鷗外論とはかなり趣が異なっている。岩波書店版『鷗外全集』が刊行された一九三六年辺りから鷗外研究は盛んになるが、当時刊行された鷗外関連書の多くは森於菟、小堀杏奴、小金井喜美子といった鷗外の親族、あるいは陸軍衛生課長時代の部下だった山田弘倫など縁者の手になる回想・伝記的な内容のものか、石川淳のように歴史小説に着目した作品論であった。

そうしたオーソドックスな鷗外論の中に『鷗外の方法』を置いてみると、蓮田が伝記的な事実にほとんど言及しておらず、専らその「方法」に注目していることが理解できる。もちろん、例えば後の『神韻の文学』（一條書房、一九四三年）に収められた「森鷗外」のように、鷗外の略歴に言及されることも無いわけではないが、そこでも作品と鷗外その人とを結び付ける作家論的な関心はほとんど見られないのである。

では何が問題となっていたのか。蓮田が『鷗外の方法』で試みたのは、詩と小説を独自の切り口から区別することである。通常、詩と散文とは形式的な差異によって区別され、蓮田の活躍した時期は既に口語自由詩の時代を迎えていたとはいえ、詩の詩たる根拠は散文にはない韻律や行換え、聯構成などに求められるのが普通であった。しかし蓮田は、それらとは全く違う方法で小説と詩を規定する。以下、その点を概観してみたい。

第一章「小説について――森鷗外の方法――」は、「自己弁護」「『青年』」「現代のモラルとしての芸術」「小説のために」の四節から成る。主に「自己弁護」の節で、「ヰタ・セクスアリス」と『青年』がその考察対象となっているが、蓮田はまず「自己弁護」という金井君の言葉に「鷗外の文芸観の原形質らしいもの」を見出している。

即ち、どんな芸術品でも、自己弁護で無いものは無い、それは人生が自己弁護であり、あらゆる生物の生活が自己弁護であるからである――と言ふのである。そして動物の保護色の例をあげてある。勿論やや奇抜洒落の交つた言説と見るべきであることを考慮に入れつ、読むべきではあるが、此の突嗟の警句にひらめく所がある。

自己弁護――自己の弱点をずるく美化しようとするのである。「庇護」し「文飾」する（「青年」第二十二章）のである。他を言つて自己をカムフラージしつつ自己を防護してゐるのである。自分と関係ないやうな事柄を書いてゐて如何にも一般的かの如く装うて結局自己流の生活の意義を表明してゐるのである。自己を客観化し普遍化したとも言へるし、逆に言へば自己を普遍に装うて瞞着してゐるのである。（…）果して、彼が生物の保護色の例を引いて自己弁護といふ時、この自己弁護は或る敵に対してゐるのである。単に自己を一般化するとか一般化を装ふといふことでなく、一般化は対敵の方法である。（「自己弁護」、傍線引用者）

ここで蓮田は「自己弁護」を「自分と関係ないやうな事柄を書いてゐて如何にも一般的かの如く装うて結局自己流の生活の意義を表明」することと捉え、また別の箇所では「自己に向いて而も自己を公共的に語るべく強ひられるのが自己弁護である。此の方法が小説である」と述べる。つまり、「ヰタ・セクスアリス」における、自己を弁護するという身振り自体が公共的に示されるといういささか矛盾した事態を、蓮田は問題化しようとしている。小説を書くという行為が必然的に伴う公共性と、そこで追求される個人の性の歴史との間のズレを、芸術活動全般における本質的な出来事と捉える蓮田の見方は、非常に興味深く、鋭いものである。そして彼は、自己を披瀝して公共化すること＝自己と一般との関係を問うことが、「自己の生活を真に生活として基礎づけること」に繋がると考え、金井君のあり方に「小説とはどんなものかの酷しい探求」を読み取るのである。

この「自己弁護」を蓮田がどのように理解しているか、さらに見ていきたい。「ヰタ・セクスアリス」において、金井君が小説を書くに至る動機は、一つには漱石や自然主義の小説への応答ということにあった。「何か書いて見たいといふ考」を持っていた金井君は、「夏目金之助君が小説を書き出した」のに刺激を受け、さらに自然主義が流行して性欲に関する「疑惑」を感じたことで、「一つおれの性欲の歴史を書いて見ようか知らん」と決意する。言うまでもなく「ヰタ・セクスアリス」には金井君の書いた小説「VITA SEXUALIS」が入れ子型に挿入されているが、「自己弁護」に関する記述はその小説内小説の中に存在する。金井君は匿名を条件に「自由新聞」への執筆を承諾したが、手違いで「読売新聞」に名前入りで文章のことが記事にされてしまうという文脈においてである。その直前の部分を引用する。

此新聞は今でもどこかにしまつてある筈だが、今出して見ようと思つても、一寸見附からない。何でも余程変なものを書いたやうに記憶してゐる。頭も尻尾もないやうな物だつた。その頃は新聞に雑録といふものがあつた。朝野新聞は成島柳北先生の雑録で売れたものだ。真面目な考証に洒落が交る。論の奇抜を心掛ける。句の警束を覗ふ。どうかするとその警句が人口に膾炙したものだ。その頃僕は某教授に借りて、Eckstein の書いた feuilleton の歴史を読んでゐたので、先づ雑録の体裁で、西洋の feuilleton の趣味を加へたものと思つて書いて見たのだ。

この後「僕」は、「雑録」あるいは feuilleton（文芸欄）の形式を借りて書いた結果、自らの文章について情熱が乏しく、衒学的だという批判を一部から受けたことを記す。一方、同じ箇所には「僕は幸に僕の書いた物の存在権をも疑はれずに済んだ」とあり、「僕」が執筆にあたって行った自己弁護＝ Mimicry（模倣）については、表立って批判されることはなかった。自己を前面に押し出すことを避けたこうした「自己弁護」的方法は、鷗外によって「どんな芸術品でも、自己弁護でないものは無い」と普遍化されることで、金井君の小説を書く動機が夏目金之助や自然主義の小説など他者（の欲望）に基づいているという近代的な「小説」のありようを典型的に示すものとなる。そして蓮田はこの点に着目を促すことで、鷗外の問題意識をさらに先鋭化させて、近代における「小説」の位置づけを検討しているように感じられる。

また「対敵の方法」としての「自己弁護」は、弁護されるべき「自己」を措定する点において、日本浪曼派的なイロニーとよく似ている。例えば保田與重郎は、「芸術のイロニーとはあくまで裸体の作家を守る、芸術人の根性」[*2]だと述べているが、あらかじめそこから防衛されるべきところの他者が存在するというよりは、むしろ生み出された関係から他者が立ち現れ、芸術の意識が生成すると考えた方がよいだろう。蓮田も、「イロニー」という語こそ用いてはいないが、『鷗外の方法』において「ヰタ・セクスアリス」の「自己弁護」を「対敵の方法」と位置づけることで、いわばイロニーを行使していると言える。逆にいえば、「敵」はそのようなイロニーの中で仮構されるのである。

蓮田は、「ヰタ・セクスアリス」の一部で用いられたに過ぎない「自己弁護」という語を、鷗外理解のキーワードにまで格上げし、いわばイロニーとしての小説を、近代の小説のあり方を最も明瞭に示すものと位置づけているのである。そして、近代社会の中で自律的に行動できず、常に他者の欲望を模倣している近代人を描く小説は、まさに英雄的な行為の不可能性を指し示すジャンルなのだと言える。

見て来たように、「自己弁護」という語は、そこから自己が守られるべきところの「敵」のイメージを想起させるが、「ヰタ・セクスアリス」での「敵」とは他者による批判・批評を指していた。しかし、「自己弁護」の節末尾では、その「敵」が「詩」であることが明かされる。

> 彼が明らかにせずして影の如くに語り過ごした、見えざる怖るべき「敵」、芸術上の非常に高い要求、漱石の作品の本質——、及び彼が計らずも明らかにした自己弁護の消息。これを更に次に訊ねてみよう。併し便宜上結論から先に言ふならば、此の「敵」は詩である。詩に対する自己弁護が小説である。鷗外は、芸術に非常に高い要求なるものをもちつゝ、之を敵としてそこに「小説」を書いてゐる。彼は本質的に、そして聡明に小説家であつた。ついでに言ふならば、漱石は小説を書いたが、試みて詩をその中に混じた。このことは本質的

に詩人的である日本人の嗜好に投じた。それに比して鷗外の試みた小説は、鷗外自ら屡々いふやうに「厭味」なものであり、「情調の無い」「竿と紐尺とを以て測地師が土地を測るやうな」手硬い小説を書いた。（傍線引用者）

蓮田は、「結論から先に言ふならば」と断った上で、「此の『敵』は詩である」と断言し、続く「『青年』」の節で『青年』全二四章を一つずつ丹念に読み解いていく中で、この小説内に詩／小説の対立を見出していく。もちろん、『青年』において「敵」とされていたのは、実際には坂井夫人である。

己は奥さんの態度に意外な真面目と意外な落着きとを感じた。只例の謎の目のうちに、微かな笑の影がほのめいてゐるだけであつた。奥さんがどんな態度で己に対するだらうといふ、はつきりした想像を画くことは、己には出来なかつた。しかし目前の態度が意外だといふことだけは直ぐに感ぜられた。そして一種の物足らぬやうな情と、萌芽のやうな反抗心とが、己の意識の底に起つた。己が奥さんを「敵」として視る最初は、この瞬間であつたと思ふ。（一五）

蓮田の立論にかなり無理があることは明らかである。彼は、小説内における小泉純一の成長、彼の小説を書こうという意志、詩と小説との関係などを強引かつ一挙に結び付けるべく、『青年』の末尾近くで夫人を追って箱根に向かい、「その勝利は妨げられ完全に敗北した」純一について、「謎の目の夫人は、目前の夫人にあるのでなく、今や純一の内部に移転してしまつてゐる」という解釈を示す。別言すれば、純一の内面的な成熟は、周囲の人々（「敵」）を内に取り込むことによって実現され、その結果小説が生成する、と考えるわけである。こうした『青年』

のあり方を、蓮田は次節「現代のモラルとしての芸術」で「現代のモラル」へと繋げ、さらに小説にモラル樹立の役割を付与してゆく。

彼（引用者注：鷗外のこと）は、芸術を、唯あるがまゝの人生を写す「表現」などとは考へてゐない。「自己弁護」と言つた。自己弁護とは、結局、彼の所謂万有主義的個人主義の方法そのものに他ならなかった。それは、かのセガンチニが氷山を鄰にもつた寒い小屋の中で、死に瀕し、体のうちの臓器はもう運転を停めようとしてゐるのに、窓を開けさせて、氷の山の嶺に棚引く雲を眺めてゐる——といふ所を見て、「芸術とはかうしたものであらう」と純一が歎じた所に通ずるものである。個を死なしめて而も飽くまで個を最大に肯定するところに、忠義、孝行、恋愛などを見出したモラルは、鷗外によれば、今新たに、芸術によつて再生せしめられたモラルであつた。（「現代のモラルとしての芸術」）

右の引用にあるように、セガンティーニの個人的な生を救済した芸術は、蓮田において「個を死なしめて而も飽くまで個を最大に肯定する」という「忠義、孝行、恋愛など」のモラルへと接続され、対他的な一般化（＝自己弁護）は「万有主義的個人主義」という名の下で、他者のために死ぬことを厭わない生のあり方に置き換えられる。これが戦時下の美学的イデオロギーそのものであることは言うまでもない。『青年』の内容を完全に逸脱した解釈と言わざるを得ないのだが、幸か不幸か、後の鷗外の歴史小説は、確かに蓮田の捉え方を補強するかのように個人の生を超えたモラルを問題にしていく。最終的に蓮田は、「戦死——にわれわれは芸術を見なければならない。戦死が詩であることを、はつきりと知らなければならない」という所まで行き着くのだが、そのことについては後述する。

さて、「小説」が「詩」を敵と見なすとは、「小説」が「詩」という概念との相関関係においてしか規定され得ないということを示すのだろう。「小説」は、自己が他者によって規定されるという散文性において、まさに近代的なものであると言える。[*3] 鷗外が「ヰタ・セクスアリス」と『青年』の二作で近代の小説の有りようを示したとすると、蓮田の理想とする文学世界は、主体同士の他律的な関係性から逃れた反近代的、非イロニー的なものであり、それは神と人との関係を描いた古典文学の中にこそ求められるだろう。これは、『日本浪曼派』や『文芸文化』同人らの古典観に繋がるが、ここでは紙幅の関係上、これ以上触れることはしない。

以上をまとめると、蓮田は「小説」の時代において、その小説の普遍性を問題とし、小説の抑制を通していわば「詩」の普遍性、絶対的根拠を構築しようと試みたのだと言えよう。もちろん、それは簡単なことではない。詩の側から見れば、例えば蓮田と親交のあった伊東静雄は、特に『わがひとに與ふる哀歌』の作品でイロニーを詩の基盤に置かざるを得なかったし、また萩原朔太郎もそうした伊東の詩こそが、一九三五年頃にふさわしい抒情詩であるという見解を示していた。[*4] 井口時男はその蓮田善明論の中で、[*5]『文芸文化』一九三八年七月号の「創刊の辞」(署名は池田勉)に、伊東の詩「わがひとに與ふる哀歌」の一節を踏まえた表現があることに着目し、そこに「伝統」への信従の意志を読み取り、その頃に「蓮田の精神は(…)急激な過渡期にあった」と指摘する。それは確かに、伊東がイロニーによって組み立てた一節を脱文脈化し、宣言の言葉に用いるという操作によって「詩」的なものを打ち立てようとする行為である。そうした情況の中で、蓮田は詩/小説をめぐる苦闘へと駆り立てられていくのである。

第一章「小説について」の、特に「『青年』」で、小説を一章一章丹念に読み進め、じわじわと結論に漸近してゆく論の運びを行った蓮田は、次章「詩のための雑感」では断章形式を採用し、もはや論述の展開など意に介さぬように、説明の言葉を費やすことなく「詩」を示す。その記述形式においても対照的な二つの章は、正に小説/詩の対立を如実に表していると言える。「詩のための雑感」では、小説とは異なる詩の任務が明確に語られる。「詩人は、花といひ、月といつて、花をさし、月をさす、その言葉それだけで詩を成すのである。詩人は敢てモラルを言はない。小説は花や月や言葉の代りにモラルを言ふのである」とあるように、詩は言葉と概念・事物との究極の同一化を現出する。そして蓮田のようなロマン主義者にとって詩は「死」と同義であり、理念との幸福な一致が最も十全に実現されるのは戦地であって、そこでは戦死こそが「詩」を体現するのである。

一方の小説は、いわばモラルを生成して銃後の生活を支える規範を作り出す。そこには同一化しきれないズレ、残余、差異といったものがあり、ヘーゲル的にいえば他者との関係性の中で辛うじて自己が規定されるような主体の脆弱さを含んでいる。それが批評的な距離を生み出し、イロニーを成立させているのである。

2

その思想の是非はともかく、己に詩が書けぬことを自覚していた蓮田は、小説や評論を書くことを通して、そして最後には自らの身体を賭して「詩」の無イロニーを実践した。そうした彼の文学観が刻み込まれているのが小説「有心」である。既に『鷗外の方法』を出版し、その後も鷗外の小説に言及してきた点から考えても、同じ時期に書かれた「有心」がそうした問題系から独立したものとは到底考えられない。とはいえ「有心」には、鷗外がその前で踏みとどまったとされる「小説」を乗り越える道筋もまた示されている。

一九四〇年一二月、中支戦線の召集解除により帰還した蓮田は、翌年一月下旬より阿蘇の垂玉温泉山口旅館に滞在した体験を小説「有心」に記す。生前に発表されることなく終わったこの小説は、一九五〇年五・六月号の『祖國』に全文掲載され、さらに同年一一月号では「有心特集」が組まれ、保田與重郎らの「有心」論が掲載された。

『祖國』には「近刊」として『有心』の広告が出ているが、実際にまさき会祖国社から刊行された形跡はない。

まずは小説の枠組みについて見ておこう。全体は一七章から成るが、「むすび」と題された最終章では戦地へ向かう列車内で「作者」が末尾を書き継いだこと、それまでを書いて「もう数年筆を止めてゐた」ことが説明される。他とは明らかに位相の異なる部分である。残りの一六章には回想も含まれているが、「自分」が温泉に向かう途上から、温泉場に到着し、数日間の滞在の体験を経て阿蘇火口へと向かう場面に至る、ほぼ時間的な順序に従って記され、温泉宿での経験、知覚、思考の内容に多くの筆が費やされている。ストーリーと言えるような明確な内容が存在するわけではなく、その時々の印象や抽象度の高い思考などが、持続性を持たず点綴されるといった印象である。出来事に触発された内面思惟が延々と続くこともあるが、一見するとそれらは何かへと統合されるような方向性を持っているようには感じられない。しかし「有心」は、「自分」のその場その場での体験・思惟を単純につなぎ合わせただけの小説ではない。

全体の通奏低音となっているのは、戦地と銃後との緊張関係である。目的地である温泉場に向かう「自分」は、その道行きを丹念に語っているが、「道は間違ひはない筈であつた」としながらも、「もうなんだかその駅に行き当らないやうな不安に襲はれ」たり、駅で「とんでもないところに、坐つてゐるのではないか」と感じたりする。一方、末尾では阿蘇火口へと歩む「自分」が、火口から立ち上る煙の動きに「何か激しいもの」を感じた時点で一旦筆は止まり、「むすび」では戦地へと向かう貨車の中に「作者」がいる。つまり、戦地から帰還し、静養の時間を与えられた兵士が、再び戦地へと向かうという枠組みをこの小説は持っているのである。その道筋の中で、「自分」は自らの不安定な内面を反映して数々の停滞を示すが、徐々に快復して確かな足取りを取り戻す。このように、全体は戦地と銃後の生活とを対比的に捉える構造の中で展開していると言えるのである。

もし、蓮田の鷗外論における詩と散文との対比をこの小説に適用するなら、「有心」は詩を「敵」と捉えるような散文的視線の圏域にある小説ということになろう。だとすれば、「有心」における詩とは何なのかを考えねばならないが、戦地と銃後との隔たりを描いたこの小説は、実はそのことを通して詩と散文との対比を浮き彫りにしている。例えば冒頭近くには次のような記述がある。

何を、何と、妻に語つたらいいか。自分の真意を―、併し自分の真意といつてみたつて、それは自分に話せるほどはつきりしてゐるのか、そしてこれははつきりしない限り徒らに妻の心を引きかき廻すだけであり、一層自分を苦しくするだけでしかない。否、真意といふやつはちゃんと摑んでゐても、今これを語る言葉があるか？　これは表現の可能不可能といふことでなくて、言葉そのものへの不信任であつた。言へば、自分は隠遁するのだと言へば足りた、しかしさういふ説明ではどうにもならなくなつてゐる自分を知つてゐたので、斯うやつて出て行くといふことでしか妻にも語れなかつた。（一）

「自分は隠遁するのだと言へば足りた」のに、「自分」は「さういふ説明ではどうにもなら」ず、「斯うやつて出て行くといふことでしか妻にも語れな」い状況に陥っている。あるいは冒頭部、駅に向かう「自分」は、「現実と自分との二枚の像が一寸ずれてゐてぴつたりと密着しない感じ」を覚える。こうしたずれが生じるのはなぜか。端的に言えば、戦地と銃後で言葉の持つ性質・機能が異なっているからである。次の引用は、戦地での言葉がどのようなものであったかを端的に物語っている。

この十二月戦地から帰還の途中で、有り合せの「方丈記」を上海で買つて船中でそればかり読んできた。もうこれよりほかない、と思ふのであつた。戦地では、此の時代（到りついた、いはゞ現代日本の時代）の、もの倦い生活を、そこにこそ求めて拋つて生き得ると覚悟して、実際戦地とても色々の絡みつきはあつても兎に角、説明なしに生きることが出来た。一言もなく《ママ》に死んでよかつたし、さういふ死方で死ぬことのみが今日ではほんたうの文化であると信じてゐた。この死方を自分一人の胸の中では「天皇陛下万歳」といふ言葉だけがふさはしいと考へる——となく思つてゐた。（二）

戦地では多くの言葉を費やすことなく過ごすことができたという失語症的な語り手が、銃後において「小説」を書く。戦争での死（戦死）と詩の言葉とは、もはやその説明や表現そのものをすら不要とするような直接性、透明性を有している。戦地のように行動・行為が絶対である場における言葉は、銃後の生活においては当然ながら存在が不可能なのだ。別の個所では、次のように述べられている。

「方丈記」は、先づ初めに唯嘆きだけで書かれたといふ稀有の詩を、次に言葉でなくて寧ろ行動でした詩であり、次に厳しく詩人の住処を、詩人の位置を意志し、占められてそれによつてのみ詩が書かれ（文字でなしに）てゐることを教へた。そして隠遁といふのが詩人の詩の烈しい形式でしかなかつた秘密が、否、権勢と利慾とだけが（その代表者は平清盛であつた）すべてであつて、文化が頽廃し喪失した時代に於ける詩人の、恐ろしいばかりの純粋な生の技術そのものを、示してくれてゐた。（二）

こうして見てくると、「有心」はその端々に「詩」が理念的に示されていることがわかる。戦地と銃後をつないでいた「方丈記」は結局のところ、「隠遁」という生の形式において「詩」なのだ。そして、戦地と詩を結び付け、銃後では詩の言葉が機能不全に陥ることを「饒舌に」語る「自分」は、まさに詩が書けぬ詩人という空転を帰還後の生活の中で演じねばならない。

強ひて言へば、かういふ生活とか技術（これは同意語として考へてゐたが）とかが穢らしく厭らしくなつてきてゐる、言ひかへれば人間を人間らしく向上させる文化の精神の墮ち崩れた時代の空気に堪へ難い苦しさ厭はしさを覚えさせ、不機嫌にさせてゐる唯それだけのことが自分を詩人たらしめてゐると考へてゐた。そして戦場の覚悟もこの詩人としての覚悟であつた。しかし、もし詩を文学的に書くといふことも、もはや今日は他の技術と些《ちつ》とも変りはなく、言葉を出せばその表現がいかに避けようとしても今日では根本から言葉が腐臭をもつてゐて、その腐臭から到底脱し得ないと思はれるのであつた。少なくとも自分の斯うした覚悟や精神についてはは黙つて（頑固に、意固地に）ゐることが最も安全な今日の詩であると考へたりした。又戦場ではそれを誰に向つて語る必要もなかつた。（二）

「言葉を出せばその表現が、いかに避けようとしても今日では根本から言葉が腐臭をもつてゐて、その腐臭から到底脱し得ないと思はれる」といった点は、ホフマンスタール「チャンドス卿の手紙」における言語的な危機を彷彿とさせる。また、詩は本来「技術」ではなく、もっと深奥な精神による産物であるという発想も見られ、もはや「黙つて（頑固に、意固地に）ゐる」ことこそが詩であるという具合に、極限まで言葉の機能を磨り減らす。これは、言葉を精神と同一視する言霊的な言語観であり、詩をある種の技術と見る知性的、モダニズム的な詩観とは対照的である。生活の退廃を避け遁世的な目的から温泉場へ向かった「自分」は、そうした厭世的態度を取ることこそが健全な生活であり、そうした生活の中から技術の介在なしに生み出されるのが真正な「詩」だと考えているようだ。既に散文（＝「詩」の欠如）を引き受けている「自分」にとって、では詩はどこにあるのか。もちろん蓮田が小説というジャンルを選択している以上、そこに詩は存在せず、単にその在処が指し示されているに過ぎないとも言える。それは、鷗外の『青年』について、坂井夫人という「敵」を媒介にして小説が生成されていったと捉える蓮田の理解と対応している。では、「有心」冒頭部ではっきりと銃後における言葉の退廃的状況を指摘した「自分」によって、どのように「詩」は定位され、またそれに小説はどう対抗しているのだろうか。

3

保田與重郎は「有心」論である「古代の眼」(『祖國』一九五〇年一一月)において、蓮田の小説が近代人の目から近代を描くという一般的な小説ではないことを主張している。その時保田は、近代に比せられる「古代」を、「抽象」というタームで規定している。

「抽象」とは何か、「思想」とは何か。それの生れる状態は如何なるものか。これを知りたいものは、「有心」を読め。但し「抽象」とそれから生れる「思想」は、みな「文学から生れるという機微を知るだらう。

(…)

先般谷崎潤一郎が毎日新聞にのせた小説のつゞきの中で、左大臣時平が大納言の奥方をひきさらつて己の車にのせるところの描写——何か香しく美しいものがさつと傍を通つたやうに人々に思はれたと云ふところを、感心してよみ、まだ日本にかういふ抽象的な(友禅模様のやうな)文章をかく人があるかと感久しくしたが、「有心」の中で、夜の温泉の湯船の中を、すつと泳いでゆく少女を描いてゐる条を見た時、谷崎以上に美しく清浄な、しかも思想をふくんだ「抽象」を知つた。

文意が必ずしも明瞭とは言えない記述だが、谷崎の『少将滋幹の母』を「抽象的な（友禅模様のやうな）文章」と述べていることから判断できるのは、具体的な細部を捨象して美的なイメージのみで流れゆくような非説明的な文章を、保田が優れたものと見なしているということである。保田が「有心」論を「古代の眼」と題したのは、現世を超えた地点からの超越的な視線を「有心」に感じ取ったからに違いない。「『死ね』の声きく彼方こそ詩である」（「詩のための雑感」）という時の詩（死）の世界から現実を眼差した時、近代的なリアリズムの具体性が何とも非美的に見えるというのは、全く理解できないわけではない。

と、又何か音がした。又湯に打たれてゐるのかしら、と思つて耳を傾けると、今度は落ち湯の音はそのまゝで、別に湯を掻きまぜる音か何かであつた。それに続いて確かに彼女の咽喉からの声で「あつプ」といふやうな湯を含んで吐き出すやうな声、ドブンといふ音が続いて起つた。そして啻ならず湯槽の湯が煽られてゐるやうなけはひ。何か不吉な直感が電光のやうに襲つてくるのを意識した。しかし一寸思ひ返して自分を抑へた。又も「あつプ」といふ声とはつきり聞きとれない低い声のやうなものがした。それから湯の重いざはめき。思はず急いで湯の中を女湯との仕切の壁の方へ一蹴りして進み、湯槽の縁に手をかけて半身を乗り出して通路になつてゐる所から覗いてみた。

と、すぐ目の前から白いものが躍るやうに湯の中に突き入つたかと思ふと、一寸妙な恰好の抜手を切つて深い湯気のこめた中を向ふの方へ鮮かに消えて行くのであつた。（一三）

この「夜の温泉の湯船の中を、すつと泳いでゆく少女を描いてゐる条」は、近代的なリアリズムの具体性に対比されるものであると言えるだろう。恐らく保田は、語り手が聞き耳を立てて隣の浴槽内における娘の行動を想像してイメージを膨らませた後、美しい娘の姿を目にするというこの場面を、男が美しい女を垣間見するという古典文学的な空間の道具立てのように捉えている。『伊勢物語』初段のように、最小限のコンテクストのみで実現された文学空間だからこそ、彼はこの場面に心引かれたのであろう。

また蓮田は、「有心」の中で次のように述べている。

さういへば此処の人々の顔は能面の和やかさと抽象とをもつた顔が多かつた。そのためにどうかするとどの顔も似寄つて同じに見える位であつたが、一つ一つは、勿論ひどく異つた出来であつた。が、どちらかといふと、さういふ抽象された顔といふものの方が強く浮彫になつてくるのであつた。それは唯平凡といふよりも、何か彼等の身体の中にはたらいてゐるものが作り出した純粋さに於て一致した或物の仕出でたもののやうであつた。（一一三）

「自分」は「も一人の青年は、延面冠者《エメクワジヤ》そつくりの頭髗の広く拡り頬から顎へすぼまり黒光りする顔の中に、波形の微笑を含んだ眼が並び、（…）」という具合に、青年の顔を抽象化された能面のイメージで説明しようとする。温泉場に来る途中で買い求めた中の一冊、金剛巌『能と能面』（弘文堂書店、一九四〇年）にも延面冠者の写真は掲載されており、「有心」執筆に際しこの書が重要な示唆を与えていることは明白だが、そもそも能面は顔の細部を捨象して一般化、類型化したものである。ここで蓮田の視線は、温泉場に集う人々の顔を能面のような「抽象された」ものとして捉えており、そうした視線を経由して近代的で複雑な小説世界は単純化される。保田の「古代の眼」というタイトルは、古典的な視線のフィルターを通して見た近代の生活を描く「有心」の特質を的確に言い当てていると言える。

そしてこうした抽象化は、蓮田において詩の言葉と緊密に結びついている。『鷗外の方法』所収の「詩のための雑感」の中で、蓮田は次のように述べている。

○精神を証明しようと思はない。説明しようと思はない。証明できないのでもなく説明できないのでもない。証明しようとしたり説明しようとしたりするものには、証明できないし、説明できないだけである。もし敢て述べんとなら精神はその消息を語ればよい。勿論詩人は、花といひ、月といつて、花をさし、月をさす、その言葉それだけで詩を成すのである。詩人は敢てモラルを言はない。小説は花や月や言葉の代りにモラルを言ふのである。ここに皮膜の差がある。

○精神とは厳粛そのものである。そのために既にモラルを破却して君臨せなければならぬ。況や肉体をや。これを日本人は戦争に於ても実行した。戦争は唯人を殺し合ふのではない。我を殺す道であつた。文学は人を唯頽廃せしめるのではない。「死ね」と我に命ずるものあり。この苛酷なる声に大いなるものの意志が我に生き及ぶのである。戦争とか死とかに関する此の年頃の安物の思想で愚痴るなかれ。この「死ね」の声きく彼方こそ詩である。我々は戦争に於て勝利は常に信じきつてゐる。そんなことを気づかつて攻撃しない。我々は己の死すべき（決して生物的な生命を惜しみ愛するのではない）場處をひたすらに想ふのである。弾丸に当る。眼くらみて足歩み、斃れんとして足下に一土塊、一草葉を見る、或は天空に一片の雲を見ん。此の土塊、草、雲、即ちそれ自ら詩である。究極の冷厳、自然そのもの。併し生命を踏み超えて凍つた精神である。

最初の断章では、「詩人は、花といひ、月といつて、花をさし、月をさす、その言葉それだけで詩を成す」と、詩の言葉について触れられている。蓮田の言語観において、詩の言葉は抽象的なものでなければならない。説明が捨象され、具体性を剥奪された言葉とは、個々の対象の差異を包括し、事物の本質とでも言うべきものを指し示す。一方の小説は、先に触れたように「モラル」を生成するのだが、不断に関係性に巻き込まれ、常に横滑りを続ける言葉によって支えられていると言える。

二つ目の断章は、死に瀕して眼に映ずる自然のような、超越的な位相から送られる言葉として詩を捉えている。私たちの日常世界とは異なる世界から発せられる言葉とは、別言すれば、保田與重郎が「古代の眼」と呼んだ視線を通して生み出される言葉と言ってもよい。その意味において、保田は「有心」に詩を見て取ったということが可能である。

詩／小説という蓮田の分類は、「有心」という小説では次のように定位される。「『死ね』の声きく彼方こそ詩である」とされる際の戦地での「詩」から遠ざけられた語り手にとって、そこで要請されるモラルの生成は小説が担うべきものであった。しかし、温泉場での記述にははっきりと抽象化された記述を通して「詩」の在処が刻み込まれている。保田の見立て通り、浴場で泳ぐ娘の描写が近代的な描写とは違うものを志向していると考えるなら、蓮田は温泉場の人々を見るその視線において、近代への違和と担うべきモラルとを「有心」で表明したということになろう。

4

戦地／銃後という空間的対比と、詩／小説との対比とが関連している点を確認してきたが、実は対比を不分明なものにしかねない要素も、この小説には書かれている。まずは第七章の室内の描写を見てみよう。

それは、障子に、いきなり日光が、太陽からの直接の光線が刺すやうに流れてきて、熱いやうな強さでさつと照らした時であつた。それは一抱へ位の大きさでしかなかつたがその銀のやうに耀やく光が障子にさすと、部屋の空気は一瞬にして戦慄して、破裂するやうに明るくなり、胸が揉み込まれるやうな痛さで反応した時であつた。障子は外側からその強い光を受けとめて、紙といふよりもその光そのもののやうに澄んで、素直に耀きながら、その直接光線を室の中にはそのまゝに透さずに、異つた明るさの色をいちめんに室の中に放つて、恰度或る印象が人の心の中に熱い何かのやうに一杯に充ちるやうに、一つの世界と仕出すのであつた。それはガラスの為すこととはひどく違つたものであつた。内からは外の光も、又障子に吹きつけてガタ〱鳴らしてゐる風も、カサカサと、風に交つてくる凍つた雪片も、見ることも触れることも出来ず、而も表に感受したものをすぐその裏に、生々《なま》しくない何ものかとして伝へてゐた。（七）

外界と室内とを隔てている障子は、両者を対立させるのではなく、むしろ光線の量を変換させながら両者を媒介している。それは光を通して空気を「戦慄」させるが、しかし障子自体は外界を直接見させることなく、ちょうどカメラ・オブスクラのように、障子という媒体を通して室内に映し出された外界の光線の痕跡を伝える。外界の直接的な光線を和らげ、現実との関係をイマジネールなものにする障子は、それに対する「自分」の内的思惟において、リルケ的な孤独のメタファーとされている。ここでの認識が、リルケ『ロダン』における「観察の対象の実体が突然に浮び上つて来るまで幾度も繰返し観るといふこと」、つまり集中的な凝視の実践にもなっていることは言うまでもない。だが「自分」は、「障子の『無』に観念的に陥ちかけて」いる自己を見出し、「その安易な『無』の観念から自分をもぎ取らうと」する。つまり、リルケ的な認識よりも、もっと直接的な生や実践、質実さ、他者との接触などといったあり方を模索するのである。

こういった直接的な生への志向は、他の箇所でも描かれる。例えば、冒頭近くの列車内のシーンを取り上げてみよう。阿蘇行きの列車に乗った「自分」は、車内でリルケの『ロダン』を読み、「目の前に、一つの救はれた己が生れて行くやうな幻覚へひき入れられ」、「非常に長い時間が、恰も永遠とでも言ふべきやうな長い時間が経つたやうな気がした」が、「竹で作つた玩具の軽機関銃と何か甲高い円味のある二人の男の子達の叫び声が起つて、はつと我に返」る。鴨長明的な俗世間からの隠遁、リルケ的な内面世界への沈潜を実践しようとする「自分」は、『ロダン』を読みながら「救ひ」を感じ、「神経は静まり、大へんに愉しい小ささといつたやうなものの中に自分が落ちつ」くのを感じていた矢先に不意に喧噪へと引き戻される。普通に考えれば、これは迷惑なことであったろう。しかし、ここで「自分」は次のように感じている。

その二人の兄弟らしい幼い子供達は窓に取りついて窓外めがけて乱射してゐるのであつた。硝子戸が一寸邪魔らしいが満足してゐた。「こら、静かにせんか」と親らしい人が制止してゐるので、硝子戸を手で開けるなどといふことは自分も我慢しなければならなかつた。汽車は走つてゐた。窓外は冬枯れた草や木やが渾沌として過ぎてゐた。子供達は射撃をやめず、カタカタといふ音は車室に響き渡り、傍若無人な戦闘の騒ぎは近くの人々を辟易させた。この光景に打たれた。そしてあたりを見廻した。この感動を他の人々の顔にも見ようとして。併し子供達の直ぐ近くの人の辟易以外に、どの顔もどの顔もこの事件に対して些しの、全く些しの感応も示してゐなかつた。それは又異常な光景であつた。眠つてなどゐる人はゐるやうでなかつたが、否皆目の前の何かを見、窓外に目をやり、又口を開いて話し合つてゐるのであるが、その目は何も見てゐなかつた。口もぱくぱくしたり、皺が寄つて笑つたりしてゐるが、汽車の軋る騒音と子供達の戦闘の騒ぎにかき消されてゐるためであろうが、まるで言葉も笑ひも、空気がその振動を伝へ得ないかのやうに何も聞こえないのであつた。目

をふさぎたいやうな気がした。（四）

なぜ「自分」は、人々を辟易させる子供達の「傍若無人な戦闘の騒ぎ」を見て、「この光景に打たれ」、「感動」したのだろうか。ここで彼が「戦闘の騒ぎ」から実際の戦地を想起している様子は見られない。ここでは、これを「幻覚へひき入れられて」いた「自分」が現実へと戻される経験であると考えたい。仮に、子供の無邪気さが生き生きとした現実的感覚をもたらしたが故の「感動」だとしよう。そうした感動を共有できない周囲の人々への違和感を、「自分」は「その目は何も見てゐなかつた。口もぱくぱくしたり、皺が寄つて笑つたりしてゐるが、汽車の軋る騒音と子供達の戦闘の騒ぎにかき消されてゐるためであろうが、まるで言葉も笑ひも、空気がその振動を伝へ得ないかのやうに何も聞こえないのであつた。」と表現する。違和感は、視覚と聴覚との違和として認識されており、ここでは内面への沈潜よりも生の感覚の調和的な状況こそが重視されているのである。

これに続き、「自分」は「十二三の女の子が、手で顔を蔽うて鼻をすゝり上げるやうな恰好を何度も続けてゐる」のを目にする。ここでの母と娘の姿について、「自分」は次のように述べる。

するとその泣いて泣いてやまない、憚りのない泣声、どうかすると泣くことが一等自分の気に入つてゐるのだとでもいふ風にしやくり上げ〳〵して、声ばかりはおーオおーオと泣いてゐるその声が、何かそこ（二人の女）だけを、静かに包んでゐるやうな或るものが感ぜられて来、またその泣声が何か絶対な響きを以て、うつくしいものに聞えてくるのであつた。自分は本から目を外らし、その声を十分に聴き取らうとするかのやうに、耳を、心を、全身を、空ろにしようと身構へる自分を気づいた。（四）

先の引用の「振動」という語と響き合う箇所である。「自分」は、全身をいわば振動に反応する繊細なメディアと化して、「空ろ」な状態で声を聞く。その後、中学校の少年と「年とつた女」との会話に「思はず微笑した」「自分」は、「こつ、と突き当るものがあつた」と感じる。列車内で「自分」は、以上のような体験を経て、外界と身体的に同調することとなる。こうした身体感覚はリルケ的な内面への沈潜とは明らかに異質であり、むしろそれを打ち破るものであろう。

萩原朔太郎のように、「詩は一瞬間に於ける霊智の産物である。ふだんにもつてゐる所のある種の感情が、電流体の如きものに触れて始めてリズムを発見する。この電流体は詩人にとつては奇蹟である。詩は予期して作らるべき者ではない。」（『月に吠える』序）といった詩観を蓮田が持っていたならば、あるいはメディアと化した身体に突き刺さるような言葉・体験を「詩」的なものと捉えることも出来ただろう。「有心」には、こうした体験が確かに描き出されている。

ここに、蓮田善明という文学者の偽りない、だが揺れ動く思惟を読み取るべきかもしれない。そして、これまでに検討してきた文脈から言えば、鷗外が「日本の伝統的な抒情性に対して寧ろ冷徹な散文的なものをきびしく与へ」、「暫く抒情性を『敵』とさへ見据ゑなければならなかつた」のと同じように、「自分」もいわばリルケ的な孤独と内面沈潜による「詩」を「敵」と見なしていたと考えられる。蓮田にとって、リルケ的なテーマは最初から詩において追究されるべきものとして設定されていたと見るべきなのだろう。その際、「有心」でこの身体感覚が描かれていたことをどう理解するかが、蓮田評価の重要な鍵となるだろう。

上のように考えた時、問題となるのは一五章の記述である。そこでは、戦争で夫を失うという生の断絶を経験した娘の嗚咽と、中年女の「放縦に荒んだ身体」への想像とが重ね合わせられる。これは言ってみれば、健康な身体の放つ抽象性＝能面が破られる瞬間でもある。「自分」は、その「印象が否応なく踏みこんでくる」中年女を通して、「他の人々の『生』にも触れ得た」と感じる。この展開は、『青年』で坂井夫人の目を通して純一の主体性が確立されていったのと同構造である。だが、その中年女に対する思惟の最中に、最初の娘が夫の訃報に接して嗚咽するのを耳にする。

　部屋に帰り、床をとり蒲団を頭からかぶると、ぶるぶるふるへる唇を噛んで咽び泣いた。歯がきりきり鳴つた。すると一層熱い涙がぽとぽと音を立てて、敷布団の上へ落ちるのであつた。全身が熱くなつて火の出るやうな気がした。その意識を失つたやうな烈しい嗚咽の中に、あの娘の悲鳴のやうな甲高い泣声が聞えるやうな気がした。しかもその声の中に、深夜起き出でて一人で浴場で若い体を泳がせてゐた姿が美しいもののやうに現はれたり隠れたりした。そのほか突拍子もなく妻子の顔が浮ぶかと思ふと、耳のあたりを切つてシユル……シユルと空を切つて来て、ふと途絶えて、一寸次の瞬間を待つかとする、呀つといふ間もなく全身に吹き当つてくる炸裂の爆風がまざ〳〵と感じられたりするのであつた。しかし体にこたへていのちのきりきり軌《ママ》めく苦しさと切なさとに顫へやまず、そのためかのやうに声をあげて泣き体をもだえた。さうして泣いてゐるうちにやがて何もなく己もなく唯荒涼と激越し、もはや何も求めもしないし思ひもしない、悲しみだつてしない、恨みだつてするものか、と、ひとり体をふるはせて涙を拭つた。断絶した、と心に叫んだ。そんな言葉がどういふ意味なのか考へやうともしなかつた。しかし何か大きな軽さをふと覚えた。しかし気づくとまだ頬を涙だらけにしてゐた。（一五、傍線引用者）

　それまでの記述で、「自分」はさまざまな身体に出会い、その重層性の中で彼の生（に対する意識）も更新され、あるいは積み重ねられるが、引用の場面では彼は戦地での記憶を呼び起こされている。それは、オノマトペが多用されていることからもわかるように、感覚的なリアルさを伴っている。夫を亡くした妻への、さらには戦死した兵への感情移入、同一化、あるいは現実と記憶との混在を経て、「自分」はいわば「大きな軽さ」を感じる。そしてその翌朝、彼は観念の中から脱するかのように、宿を出て阿蘇山の火口を目指すのである。

とはいえ、一六章は「それは一見ひどくゆっくりとのどかに却つて静止してゐるかと思はせる位に動きながら、見つめてみると一瞬にして動いてゐる速度と変化は何か激しいものがあつた。」という一文で終わっており、「或る大きな響きのやうなもの」が「雲」から生じ、荒涼とした風景の中で「うす気味悪いほどゆつくりと何気なげに雲のやうな煙のかたまりが後から〳〵湧き上」る様子は、「自分」の内面を映し出しているようでありながらもその内実が非常に不明瞭なものとなっている。

さて、ここまでを簡単にまとめるならば、「詩のための雑感」における「花といひ、月といつて、花をさし、月をさす」という言語観とは、まさに抽象的なものでなければならなかった。具体的な差異を問題としない透明な言葉。能面に象徴される抽象的世界を、現実の温泉場に見出そうとして、「自分」は浴場で観察する身体を抽象化しようとする。しかし、それが破綻するところに「有心」のポイントがあるように思われる。

結局のところ、「有心」は『青年』や「ヰタ・セクスアリス」とは異なった方向性を持った小説である。それは、銃後の生活の中では小説世界に生きざるを得ない主体を描いているのであり、詩の手前で踏みこたえているのではなく、積極的に詩を求めつつも、最終的にそれに挫折した小説なのである。だからこそ、この小説は未完成のままで終わり、再び戦地へ向かう作者の状況が末尾に付加されねばならなかったのだ。

5

小説「有心」では、詩／小説という対比は、戦地と銃後という空間的な位相の違いに基づいていた。もちろん、「小説について」で見たように、あるいは保田與重郎が「古代の眼」で示していたように、蓮田においてこの対比は歴史的、時代的な差異にも置き換えられる。そのことがはっきりと示されているのが、評論集『預言と回想』（子文書房、一九四一年）に収められた「小説の所在」という一文である。

「小説の所在」の（序詞）では、友人と思しき「□□君」へ宛てた言葉として、現行の小説の隆盛についての感想が述べられ、戦中における「小説」のあり方を述べる評論を戦地から送るという状況設定が示される。その後に、二〇章から成る評論が置かれ、最後に（あとがき）として再び友への言葉が付される。

『鷗外の方法』所収の「小説について」とは異なり、ここでは西洋と日本との対比、そして日本の古典への言及を通して「小説」を規定しようという意図が濃厚である。まず蓮田は、「小説は最も地上的な文学である」と規定し、「決して人間や人生を超越しまいとする方法、これが小説の方法である。（鷗外は早くもこの一線を堅く守らうとした。）」と述べ、「小説について」の議論を踏まえつつも、「人間や人生を超越」する位相の存在を設定する。そして、小説を執筆する意味について、「少くともわれわれが小説を書かうとするには、人間や人生の、人間や人生であるあり方を、西欧人が自ら為したやうにもつとわれわれ自ら亦た身をもつてしらなければならないのである。」とし、「小説」を従来の発想で理解する限り、西欧の人文主義を理解してそこから学ばなければならないと論じる。

しかし蓮田は、日本での「小説」が、西欧のように道具立てをして、人間や人生を探求し綜合するような構成を持つ以前に、「素材に対して余りに早く文学を感じてしまふ」という特徴を持っていることを指摘する。

われわれ日本人が「小説」を書かうとして困るのは、西欧風の小説のやうに、あれやこれやを積み上げ、寄せ合せないうちに、素材に対して余りに早く文学を感じてしまふことである。どうしたら文学になるかといふことの前に、そんな技術や構想より前に、もう目についたものに文学を感じてしまふのである。そのために、改めてそれらの素材を白紙に返して文学に構成して行くといふことに気骨が折れる、又何やらしら〴〵しい気もちを感じて、それが出来上りの上にも西欧の小説のやうな暢達さ愉しさを、妨げるのである。

こうした日本文学の特徴は、西欧の「探求」に対して「開眼」と名づけられ、また「神」と人との関係としても規定される。西欧では、地上的な「私」と神の位相との緊張関係が描かれるのに対し、日本では、「私」は探求や祈りや犠牲といったものを必要とせず、既に神を見ているため虚構を必要としない、とされるのである。

そこで蓮田は、日本は西欧の文化を移入し始めた明治維新にまで返り、「明治維新の開放を、復古的新生として、今一度出発し始める」と同時に、西欧の「自由、生活をその始原から歴史的に知る」ことによって、「将来われわれは相互の精神、相互の文化を理解し合ひ、融合することもできる」と述べるに至る。

こうした議論、特に後半の方は戦中に量産された日本文化論とよく似ていて違和感を禁じ得ない。しかし彼の意図は、西欧文学を基盤とした文学史において日本の文学が常にその規範を追う形でしか規定されないことに反発し、別の道筋で文学の歴史を構築しようとした点にあり、その点は保田與重郎における文芸史の構想と親和性が高い。

また蓮田は、上のような理屈から、「第一級の『物語』は、『一切皆空と照見して』『みな解脱』するといふところである。『空即是色』と色界に再び臨み、あはれみて供養物を受け、『功徳を成就して種々の形を以て諸の国土に遊び、』『自在神力を以て娑婆世界に遊ぶ』といふ構想である。これが『しる』ことの極地であるといつていい。」といった形で『源氏』や『伊勢』に言及していく。こうした意味において、古典文学には近代小説を理解する枠組みとは全く異なる原理が機能しているのであり、西欧近代的な小説に比肩しうる強度を持った文学なのだと蓮田は捉えていたが、これは『文芸文化』同人の間でも共有されていた認識だと考えられる。

しかしながら、だとしたら「小説について」における小説に関する議論はほとんど意味を喪失するのではないかという疑念も生じる。近代における小説の位相が問題となるのは、あくまで西欧的な文学史を念頭においてのことだからである。最後に、その点に言及しておこう。

先に見た、詩／小説の言葉の差異という点においても、また上のような近代以前／以後という時代区分についても、蓮田がそれほど言及した詩人とは言えないが、ヘルダーリンの詩論が理解の手がかりになるように感じられる。「『アンティゴネー』への注解」でヘルダーリンは次のように記している。

それゆえに、すでに『オイディプスへの注解』で触れたように対話形式が採られるのである、またその対話と対立する合唱という形式が採られるのである。また次のような場面におけるような危険な形式が採られるのである。その場面というのは、ギリシアふうに、言葉が、より感覚的な主体をつかむことによって、より間接的に行為的になるというそういう意味において、不可避的に行為をもって終るところの場面である。それに比べると、われわれの時代と観念形態によれば、言葉は、より精神的な主体をつかむことによって、より直接的に行為的となるのである。ギリシア的に悲劇的な言語表現は、肉体的な死をもたらすというありかたで行為的である。つまり、言葉にひっとらえられた肉体が、現実に殺害行為をするのである。ところで現代のわれわれは、よりゼウス的であるゼウスの支配のもとに立っている。すなわちそのゼウスは、この大地と死者たちの住む荒々しい世界とのあいだにだけ足をとめているのではなくて、永遠に人間に敵意を示すような自然活動が「あの世」へ向おうとするのをより断乎として大地へ押しもどすのである。そしてこのことは、重要な、そして祖国的な諸観念を大きく変えることなのである。そしてわれわれの文芸は祖国的にならなければならないのである。[*6]

考えてみれば、「有心」末尾で「自分」が阿蘇の火口へ向かうという構想は、ヘルダーリンの『エムペドクレス』を想起させずにはおかないが、右の引用から理解できるのは、第一に、ヘルダーリンがギリシャ人について、「悲劇的な言語表現は、肉体的な死をもたらす」という言葉の直接性を指摘していることである。蓮田における「詩」の言葉とは、正にこうした直接性として捉えられるものだろう。第二に、「小説の所在」に見られた蓮田の日本文学に関する思想、つまり日本の文学が「詩」を多分に含んでいるために、詩の手前に踏みとどまる「小説」が不可欠なのだという考えが、ヘルダーリンのいわゆる祖国的転回とよく似ているということである。蓮田の構想では、日本人に親和的なる「詩」こそ、私たちが求めねばならないものである。そのために、敢えて蓮田は『鷗外の方法』等において執拗に小説を分析し、そこから「詩」への回帰を果たそうとしたのではないだろうか。

蓮田の詩と小説について本稿で明確な整理が為されたとは到底言い難いのだが、こうして見たとき、「有心」もまた、故郷へと一旦戻り、再び戦地へと回帰する主体の体験の中で、目指すべきもの（詩＝死）の強度を高めるべく巧妙に構成された一種の思想小説なのだと言うことができるように思われる。

注

1　「有心」の引用は復刻版『祖國』（臨川書店、二〇〇二年）掲載のものに拠る。引用に際し、旧字体は新字体に適宜改めた。またそれ以外の蓮田の文章は、各単行本から引用した。

2　保田與重郎「ルツインデの反抗と僕のなかの群衆」（『コギト』一九三四年一一月）

3　千葉一幹は、『クリニック・クリティック』(ミネルヴァ書房、二〇〇四年)所収の梶井基次郎論の中で、次のように述べている。「近代という時代と密接に関わりながら生成し発展してきた小説は、周知のように西洋の伝統的美学の範疇には属さない出自のいかがわしいものである。小説は、一作一作、『書く』という実践を通じて己の存在証明をしていかなければならぬように宿命づけられているのだ。すなわち、小説とは、根源からの支えに基づき始められるものでなく、その無根拠性から始められねばならないものなのだ。／こうした小説を美学的に位置づけようとしたのがヘーゲルである。ヘーゲルは『美学』において小説を『近代の市民的叙事詩』と規定している。だが、これは小説の血統上の正統性を保証するものというよりも、近代における叙事詩の不可能性をいうものである。ヘーゲルにとってホメロスに代表される叙事詩の世界は人間と自然とが調和した状態にあり、そこに疎外や亀裂は存在しない。また叙事詩の主人公となる英雄は、『かれらの欲求をみたすのに役立つべきものを自分で調整し、われわれが文明の発達した状態において作中の主要人物にはやらせようとしないことを自分で賄って』いて、『自分の所有物に悦びを感じ、自分自身の活動によってつくりだしたものに悦びを感じているのである』。英雄は、あらゆることを主体的に遂行しうる全人的人間であるのだ。これに対してヘーゲルは近代の散文性を『すべてが自己によって規定されているのではなくて、他者によって律せられ規定され』ている点に見ている。自己は他者との関係性のなかでしか、その命脈を保ちえないということをヘーゲルは近代の散文性と呼んだのだ。」

4　知られているように、萩原朔太郎の『わがひとに與ふる哀歌』評(「わがひとに與ふる哀歌　伊東静雄君の詩について」『コギト』一九三六年一月)は、「ひさしく抒情詩が失はれてゐた」と始まり、この詩集について「社会そのものが希望を失ひ、文化そのものが目的性を紛失し、すべての人が懐疑と不安の暗黒世相に生活してゐるところの、まさしく昭和一〇年代の現代日本を表象して居る」と述べている。

5　井口時男「蓮田善明の戦争と文学　第三回　二　内務班――教育者としての蓮田善明」(『表現者』六二号、二〇一五年九月)

6　フリードリヒ・ヘルダーリン「『アンティゴネー』への注解」(手塚富雄訳、『ヘルダーリン全集』第四巻所収、河出書房新社、一九六九年)

II

蓮田善明「鴨長明」論——中世文学研究の側から

中野貴文

帰還の途次より鴨長明を読みだして以来、私には、長明を想うてあるに非ずばこの世にあり得ぬ思ひがしてゐる。

はじめに

蓮田善明は、自身が代表を務める『文芸文化』誌上において、昭和一六年四月号より同年一二月号まで「鴨長明」と題する評論を連続で発表した。[*1] 右に挙げたのは、連載の開始となった四月号掲載論文の、冒頭の一節である。「帰還の途次」とあるのは、前年一二月まで約二年間にわたって従軍した中支戦線からの帰国を意味する。従軍の間も、蓮田は「青春の詩宗——大津皇子論」[*2] や「詩と批評——古今和歌集について」[*3] など積極的に投稿を続けていたが、「帰還の途次」よりその関心は、中世の歌人兼隠者へと向けられることとなった。

それまで蓮田が研究の中心としていたものが、主に『古事記』や『万葉集』であったことを考慮すれば、[*4] 鴨長明を取り上げたこと自体、蓮田の文学を考える上で避けることのできない問いとなろう。例えば中世隠者文学研究の泰斗であった、広島高等師範学校時代の恩師斉藤清衛の影響、中でも昭和八年に斉藤が突然教職を辞して漂白の旅に出たことなど、[*5] 考慮すべき幾つもの要因があると思われるが、本稿は蓮田の長明観と後鳥羽院観とを整理することに加え、明治末から昭和初期にかけての中世文学研究の諸相を紐解くことによって、先ほどの問いに迫りたい。

1

なぜ私が帰還の途次に鴨長明などを思ひ出したりしたか。一般に長明を厭世隠遁者として人生の正面から外れた者として遇してゐる通念を以て、人は直ちに長明の生活態度を責め、私を責めるであらう。私はそれに対して何の弁解も持たない。或は又文学といふやうな通念からして、長明が和歌の道に於て特にすぐれて異才を見せるといふのでもなく（同じ隠者の中でも西行などは無類の歌人の列に入れられてゐる）、唯世を背いた栖家を好み、たまたま由なき方丈記の如き作品をものして文学を片附けてお茶を濁してゐることに対して……私は努抗弁しようとも思はない。（四月号）

蓮田は鴨長明にどこに惹かれたのか、その答えは早くも連載評論の劈頭より言及されている。右を読む限り、蓮田は長明の代表的な著作である『方丈記』にしても、あるいは長明が生涯をかけて取り組んだ和歌にしても、さほど高い評価を与えているわけではない。長明歌を評する筆は、例えば「これは、もはやこれ以上どうしやうもない退屈な歌である（八月号）」の如く、至って厳しい。

結論を先んじていえば、蓮田が長明を評価したのは彼の文学そのものではなく、むしろ文学に臨む彼の姿勢にあったと思しい。その意味で、右に挙げた引用文中において、蓮田が長明のことを歌人ではなく「詩人」と呼んでいることは極めて重要であろう。[*6] いったい蓮田の呼ぶ「詩人」とは何か、それは長明の文学における如何なる性質を指すのか、例えば四月号における、以下の一節に就きたい。

私が此の歎きの中からふと何か物言ひたくなつた時、私の胸中にぐつとこみ上げた激越の情は、或る時ゆくりなくも夫の高山彦九郎の姿を私の脳裡に描かせてしまつた。それは思ひもかけぬことであつたために私自身を驚かせたけれどもこれは正しい発顕であつた。京三条大橋の恐らくは京童雑沓の中にいきなり坐して皇居を跪拝し奉り、草奔の臣高山彦九郎と喚き叫んだといふ奇人の姿が今日思ひ出されるとは何ごとであらう。唯斯うてのみ安心立命が見出されるとは何ごとであらう。これを気違ひ沙汰と目して嗤笑する者の目へ、いかなる目を以て弁解することができよう。少なくとも斯く気違ひ沙汰を演じ、又それによつて人を嗤はしめることのみが、——嗤つてゐる京童の表情のみが、それ自身この詩人の表現なのである。

「寛政の三奇人」[*7]の一人と称され、戦前は勤皇の志士として称揚されることの多かった高山彦九郎を、蓮田は「詩人」と呼んでいる。蓮田において「詩人」とは、世間から「気違ひ沙汰」とも見なされる狂気的な行動を伴うものであった。なお、言葉以上に行動にこそ「詩」を見出す認識は、蓮田の他の評論にも現れている。

詩は必ずしも言葉でなくしてよし。足下の花、天空の雲、而して又一片の言葉。神のものなればすでに完璧にして、荘厳せられたり。言葉なくして些かも欠如なし、東洋特に日本は此の沈黙の詩を知る。[*8]

具体的に、蓮田が長明のどのような行動に「詩人」を見たかは後節に譲るとして、先ほどの引用文中に「皇居」「草奔の臣」といった表現が現れる点を、ここでは注意しておきたい。蓮田において「詩人」の行動とは、「九重の雲居からのみの光り（四月号）」によって支えられるべき類のものであった。

例えば四月号において、蓮田は同様の「詩人」を高山彦九郎以外に、以下の如く列挙してみせる。

それは例へば、長明の「発心集」の中にとられてゐる中納言源顕基の「罪なくして罪をかうぶりて配所の月を見ばやとなむ願はれける」といふ姿にも、徒然草に引いてゐる「爲兼大納言入道召しとられて武士どもうちかこみて六波羅へ率て行きければ、資朝卿、一条わたりにてこれを見て、あなうらやまし、世にあらん思ひ出、かくこそあらまほしけれ、とぞ言はれける」といふ姿にも詩人があるのである。

ここに長明と兼好の文学の中から、源顕基と日野資朝とが選び採られていることはとても興味深い。まず顕基だが、『発心集』はその出家の原因を、以下のように語っている。

かの後一条かくれましましたりける時、嘆き給ふさま、ことわりにも過ぎたり。御所のありさま、いつしかあらぬことになりて、はてには火をだにもともさざりけるを、尋ね給ひければ、「諸司みな、今の御事をつとむるあひだに、仕る人なし」と聞こえけるに、いとど世の憂さ思ひ知られて、さるべき人みな御門の御方へ参りけれど、「忠臣は二君に仕へず」といひて、つひに参らず。御忌みの中のわざなど仕りて、やがて家を出で給ふ。

（「中納言顕基、出家・篭居の事」[*9]）

顕基は後一条天皇の寵臣であったが、逝去後、他の者が新帝への奉仕に勤しんでいる姿に憂いを覚え、「忠臣は二君に仕へず」という言葉を遺して出家したという。

一方資朝は、六波羅の武士たちに捕えられた京極為兼[*10]の姿を目の当たりにし、自身もかくありたいと共感を示す。その後まさしく、資朝は正中の変に伴い鎌倉幕府によって捕縛、佐渡島へ流罪となった。前掲の引用文に続けて「後醍醐天皇の御信頼をうけて北条氏の覆滅をはかり高時に捕へられ」と記されている通り、資朝においても自らが使えた天皇への忠義を示す行動であったという点に、蓮田は共鳴しているように思われる。そして蓮田における「詩人」の条件をかくの如く認めたとき、彼が長明の向こう側に見出していたものも、また明らかになるであろう。いうまでもなく、後鳥羽院である。

2

そして長明に思ひ返る時、波紋の中心に投げつけられて波泡立つ激越の情に私は身を苦しめられるのである。そして此の激越の情に身を委してゐる時こそ私には自分の生命に落ち着いて居られるのである。（四月号）

前節で見た通り、蓮田は長明を「詩人」と見なし、その行動の背景に天皇（後鳥羽院）の存在を見て共感していたと思しい。四月号において

詩といへば言葉か文字で書かねばならないなどと考へてゐるものの陥る唯物論の堕落さはもはや述べ終つた。

鴨長明が出離したのには、後鳥羽上皇と、詩人としての斯ういふ黙約が、長明としてはあつたのである。

と喝破する、蓮田の発想の背景に迫りたい。

まず、史実において長明と後鳥羽院はどのように関わるのか。最初に紐解くべきは、蓮田も評論中で言及している『源家長日記』ということになろう。

すべて此の長明みなし子になりて、社の交じらひもせず、籠もりゐて侍しか、歌の事により北面へ参り、やがて和歌所の寄人になりて後、常の和歌の会に歌参らせなどすれば、まかり出づる事もなく、夜昼奉公怠らず。[*11]

長明は下鴨神社の神職の家に生まれながら、十代後半で父親を亡くすという不幸に見舞われる。それ以降、積極的に鴨社と関わることなく沈淪を続ける一方、管絃と和歌に熱中した。時折しも後鳥羽院が和歌所を再興し[*12]、『新古今和歌集』（以下『新古今』）編纂へ向け動き出した頃である。

かやうにおぼしめす事なき御光なるままに、よろづの道々につけて、残る事なき御遊びどもぞ侍る。いづかたにも人に劣らず、「いつの程に何事もせさせ給へるぞ」と見えさせ給ふ……「何の数ならぬいたづらわざかな」と見ゆる事までも、数々に学ばせ給へば、それにつけて誰々も召し出だされ、心に思ふ事申しだすめり。中にも、和歌の道は言ひ知らずとかや。

後鳥羽院が様々な芸道を好み、また臣下にも奨励したことはよく知られている。中でも和歌を好み、得意とする者を召し寄せたと家長は伝えている。召し寄せられた中の一人こそ、長明であった。長明は、後鳥羽院より「和歌所の寄人」に抜擢される。「夜昼奉公怠らず」という表現に、この思いがけない僥倖にかける、彼の意気込みが看取されよう。

しかあれば、事のついで求め出でて、さるべき御恵みあらまほしくおぼしめいたる折しも、河合社の禰宜欠いてきたるを、世人も「此のたびは長明になし給びてむずらむ」と思へば、いまだ申し出ださぬさきに、さる御気色侍りしかば、ないないも漏れ聞きて、喜びの涙せき止めがたき気色なり。

此の事を惣官祐兼漏れ聞きて申すやう、「社官のならひ、位階を破らず……」……（後鳥羽院は）祐兼申状、理なるよしをおぼしめして、さらば、うら社と申す社を官社になされて、さらに禰宜・祝を置かるべしと仰せられて、かの社の禰宜になし給ばむと定められき。まことに有り難き程の御沙汰なり……社頭の光なれば、かたがたこれも喜び申さむずらむと思ひ侍りしに、「なほ元より申す旨違ひたり」と強り申し侍りしに、うつし心ならずさへおぼえ侍りし。

かかる長明の忠勤に対して、院は鴨社の付属社であった河合社の禰宜の地位を与えようとするも、一族である鴨祐兼の反対にあい断念。絶望した長明は、他社の禰宜職への補任を打診した後鳥羽院の好意を拒絶し、そのまま出家・遁世した。

『源家長日記』を素直に解釈する限り、長明の出奔に関して、後鳥羽院との間に「詩人として」何かしらの「黙約」があったと認めることは難しい。いったい「黙約」とは何を指すのか、次の一節を見られたい。

私は後鳥羽上皇が王朝文壇の最期を必死に支へようと遊ばされたもの狂ほしいばかりの御執心とその御運命と御激越とをいつも痛ましくお思ひ申し上げてゐる。（四月号）

蓮田は後鳥羽院が、その「激越」を以て「王朝文壇」を守護しようとしたのだと認識している。遠く万葉の時代より続く日本古典文学、その精髄としての王朝和歌は今まさに衰退期にあり、後鳥羽院はそれを再興し、後代へと繋げようとしているのだとする文学史的な見通しが、ここには瞭然として現れていよう。

ならば長明と後鳥羽院との「黙約」とは、かかる衰退期にある王朝古典を、如何に守るかという点に見出されることになるはずである。国文学者であった蓮田の関心も、そこにあったのではないか。この「黙約」について、蓮田は一〇月号において次の如く述べる。

たとひもはや心眼のどこかでは院の文壇も底も極もなくなつてゐることを見とどけてゐても、そのやうな寥々寞々たる時代の姿故、それを尚ほ厚く護らうとはげみ給ふ聖主へ、彼も亦必死に縋り奉らうとしたか。この聖主と長明とが最も時代を知り抜き予言し合ひ、黙契し合つてゐたとも言へるであらう。

長明と後鳥羽院の間に、危機意識の共有を見たのだとも言い換え得る。蓮田はこの後に続けて、長明との比較から定家を以下のように指弾している。

定家などはまだうろうろしたところがある。恰度長明が辞したその頃に定家は住吉に参詣して「汝月明かなりと冥の霊夢を感じ」たりしたことによつて、「家風にそなへんために明月記を草し置きて侍事、身には過分のわざと思給ふる」などといい気なことを考へてゐる……何だか呆けてうろうろしてゐるのが却つて哀れである。

定家が批判されているのは、このような危機の時代であるにもかかわらず、自らの「家風」のことに関心を奪われている狭小さ故ということになろうか。さすがにこの批判は難癖といわざるを得まいが、定家と比較して長明を高く評価している点[*13]にこそ、蓮田の長明観は浮き彫りになっているのである。

3

それにしても、後鳥羽院を王朝歌壇の守護者と見なし、高く評価しようとする発想を、蓮田はどこから得たのであろうか。そもそも明治以降において、後鳥羽院はおろか『新古今』への関心自体、実はさほど高いものではなかった。

その因の中でも特に重要なものが、やはり正岡子規の『歌よみに与ふる書』の影響ということになろう。周知の通り「仰の如く近来和歌は一向に振ひ不申候。正直に申し候へば万葉以来実朝以来一向に振ひ不申候」から始まるこの一連の評論は、さらに「貫之は下手な歌よみにて『古今集』はくだらぬ集に有之候」と『万葉集』賛美、『古今和歌集』非難という明確な姿勢を打ち出す。『新古今』に就いては「『古今集』以後にては『新古今』稍々すぐれたりと相見え候。古今よりも善き歌を見かけ申候。しかしその善き歌と申すも指折りて数へるほどの事に有之候」と、『古今和歌集』よりも多少は評価するといった程度の扱いであった。以降、『万葉集』は常に高く評価され続け[*14]、古典和歌の代表的な存在という地位を不動のものとする。

『万葉集』が評価されたのは、天皇から庶民まで広い階層の詠者を含み、したがってその内容も素朴かつ雄渾な調べに満ちていると「思われた」からである。これに対して『新古今』は詠者の殆どが貴族層で、歌風も本歌取りに象徴されるような、古典の言葉を縦横無尽に引用してつむぎあげるスタイルを得意としており、『万葉集』とは極めて遠い。『新古今』の評価が概して高くなかったことは、以下の風巻景次郎の論文[*15]からも知られよう。

万葉集への共感に対して、新古今集への共感が如何に異質的であったかは、アララギの土屋文明氏の「新古今集寸感」（執筆者注・昭和七年刊『短歌講座』附録「短歌研究」第七号）といふ文中の左の言がこれを証してあまりがある。

自分は万葉集以外の歌集は殆ど読んで居ない。又読みたいとも思つて居なかつた。しかし最近職業上仕方なしに古今集と新古今集を引きつづけて極大ざつぱに目を通した。……古今集も新古今集も、漠然考へてつまらないだらうと評価して居たよりも、実際読んで見ると遥かにつまらなく感じられたからである。此の感じは殊に新古今に於いて甚しかつた。

このように、とりわけ歌人からの低評価が目につくように思われる。以下、もう一例挙げておこう。

新古今集の歌は、これを総括して言へば、甘え歌である。甘え歌であるから力が弱く、力が弱いから、強い叫びにもならず、深い沈潜にもならない。多く因襲的規制概念に安んじて心も詞も遊んでゐる。詞の機智的な遊びが行はれるために軽薄感を伴ふことが多い。[*16]

秀麗な技法を駆使して詠み上げられる『新古今』は、研究者の側からも、現実に背を向け古代を憧憬した没落貴族の「逃避的空想的精神[*17]」の産物と見なされた。したがってこの点に蓮田が共感していたとは考えづらい。蓮田が重視したのは『新古今』という文学作品ではなく、あくまで後鳥羽院その人であったろう。繰り返すが、院に王朝歌壇の守護者を見たからに他ならない。そして、蓮田に如上の幻視をもたらしたのは、保田與重郎であった。

これまで国文学史家が、俊成達について文学を講じ得たのは、まだ「もののあはれ」とか「幽玄」とか「有心」とかを論じてたのしんで居れた、太平と言はうか何と言はうか、とにかくそんなことで文学が心慰まれてゐた時、後鳥羽院について言はれなかつたのは、到底院の御運命の激しさに学者が目を開けるに堪へ得なかつたのである。後鳥羽院の雄渾な御詩心を説き触れたのは今日の時代の詩人保田與重郎氏であつた……後鳥羽院の御詩心を、保田氏でさへ雄大を以て述べてゐる。保田氏にも何か恐ろしく堪へ難いものが、もしはつきり氏がそれを言つてしまへば保田氏の慟哭が忽ち永遠の深淵に向つて続けられて止まないといふやうな、そんなものが保田氏の腸の中に潜んで居り、その故にこそ今日後鳥羽院を語つてゐられるのではないであらうか。（九月号）

引用文章の前半を読むと理解される通り、後鳥羽院の詠歌への関心も、昭和初期までにおいては、やはりさほど盛況であったとは認め難いようである。対して引用文章の後半（それこそ「心余りて言葉足らず」な文章で、ややその意を摑みづらいが）において、後鳥羽院に焦点を当てる発想の嚆矢を、保田與重郎だと明言している。

蓮田が「鴨長明」を連載する二年前、保田は後鳥羽院の詠歌の文学史的な意義を高らかに謳いあげている。[*18]

院の一等重大な歌史に於ける意味は、院の後に初めてしきしまのみちといふ自覚が生まれたことである……後鳥羽院は、中世以降の決定的な源流であり、又変革者である。院は政治と精神の意味では至尊調と日本への反省を教へ、文学と精神の意味からは詩人の未曾有の形式と及び歌と物語の境界への反省を教へられた。

保田は後鳥羽院を中世以降の文学の源流、具体的には芭蕉へと連なる隠者文学の源流であると捉え、かかる文学史的な存在としての院に「詩人」を見ようとしている。そして先行研究[*19]も指摘しているように、保田が参観し右の発想の根幹に据えたのが、折口信夫の評論「女房文学から隠者文学へ　後期王朝文学史」であった。

> 隠者階級の種蒔き鴨長明には、先輩があつた。俊頼の子の俊慧法師である……平々と一気に歌ひあげて、たけある歌を作らうとしたらしい。だから、感激と気魄とに任せてゐたのである。かうした風格は、隠者文学の先型となつたのであらう……かうした先輩や、教導者の後に出られたのが、後鳥羽院であつた。万葉の昔から、当代に亙り、すべての歌風と歌学の伝統を網羅しようと努められ、同好者の間に濃い雰囲気を愈、密にしてゆかれた。

現代の研究水準に照らし合わせたとき、後鳥羽院をかかる文学史的な存在として把握することは、躊躇せざるを得ない。しかし、保田や折口の文学史的な把握が、蓮田の認識、すなわち隠者（長明）と天皇（後鳥羽院）を直接結びつける発想の契機となった可能性は、考慮されるべきであろう。

4

そもそも明治期以前において、後鳥羽院は決して評価の高い帝王ではなかった。例えば慈円の『愚管抄』は、性急に倒幕計画を推し進めんとする後鳥羽院を牽制する目的で書き記されたともいわれる。また『六代勝事記』は、院の人となりを武を好む余り帝徳に欠けると、手厳しく批判している。

にもかかわらず保田や折口が、かくも後鳥羽院に焦点を当てて評価しようとしたのはなぜだろうか。この問題を考える上で注目すべきは、昭和二年に三矢重松・武田祐吉・折口信夫の三氏の名で『隠岐本新古今和歌集』（岡書院）が出版されたことである（なお折口の前掲論文は、同書の解説として書き下ろされた[*20]文章に、後に若干の修正を加えたものである）。

同書は、「隠岐本」[*21]の本格的な翻刻・注釈書の嚆矢とも呼ぶべきものであり、その出版によって「隠岐本」に対する関心は飛躍的に高まり、これ以降、研究論文も陸続と書き表された。[*22]そして、同集勅撰の命を下した院本人によって、隠岐配流後も執拗に続けられた切継より成る「隠岐本」は、「院の歌風・鑑識を徹底的に示した、理想的の新古今集」と見なされ、「「新古今集」の最善本」[*23]とまで評されることとなった。

如上「隠岐本」への関心が、後鳥羽院その人への関心をも惹起したであろうことは、想像に難くない。とりわけ折口の論文によって示された、後鳥羽院が前代までの古典和歌の保護者であるという認識は、（保田や蓮田は勿論）研究者たちの間に急速に共有されていく。それに伴い『新古今』が院の主体的な意思と行動力に基づくものであることも、一層強調されることとなった。例えば

さうして特に和歌に対する御熱意の貴さは讃美の言葉も見出し難きばかりで、和歌史に所謂文治・元久期の、すなはちこれを先にしては俊成の歌論を確立せしめ後にしては新古今風を完成せしめた空前の盛況は、すべてこれ後鳥羽院の御熱意によるものと申上げねば説明ができないのである。[*24]

新古今和歌集が後鳥羽院の御親撰であつた事は古今集以下他の勅撰集と性質を異にする意味に於いて強調されねばならぬ。即ち他の勅撰集の場合は天皇或は院が単に撰進すべしとの勅或は宣をお下しになるのみで事実編纂事業を行つたのは勅或は宣を賜つた撰者達である。然るに新古今集にては後鳥羽院御自身が編纂事業の第一線に立たせられ、撰者達は只補佐の任に当つたのに過ぎない。[*25]

このように、院に比して撰者らの影響を過小評価しようとする論文も散見する。

そしてここに、日中年戦争以降に顕著となった皇室賛美の空気が加わって、院の功績を大きく見積もろうとする傾向に拍車がかかっていった。特に昭和一四年は、後鳥羽院崩御七百年の節目の年であったことから、「『御聖徳』を偲ぶ文章が多く書かれ[*26]」た。一例ほど挙げておこう。

本年は丁度後鳥羽院登遐後七百年に相当するので、わたくしは、此の機会に於てその御文学を通じて御聖徳を偲び奉ろうと思ふ。[*27]

さらにかかる聖主のイメージは、後鳥羽院の詠歌の解釈までをも変えていくこととなる。『増鏡』「新島守[*28]」の一節に就きたい。

このおはします所は、人離れ、里遠き島の中なり。海づらよりは少しひき入りて、山陰にかたそへて、大きやかなる巌のそばだてるをたよりにて、松の柱に葦葺ける廊など、けしきばかり、ことそぎたり。まことに「柴の庵のただしばし」と、かりそめに見えたる御宿りなれど、さるかたになまめかしくゆゑづきてしなさせ給へり。水無瀬殿思し出づるも夢のやうになん。はるばると見やらるる海の眺望、二千里の外も残りなき心地する、今更めきたり。潮風のいとこちたく吹きくるを聞こしめして、

われこそは新島守よおきの海の荒き波風心して吹け

問題は末尾の「われこそは」歌の解釈にある。煩瑣を避けるため詳細は省くが、『増鏡』はそれまでの文脈において『源氏物語』「須磨」の表現を引用しながら、遠く隠岐に流された院の哀しみを表現しようとしているように思

われる。したがって同歌は、佐渡の海に対して、どうか荒く吹かないで欲しい、穏やかに接して欲しいと哀願しているものと解釈するよりない。

またこの歌は『遠島御百首』を初出とするが、その前後の詠歌を並べてみても、

思ふらんさても心や慰むと都鳥だにあらば問はまし
我こそは新島守よ隠岐の海のあらき浪風心して吹け
とへかしな大宮人の情あらばさすがに玉の緒絶えせぬ身を
（九六・九七・九八番歌）[*29]

と、いずれも京都を遠く離れた絶望を詠っており、ここでの「われこそは」詠も、やはり先ほどの解釈に落ち着こう。『増鏡』の筆者もそのように理解したからこそ、前述の如き文飾を用いたのであるはずだ。

しかしながら、後鳥羽院聖主化の風潮の中、同歌の解釈も変容する。

遠島に於ける御製にも、たとへ、
思ひやれま柴のとぼそおしあけてひとりながむる秋の夕暮
とまでは仰せられても、承久の敗将、藤原秀能のやうに女々しくも
ふるさとになきてなげくとことづてよみちゆきぶりの春のかりがね
とは決してお歌ひにならぬ。
われこそは新島守よおきのうみのあらき波風こころして吹け
といふお歌などを拝誦すると、却てそこに王者の御風格と御気品とが充ち溢れてゐるのを感ずるのである。[*30]

右の前半部分で触れられている、承久の乱の敗将藤原秀能の詠歌と比して、院のそれは決して未練がましくないのだとする主張は、どうにも贔屓の引き倒しの感があり、ここにも他の臣下と比較して院を持ち上げようとする、この時代の後鳥羽院論の傾向が見て取れよう。

加えて問題の「われこそは」の歌も、「王者の風格と御気品」があるという。すなわち、これは哀願の歌ではなく、王者として堂々と波風に対峙し命令しようとする強き歌だと、その解釈は反転してしまうのである。そして右の如き解釈の先蹤も、前掲の折口「女房文学から隠者文学へ　後期王朝文学史」であったと思しい。

われこそは新島守りよ。隠岐の海の　あらき波風。心して吹け（後鳥羽院――増鏡）

此歌には、同情者の期待は、微かになつてゐる。此日本国第一の尊重者である事の誇りが、多少、外面的に堕してゐながら、よく出てゐる。

この解釈は、間違いなく保田や蓮田に影響を与えたであろう。

如上、「われこそは」歌にまつわる解釈の逆転の本質は、吉野朋美氏の以下の説明に尽きるだろう。

ではなぜ、王の気概を示すといった後者のような解釈が生まれたのか。それは、軍事政権を相手に実力行使に及び、敗れて配流されたものの、都に戻る意欲も気概も失わず、存命中から怨霊となったとまでいわれた、後鳥羽院の強い側面を重視したイメージを一首に読み取ろうとするからだろう。[*31]

院に対して「強い側面」を見出そうとする折口以来の後鳥羽院観が、一首の解釈を変えてしまったのだ。この「強い側面」の背景には、明らかに承久の乱の存在があろう。武を恃み無謀な戦を起こしたという負の側面がここに逆転し、聖主のイメージ、さらには英雄のイメージへと展開していく。

かやうなる大御歌を拝誦し奉ると、後鳥羽院が如何に強い御気象にましましたかを身にしみて覚えるのである。そして、この遠島にあらせられて、而もかく強い張りつめたお心をおうたひになつてゐるところにその英雄的御気概のほどが伺はれて、却て御心中の御寂寥が痛いほど感ぜられるのである。わたくしは、後鳥羽院の御生涯を英雄の御生涯であると拝察申し上げてをる。[*32]

後鳥羽院に対しやや紙幅を用いすぎたが、院が王朝文化の守護者としてのイメージを背負う存在あったことが諒解されたと思う。それでは、かかる後鳥羽院観を前提として、蓮田は長明の中に何を見出したのであろうか。次節、今度は明治以降の鴨長明の研究史を追っていきたい。

5

蓮田の連載評論「鴨長明」は、後鳥羽院に対する前述のような認識を土壌として成立していた。その上で、なぜ蓮田は長明に注目したのかが問われなければなるまい。可能性の一つとして、まず院と長明の間の密な君臣関係が想起されるだろう。

確かに、前掲の『源家長日記』に見えた通り、院より和歌所の寄人に抜擢された長明は「夜昼奉公怠らず」という精勤ぶりを見せる。しかし、院への篤い忠義を示した臣下は、何も長明一人に限るまい。実際昭和初期においては、後鳥羽院に対する忠義を示した点を以て歌人を評価する論文[*33]も散見する。それらの代表的存在であった家隆や実朝ほどには、長明は注目される存在ではなかった。

そもそも明治以降、長明に対する研究自体、必ずしも盛況を呈していたわけではなかった。その理由の一つに、まず中世文学自体が上代・中古文学、または江戸文学に比して、低く評価されていたことが挙げられる。


近代国文学において、中世文学が再発見されたのは、明治の最末期らしい。国学の展開の中で着々と研究が進められていた上代・中古文学……近世文学に比して、中世文学の影は薄かった。藤岡作太郎は、「鎌倉室町幕府の世」について「この時代は文学振はず、ただ平安・江戸の二盛時を繋ぐ連鎖たるに止まれり」（『新体日本文学史教科書』明治三四年、開成館刊。ただし、同三七刊修正版よりの引用）と書いている。[*34]

長明にしても、あるいは兼好にしても、明治期において積極的に採り上げられた様は認められない。彼らの文学はむしろ、

つれづれ草の教訓的な部分のみを抄録したものや方丈記には国文学に共通の恋愛に関する話柄がないといふ愚にもつかぬ理由と古典の中では年代も文体も新しくて理解されやすいといふ事とで青年受験学生が必読の書となつた観がある。[*35]

と見える如く、中等教育向けの学習参考書に多く登場していた。

そのような状況が変わるのは大正に入って以降、特に大正一二年の関東大震災の影響が大きかったように思われ

る。関東大震災と古典文学の関係といえば、震災による建物の崩壊と火災によって多くの古典籍が失われる結果を招き、ために書籍保存の機運が高まる契機となったことは、よく知られるところであろう。

加えて、地震への恐怖とそれに伴う社会不安は、「また、同じころかとよ、おびたたしく大地震振ること侍りき」[*36]と、元暦二年の地震の脅威をつづった『方丈記』への関心を高めたと思しい。

自分は一体「方丈記」をさう好かない。余りに安易に無常を感じてゐるような所が不服だつた……然し自分は今度震災地を見て帰り、その後今日まで変に気分沈み、心の調子とれず。否応なしに多少方丈記的な気持に曳き入られるのを感じた。[*37]

なお余談だが『方丈記』執筆八百年の節目とも重なって、東日本大震災の後、中世文学研究周辺において同作品への関心が一気に高まったことを付記しておく。

この他、舟橋聖一は「方丈記と徒然草の精神」と題する評論[*38]の中で、『方丈記』を「この悪時代をいかに生くべきかの、真摯なヒューマニテに溢れた、実践的で積極的な文学」と高く評価した。

如上、大正末から昭和初期にかけて、『方丈記』は「危機の文学」[*39]として注目を浴びるようになり、[*40]かかる作品の筆者であった鴨長明は、危機の時代を主体的に生きた遁世者、「人本主義の行動派」[*41]とも評されたのである。以上の如き文学研究史的背景を鑑みたとき、危機の時代における主体的な行動の中に「詩人」を見出そうとしていた蓮田が長明を発見したことは、まさに必然といえるだろう。したがって、蓮田は長明の出家に関して、

すなはちその無常観は、極めて徹底してゐないもので、ほんのただ、世の中は無常であるといふ事実をいう

てゐるにすぎないのである……長明の遁世は、かういふ次第でゆゆしい信念からでもなく、またその遁世の朝夕は、西行のやうな悠々自適の趣でもなかつた。[*42]

右のような通説を採らない。

鴨長明が出離したのには、後鳥羽上皇と、詩人としての斯ういふ黙契が、長明としてはあつたのである。西行にせよ長明にせよ芭蕉にせよ、彼等の出離的行動について学者は尤もらしい説明に汲々としてゐるが、私はこの行動がそのまま彼等の詩であることに、詩人の正しい決行を知るだけである。恋愛だの失意だの無常感だのと推しあてを並べ立てて何が面白いのだらう。(四月号)

前述の通り、蓮田にとって長明出家の因は、後鳥羽院との「詩人」としての「黙約」なのであった。では、改めてその「黙約」の中身に踏み込もう。この問題を考えるためにも、右の引用文中に西行や芭蕉の名前が挙げられている一方、「隠者」を代表する存在として、現在しばしば長明と並べて説明されることの多い兼好が記されていない点を確認しておきたい。それどころか、

徒然草はくだらぬ本であるが、資朝卿の話を拾つてあるだけは取柄である。(四月号)

と見える通り、蓮田は兼好(徒然草)を斥けてしまう。一方、佐藤春夫は前掲評論の中で、

自分は兼好を達人と云ひ、最高の趣味家（妙な言葉だが）と見るよりも寧ろ、現実の表裏を察知し、人心の機微を抉摘する俊敏な心理家（これも妙な言葉だが意味だけは通じるだらう）と見ようといふのである。

と論じている。この「趣味家」というのは、内海弘蔵『徒然草評釈』[*43]が、そして「達人」というのは、沼波武夫『徒然草講話』[*44]がそれぞれ指摘した兼好のイメージであり、斯界に大きな影響を与えていた。佐藤はそれら当時の通説を踏まえた上で、むしろ「心理家」と見なす新説を提示したわけだが、「趣味家」「達人」「心理家」それらいずれをとっても、狂おしいばかりの行動を伴う蓮田にとっての「詩人」とは、極めて遠い存在であることは動くまい。『徒然草』を読む限りどこか常に一歩引いたような、達観したところがあったと思われる兼好は、最後まで蓮田の関心の埒外にあった（なお、後に小林秀雄は「兼好は誰にも似ていない。よく引合いに出される長明なぞには一番似ていない」「彼は批評家であって、詩人ではない」と論じている[*45]）。

6

前節で確認した通り、蓮田の長明への関心の背景にはこの時代の長明研究の成果、すなわち、長明は危機の時代を生きた隠者であるという理解が潜在していたと思しい。しかし蓮田が長明に見た危機意識と行動は、世の無常を感じたので出家したとする一般的な理解とは、大きく隔たっていた。これも既に述べたように、蓮田のいう危機意識とは、古典の危機の時代にあって、それを如何にすれば守ることができるのかという、後鳥羽院と彼が共通して抱いていたものだったからである。

そこで鎌倉期に記された、琵琶にまつわる逸話を集めた楽書『文机談』を紐解きたい。長明の出家に関して、第二節で挙げた『源家長日記』とは別の逸話が残っている。

さてこの有安には、鴨長明と聞へしすき物もならひ伝へけり。わづかに楊真操までうけとりて、のこりはゆるさずしてうせにけり……すきのあまりにや、或る時、よにきこえたかき人々をあまたかたらひめぐりて、賀茂のおくなる所にて秘曲づくしといふことをぞはじめける……願主の長明、年ごろおもひけるにはなをこよなくまさりておぼえければ、かむにたへかねて比巴の啄木といひける曲を数反弾きけり……この事、いかなる耳かくりきかもれ聞きけん、孝道この事をつたへ聞きて、後鳥羽院へ申し入れけるは、「……啄木を広座にほどこす事、いまだ先例を聞かず……身に伝へざる秘曲を、いつはりてしかも貴所高人の奥義をはかりたてまつる事は、これおもき犯罪也。すみやかにただざるべし」といきどをり奏しければ、長明に御たづねあり……君も、よのとがには准じおぼしめされざりける……孝道こわく奏聞つかまつりければ、これにたへずして、ついに長明洛陽を辞して修行のみちにぞ思ひたちける。[*46]

長明は琵琶を中原有安に習っていたが、師有安は琵琶の秘伝三曲の内、楊真操のみを伝授しただけで世を去った。その後長明は、とある機会に衆人の前で、未習の三曲の内の一つ啄木を演奏してしまう。このことを伝え聞いた、後鳥羽院の琵琶の師でもあった伶人藤原孝道は激怒、長明は出家遁世することになったというものである。かかる逸話に対して、蓮田は、

これに対して長明の為した所が如何に型破りであり、到底許すべからざる悪魔的な放埒な所業であつたかは明らかであらう。孝道の滔々と述べ立ててゐる非難は一として当つてゐないものはないのである。（九月号）

と、長明の行為が異常なものであったことを、あっさりと認めてしまう。

所が、それにもかかはらず、先きには長明の演奏を感に入つて聴いた人々、後には彼を知つて弁護しようとする人々がある……楊真操をやつてゐるうちに「感にたへかねて」この千載の一会に「已み候なん事も且は無念に覚えて」一気呵成にやつてしまつたのである。而も彼はその軽率を自認しながら、「道にふける心ざしの切なる事」を楯に赦罪を請願してゐるのである。後鳥羽院もこれには御心中に御共鳴のふしもあつたらしく拝される。

それは全く彼の並々ならぬ「好き」の一事のほかにはない。（九月号）

しかしながら、蓮田だけではなくその場で長明の琵琶秘曲を聴いた者も、そして何より後鳥羽院が彼を擁護しようとしたという。それは、必ずしも長明の演奏の素晴らしさのためというわけではない。演奏技術の問題ではなく、むしろ琵琶演奏に対する情熱の深さに、人々は「共鳴」したというのだ。それは「道にふける心ざしの切なる」ということであり、さらに換言すれば、「好き」ということである。前掲『文机談』本文にも、「すきのあまりにや」と見えた。[*47]

「すき」とは、「自分の心を捉えてやまない脱俗的で非日常的な風流事へ執着・耽溺する心的態度[*48]」をいい、時にその執着が常軌を逸した場合、「嗚呼」的性格すら伴うことになるという。

右の『文机談』の記事に戻ろう。長明が習ってもいない秘曲を演奏したのは、前述の通り彼の「軽率」さ故に他ならない。「嗚呼」と呼ばれても、やむなしであろう。しかしその愚かさは、琵琶を愛するが故、琵琶への「執着・耽溺」故であった。「感にたへかねて」「一気呵成に」といった表現からは、長明が理屈ではなく魂で動いたのだとする蓮田の発想が見えてこよう。

いったい「すき」とは、単なる芸道への愛好を指すものではない。時に執着とまで呼ばれる、非常識的な固執のことに他ならない。したがってそれはしばしば、積極的な行動を伴う。[*49] ここに長明の軽率さは、あるいは嗚呼的性格は、蓮田が彼を高く評価する要因へとかえって反転するだろう。長明の「すき」に、まさしく「詩人」の行動を認めるからである。

かういふ時代には、それ故、すぐ役立ち顔に技術があつたり形式があつたりするよりは、技術や形式を失つた、即ち文化の喪失を厳しく思ひ、寧ろ拗ねたり気違ひめいたり癇癖であったりわなわなと激越して笑はれてゐたり小心に怯えてゐたり不敵に昂然としてゐたり鬼面人を驚かす放言をして浅薄だと冷笑されたりすることが、一等正しいのである。(四月号)

擱稿中、既に幾度か繰り返したように、蓮田は長明が、王朝和歌に代表される古典文化の危機の時代を生きたと認識していた。そういう危機の時代であればこそ、和歌や伶楽に対し、もの狂おしいまでの執着を以て臨むことがふさわしいであろう。たとえそれが嗚呼に見え、周囲から浮き上がって「笑はれて」しまったとしても、である。これが平時であれば、「すき」は単なる熱狂的愛好者として、たやすく理解され得たかもしれない。一般に「すき」の代表的存在とされる能因や、長明が『発心集』で「数奇者」として紹介した永秀法師などは、院政の前期に活躍した者たちであった。しかし時は移り、もはや彼らが笑われる時代にあってなお「すき」を貫こうとしている点に、蓮田は「詩人」としての長明の本質を見たということではないか。その執心は、最後は秘曲演奏という失態へと連なり、破滅に至った。

かかる長明の性格は、琵琶のみに当てはまるものではない。これも前述の通り、和歌においても、後鳥羽院に和歌所の寄人として認められ「夜昼奉公怠らず」という没入を見せるものの、河合社の人事の件で挫折、遁世してしまう。

長明にまつわる二つの出家譚のいずれが真実かということは、さほど重要ではあるまい（いずれも創作に過ぎないという可能性も、小さくないだろう）。どちらも熱狂的に和歌や琵琶に固執し、そしてそれ故に、いずれの道においても破綻する構図になっている、その共通性を確認できれば十分である。

そしていずれも、破綻した後に、後鳥羽院に惜しまれつつ出離遁世している。ここに蓮田は、院と長明との「黙約」を読み取ろうとしたこと、既述の通りである。『源家長日記』に見た如く、後鳥羽院は臣下に芸道を奨励していた。蓮田はそれを、院の危機意識の現われと読み替えたであろう。そして院の真意を汲み、愚直にも徹底しようとした唯一の存在が、長明ということではなかったか。それは、危機の時代に対する「詩人」としての振舞であった。[*50]

おわりに

以上、蓮田善明の評論「鴨長明」を俎上に載せて、中世文学研究の知見を用いながら愚考を巡らしてきた。もはや紙幅も尽きてしまったが、前節の最後でも触れた長明の出家、及びそのことと深く関わる『方丈記』『発心集』といった諸作品について詳しく触れられなかったことは、憾みが残る。

己れ一人は出離して閑適して安らかなる筈なるに却つてかかる世のさまに堪へ得ず憂悶してゐる。否、そのなげきや憂悶が彼を出離閑居せしめてゐるのであつて、このやうな感受は世人の顧みざるところにして、詩人のひとりひそかなる責任であらう。歎くべきを歎かずなつた世を傍観に堪へず、その身に痛烈に感覚してなげいてあるもの、その人詩人である。（一一月号）

蓮田は長明の出家遁世を、詩人の「責任」としての遁世と把握した。「激越」の情（要するに、これは「すき」と同義であろう）故に破綻し、出家した長明は、したがって出家の後も、往生に向けて穏やかな日々を送るということには、やはりなり得まい。

長明は「おとろへ」る世の誘ひに己を浸してその住家いよいよ狭く、わづかに生きる芸能のつくり得たるかたち益々浅く極まつて、激越のみ深く孤独のみはげしく極まりつつ、それが時代の彼への天命であるところの酷しさから、一歩も退かなかつたための不幸をつぶさに閲歴しなければならなかつた。（九月号）

遁世の後、そこでものされた前述の諸作品を蓮田は如何に読み直したか、これらの分析については別稿を期したい。

注

1　途中、七月号を欠く。なお煩瑣を避けるため、以下同論文からの引用は号数のみを表記する。
2　『文芸文化』昭和一三年一一月号
3　『文芸文化』昭和一四年一一月号から昭和一五年一月号まで連載。
4　例えば「古事記序文の「詔之」の解釈」（『国語と国文学』昭和九年七月号）、「万葉末季の人」（『文芸文化』昭和一三年九月号）など。

5　奥山文幸氏のご教示による。
6　内海琢己「蓮田善明の詩人的性格──「鴨長明」論に見られる──」（『学苑』平成三年三月号）
7　ここでいう「奇人」とは優れた人物という意味であるが、蓮田は行動が突出していて変な人物の意でも捉えているように思われる。
8　「枯野の琴」（『文芸文化』昭和一六年九月号）
9　引用は浅見和彦・伊東玉美訳注『発心集』（角川ソフィア文庫、平成二六年）。
10　為兼捕縛の因に関して、今谷明『京極為兼』（ミネルヴァ書房、平成一五年）は、「後伏見上皇と西園寺実兼との共同謀議」の可能性を提示する。
11　引用は中世日記紀行文学全評釈集成　第三巻『源家長日記　飛鳥井雅有卿記事　春のみやまぢ』（勉誠出版、平成一六年）。
12　和歌所は、村上天皇の勅命により『後撰和歌集』編纂の際に設けられて以降、途絶していた。延喜・天暦という聖代の再現を、自身の主導によって実現しようとする後鳥羽院の強い意向の現れと認められる。
13　歌人としてしての評価では、およそ考えられないことであろう。
14　このような『万葉集』賛美の背景には、同集を国民国家における民族の歌集として位置づけんとする思惑があったと思しい。詳しくは品田悦一『万葉集の発明──国民国家と文化装置としての古典』（新曜社、平成一三年）。
15　「新古今集研究の方法的特性」（『国語と国文学』昭和一一年四月号）
16　島木赤彦「前田夕暮氏に質す」（『アララギ』大正一二年五月号）
17　風巻景次郎『新古今時代』（人文書院、昭和一一年）
18　「後鳥羽院」（『国文学　解釈と鑑賞』昭和一四年一〇月号）
19　渡辺和靖「保田與重郎と折口信夫──後鳥羽院と芭蕉の系譜」（『愛知教育大学研究報告』平成一四年五月号）など。
20　当初の題名は「新古今集及び隠岐本の文学史的価値──文壇意識と、文学意識とを中心にして──」であった。

21　『新古今』成立の一六年後、承久の乱によって隠岐に流された後鳥羽院は、配流後、同集の切継を継続して約四百首を入れ替え、これこそが正式な『新古今』であると主張した。これを「隠岐本」と呼ぶ。

22　福田秀一「新古今集を研究する人のために」(『国文学 解釈と教材の研究』昭和三二年九月号)等を参照のこと。

23　いずれも折口前掲論文。

24　清水重道「後鳥羽院を偲び奉る」(『国文学 解釈と鑑賞』昭和一八年六月号)

25　尾上春水「後鳥羽院の研究――新古今和歌集を中心として――」(「国語国文」昭和八年一一月号)

26　『和歌文学大系　後鳥羽院御集』(明治書院、平成九年)所収の寺島恒世氏解説。

27　小島吉雄「後鳥羽院の御文学」(『九州大学 文学研究』昭和一四年六月号)

28　引用は井上宗雄『増鏡』(講談社学術文庫、昭和五四年)。

29　引用は新日本古典文学大系『中世和歌集 鎌倉篇』(岩波書店、平成三年)。

30　小島注28論文

31　『コレクション日本歌人選 後鳥羽院』(笠間書院、平成二四年)。なお吉野氏は、「後世の人間としては、どうしても王の気概を示す方に読みたくなるが、後鳥羽院自身は、まさかそのように受け取られることになるとは思ってもいなかっただろう」とも指摘している。

32　小島注28論文。なお後鳥羽院を英雄と呼ぶことは、保田注19論文にも「院は詩人と英雄の共通した運命を霊身で描かれた」などと見える。

33　斎藤茂吉「後鳥羽院と源実朝と」(『文学』昭和一八年四月号)、谷鼎「勤王歌人藤原家隆」(『国文学 解釈と鑑賞』昭和一八年五月号)など。

34　三木紀人「徒然草研究史」(『徒然草講座第三巻 徒然草とその鑑賞』有精堂、昭和四九年)

35　佐藤春夫「兼好と長明と」(『改造』昭和一二年四月号)

36　引用は浅見和彦校訂・訳『方丈記』(ちくま学芸文庫、平成二三年)。

37　志賀直哉「震災見舞」(『新興』大正一三年二月号)

38 「新潮」昭和一一年七月号

39 舟橋聖一「危機の文学としての方丈記論」(『国文学と日本精神』至文堂、昭和一一年)

40 さらに昭和一五年には、戦前の研究成果の集大成とも呼ぶべき、簗瀬一雄『鴨長明全集』(冨山房)が出版されている。

41 佐藤注35論文

42 内海弘蔵『方丈記評釈』(明治書院、大正五年)

43 明治書院、明治四四年

44 東亜堂書房、大正三年

45 「徒然草」(『文学界』昭和一七年八月号)

46 引用は岩佐美代子『文机談全注釈』(笠間書院、平成一九年)。

47 『十訓抄』巻九ノ七は長明の出奔等について語った説話だが、そこでも出家してなお琵琶を愛好した様に対して、「数奇のほど、いとやさしけれ」と評されている。

48 『和歌大辞典』(明治書院、昭和六一年)の同項における、村尾誠一氏の解説。なお「すき」については、三木紀人「数奇者たちとその周辺」(『国文学 解釈と鑑賞』昭和四五年八月号)、松村雄二「数奇に関するノート――和歌の数奇説話を中心として――」(『共立女子短期大学紀要』平成元年二月号)等を参照のこと。

49 木下華子「鴨長明の「数奇」――概念と実態と――」(『国語と国文学』平成一七年二月号、後に『鴨長明研究 表現の基層へ』(勉誠出版、平成二七年)に収載)

50 なおここでも対照的に、定家は「すき」から遠い存在であった。『後鳥羽院御口伝』には「ぬし(定家)にすきたるところなき」とある。

蓮田善明と「古事記」——時代の中の「古事記」・蓮田の中の「古事記」

五島慶一

1　本稿の狙いと前提——蓮田の古典研究の中での「古事記」の位置

蓮田善明を——ここでは仮に——国文学者として看做すとき、その存在の根柢には強く「古事記」があるのではないか。断言は避けたが、複数の面からそのことは補強できるように思う。

初めに、蓮田による国文学関連論文・著作を概観し、その中で「古事記」研究がどのような位置を占めているかを考察する。蓮田の著作に関しては、杉本和弘が「蓮田善明著作目録稿」（『名古屋近代文学研究』昭和五八年九月）「蓮田善明著作目録稿（著書）」（『岐阜工業高等専門学校紀要』昭和六〇年三月）に詳しく纏めている。前者は創作やアンケート回答等に至るまで蓮田が各種雑誌・紀要等に発表した文章を網羅し、後者は蓮田著書の書誌・目次それに初出情報までもが記されており、この二本で彼の文業のほぼ全容を窺うことができる。ここでは蓮田が長野県諏訪中学校教員を退職して広島文理科大学国語国文学科に入学[*1]、本格的に国文学の勉強を始めて以降の業績を問題としたい。

するとまず目を引くのは、その翌年即ち一九三三（昭和八）年九月に、蓮田が清水文雄・栗山理一・池田勉と共に『国文学試論』（春陽堂）を創刊した際[*2]、その第一輯に寄せた論文が「真福寺本古事記書写の研究」であったことである。更に翌年刊行された同第二輯（春陽堂、一九三四年六月）には「古事記の文学史学的考察序説」を寄せ、更に「古事記序文の「詔之」の解釈」（『国語と国文学』同年七月）「真淵註訓「私本」古事記」（『文学』同年一一月）と「古事記」に関する論文を相次いで発表した上、同じ一一月には『現代語訳　古事記』（机上社）を出版してもいる。蓮田の研究出発期における重点の置かれ方を窺うことができよう。

但しその後、「古事記の立場（フルコトから日本書紀への過渡）」を『国語と国文学』に発表した一九三六（昭和一一年）年二月以後、一九四一（昭和一六）年にかけては、「万葉集」「伊勢物語」「古今和歌集」そして鴨長明などの他の日本古典（和歌・和文的世界か?）へと興味の中心が移っていたことが、少なくとも発表した論文の傾向からは読み取れる。[*3]因みにその間、一九三八（昭和一三）年から一九四〇（昭和一五）年末にかけて、蓮田は召集され、軍隊・戦場体験を持ってもいる。

再び「古事記」へと関心の軸が移るのは、『文芸文化』に「鈴の屋の翁のまなびごと」シリーズを連載（二月〜五月、全四回）、あるいはそれに先立ち「国学入門」を寄稿（一月）した一九四二（昭和一七）年のことかと推察される。この年八月、蓮田は「古事記を誦む事」を同誌に発表している。そして翌年一月、東大講堂で行われた「古事記展」において、文学報国会の一員としてその警備に当たった頃に向けて、蓮田の「古事記」熱は最も高潮を迎えるのではないか。『古事記学抄』（子文書房）が出版されるのはその年すなわち一九四三（昭和一八）年の一二月——蓮田は一〇月末に再度の召集を受けて出征中のことであった。

彼の生前最後の著となった『花のひもとき』（河出書房、一九四四年）においても、「古事記」に対する熱烈な愛好が説かれている。その序文（出征に際し、「昭和十八年十月三十一日　あかつき近く　熊本駅貨物掛室の机をかりて」書かれたもの〔文末自記〕）に拠れば、そこに収められた断片的な諸篇は、一書中で最後に記された序文の執筆＝再出征に到るまでの一年余りの間に書かれていたものであり、正にそれらの執筆は一九四二（昭和一七）年から翌年にかけて、先に推測的に述べた蓮田の「古事記熱」が最も昂揚した期間に当て嵌まるのである。

ところで『古事記学抄』や『花のひもとき』といった著における、晩年の蓮田の「古事記」言及を見ると、そこでは同時代主潮でもあった（厳密な意味で論壇の多数派を占めていたというよりは、社会の中で声が大きかった）国体・国粋主義的な主張と同期（シンクロ）して、[*4]「古事記」をア・プリオリに我々の前に現存する神典、そこからそれを今上に繋がる皇統の無条件・絶対的な根拠として称え上げ、それに対してもはや（学問的）批評ではなく自身によるそこへの没入（の仕方）を語り、人にもそのテクストとのそうした向き合い方を只管に求めている――それゆえに例えば倉野憲司のように、多少ともそれに批評・批判的な眼を向けようとする学究に対しては「亡国的」（『古事記学抄』の「はしがき」より）として徹底的に排撃するという態度が顕著である。又そうした自身の「古事記」との付き合い方を導く先達として本居宣長を挙げ、彼の残したもの＝「古事記伝」に徹底して依拠しようとする――即ち個別・実際的な「古事記」の読（誦）み方・解釈は勿論、そのテクストを取り扱う態度においても宣長をなぞろうとする方向性が明らかに看取できる。

本稿ではそうした蓮田の態度・方向性が一貫的なものであったのか、あるいはいずれかの段階から生じて来たものであるのなら、それはいつごろからのものなのかということを見極めようとするものである。

2　「古事記を誦む事」

「古事記」への見方を巡り、晩年の――彼が最終的に辿り着いた境地がどのようなものであったのか。そのことを考える際の好材料となるのが、「古事記を誦む事」（『文芸文化』第五〇号　一九四二（昭和一七）年八月）である。『文芸文化』で全五頁の小文（但し、同号の中では寧ろ長い方に属し、その巻頭を飾る）ながら、そ（れ以後）の段階における彼の「古事記」に対する態度が端的に表されている。

まず冒頭で、「今年は古事記撰進より一二三〇年に当るので」それに向けて「古事記の読まれることも層一層多くなり、世の人の関心も非常に真剣になつて来つゝある」と、民間における「古事記」ブームに言及する。学界や狂信的な国体主義者（「所謂日本精神学家」）以外の「素人読者」への拡がりを、彼は好ましく思っている様子である。

他方、「種々の註釈書や論文のやうなもの」が多出し、それらが一般読者にまで読まれている状況についても同じく目に留めているものの、それに対してはやや冷ややかな視線が向けられている。そうした人々の目に止まる「近来の学者の所謂新研究新説」と自身の間には一線を画したいという意識があるのだろう。自らのことを「浅学者」と謙遜してはいる（以上、三頁より）ものの、自分（ら?）「私ども」（後述）と使っているところは、『文芸文化』同人としての態度の一体感を意識しているか。同号に稿を寄せている一三名中[*5]、清水文雄・栗山理一・池田勉は、蓮田と共に『国文学試論』の同人でもある）が他の文献学的「古典学者」とも、又「神話学や人類学」の観点から、あるいは「古代の叙事詩であるとか乃至は古代の演劇の台本の一種」（三頁）として「古事記」を取り扱う人文学者とも異なる、「国（文）学者」であるという位置づけだろう。世人がそれを「新しい国文学をやつてゐる」と評することに対して、「私どもはなるべく古い学問であることを希つてゐる」（四頁）と言うが、その意は、自身の古いもの（古典）への興味に発端し、古いものをそのままとして今の世に伝えることにあるのだろう。「古事記」の場合、そこに書かれているものから、まずそれが書写された場、更にそれが誦された場、更にそうした原態的なものが（どこからか、――後の文脈を踏まえると神より）人に齎された段階というものを遡及的に想定し、それを今の世において再現として伝えること（正に「復古」の概念そのものである）こそが自身の〈学問〉であるという認識の仕方である。

そうした遡及的〈学問〉の唯一のモデル――古態に遡る唯一のルートが、蓮田にとっては宣長であるらしい。次の引用は、自身の方法論と態度を、素朴かつ直截に述べたものと言えるだろう（傍点原文、以下同）。

とにかく古言古意にひたすらに帰入して、そこから伝へを物した先学の行き方は、斯学の第一義である。私はさういふ心持で古事記に劃期的な訓読を与へた宣長の読み方を尊重する。勿論その後から読方解釈の上に異議皆無である筈はないが、それは宣長の方法そのものに新たに加へ得べきものではないと私は考へてゐる。殊に宣長はあの緻密な考証を仕遂げてゐるがその訓読の底に「語の勢ひ」によつて訓むといふことを考へてゐた。これは古事記の根本に触れ得てゐた宣長にして始めてその拠り所としてゐるところである。（五頁）

引用の直前には「玉勝間」からのかなり長い引用が来る（本論で後にその一部を引用する）。蓮田の論文には「古事記伝」からの引用がかなりの部分を占める例が多いが、祖述こそが学問であるという考え方からすれば、寧ろ正当なことだという認識なのかも知れない。蓮田の他の「古事記」言及にも頻出する「誦み」・「語の勢ひ」重視というのも、宣長から学んだ——というより、承け継いだものであるというところだろう。「宣長が「語の勢」を考へて拠り所としてゐたのは、恐らく古事記が撰ばれた本元に遡りそこに通ふ心持である」と考える蓮田は、更に「古事記伝」の「訓方の事」の条を長く引きながら次のように主張する（五－六頁）。

かくて、宣長は非常な困難を凌いで清らかなる古語の「ふり」「語つき《コトバ》」「語の勢」「調《シラベ》」に従ふことを見定めてきてゐるが、近来の学説の中には古事記序の「勅語」「誦習」といふことも宣長の解釈と異つて、専ら文書的に解釈することに考へた学者も少くない。又それに反対して矢張り口誦だとする柳田國男氏の説などもあるがそれは宣長のいふやうな、わざとの口誦とは別に、伝承学の方から口承の事実を認められるのである。しかし私は宣長が、古語の滅びはてることを天武天皇の「かしこく所思看し哀《カナシ》みたまへる」御意志に出づるとした点は、古語拾遺の著者が記してゐるあの激憤と共に考へておきたい。

ここで批判の対象となっている「近来の学説」のあり方については、やや蓮田の言葉足らずで解りにくいが、恐らく「古事記」編纂の過程に文書による伝達の介在を想定することではないか。[*6] 口づからの、直接的音声に拠る伝承に（呪術的な）特殊の意義を見出したいと考えている（宣長を承けた）蓮田にとってそれは批判の対象であるばかりか、更にはそうした説に反対する柳田の見方に対しても、彼の言う口承性というのが（世界的に上代において一般に見られる）史的事実としてのそれであるという点においてやはり不満であるかのようである。天皇の命によって再現的に阿礼の口誦を通じて「旧辞本辞」が蒐められたということ、そうした再現の〈場〉こそが（宣長の説を通じて）大事だと主張されているのだろう。

そして蓮田の「古事記」言及のもう一つの要諦が、この文章では末尾に唐突に現れる。それは、そのように阿礼の口誦によって再現されたもの（その内容）は、人智や人為を超えた神の領域のものであるのでア－プリオリに正しい＝正統である、という考え方である。

> …語にかゝはらず義理《コトハリ》をのみ旨とするは、異国《アダシクニ》の儒仏などの教誡《ヲシヘゴト》の書こそさもあらめ、大御国の古書は然《シカ》人の教誡をかきあらはし、はた物の理《コトワリ》などを論《アゲツラ》へることなどは、つゆばかりもなくて、古《へ》を記せる語《コトバ》の外には何の隠れたる意《ココロ》をも理をもこめたるものにあらず。（中略）唯いく度も古語を考へ明らめて、古《へ》のてぶりをよく知ルこそ、学問《モノマナビ》の要《ムネ》は有ルべかりけれ。
>
> 「人の教誡」や「物の理」を書いたものではない等といふことも深く考へ置くべきことであらう。これは神典《カミノフミ》であるからであらう。文学といふやうなものも、日本では神のみやびであるといふやうに其の正統を考へてゐる私には、口に誦みうかべ、又誦みうかべ得るやうなものであることが最上のものであるやうに考へられる。（七頁）

宣長の言を引きつつの末尾だが、この小文をいくら読んでも、「古事記」に関して口誦性と神典性を繋ぐ回路は明らかにならない。論理的には飛躍以外の何物でもないが、宣長に帰依する蓮田の中では、恐らくそこは言うまでもなく自明ということなのであろう。先に「帰依」と言ったが、それは（今日では勿論、当時通例としても）学問というよりは信仰に近い。そして更に「古事記」に対する手放しでの礼賛＝〈信仰〉も、やはり（蓮田にとっての信仰対象である）宣長からそのまま承け継いだものであるらしいことは、蓮田が「玉勝間」中「神典のときざま」の次の部分を引用して、自身の「とにかく古言古意にひらすら帰入して」云々（前掲）という主張に繋げているところからも分かる（中略は五島による）。

かくておのが神の御書《ミフミ》をとく趣は、世のつねの説どもとはいたく異にして、（中略）おのが云ふおもむきは、ことごとく古事記書紀にしるされたる古の伝説《ツタヘゴト》のまゝなり。世の人人の云ふは、皆そのまどひ居る漢意に説曲《トキマゲ》たるわたくし事にて、いたく古の伝説《ツタヘゴト》と異なり。此けぢめは、古事記書紀をよく見ば、おのづから分るべき物をや。もしおのが説をとがめむとならば、まづ古事記書紀をとがむべし。此御典《ミフミ》どもを信ぜんかぎりは、おのが説をとがむる事えじ。（四－五頁）

「古事記」は古の日本の本源的姿を伝える神典であるという前提があり、そうした地盤を共有しない（「信ぜん」）者はそもそも排除されるというあり方で、そうした謂わば〈異（邪）教徒〉を攻撃する際の鍵語として「外国《トツクニ》の儒仏の意」「から意《ゴコロ》のことわり」が出てくる。後に『古事記学抄』（子文書房、一九四三年）の巻頭を飾るものとして書き下ろされた「『天地初発之時』について」では更に、時間軸における神代から現在までの無段階的連続性の主張と、それは人間の思考を超えた絶対的な「現実」であり、異国には決して見ることのできぬそれ＝日本の、比較によらぬ絶対的超越性を示すものだ、という発想が示され、そのように「古事記」を解し・（蓮田にとってはそれより遙かに重要なこととして）それを「誦む」ためにまず排されれねばならない「さかしら」「からごゝろ」＝排撃対象に儒仏教に加えてキリスト教的発想が加わるが、蓮田の発想の地盤は宣長をそのままに引き継いでいることがここからも明らかだろう。[*7]

この発想を更に進めた先に出てくるのが「外国」の意や「理」を離れ、原初的にすなおな心もちでそれに向き合えば、邦人であれば自ずからそれが分かる＝（頭での理解を超えて）体得されるという考え方である。恐らくそうしたテクストとの向き合い方として、蓮田は口誦を考えているものと思われる。

更に、日本人の中にそうした神典を解する（理解というよりも、共感的に感得する）素地のようなものを彼が見出し（たがっ）ていたことは、冒頭で同時期の「古事記」ブームを語った際の次のような認識から看て取ることが出来る。

従つて種々の註釈書や論文のやうなものも人々銘々に目の触れるに従つて随分に読まれて居り、我々浅学者にもそれらの書物に就て意見を訊きたゞされることがあつて恐縮することが多い次第である。その多くは、近来の学者の所謂新研究新説に就てこれは信じてい丶かといふ質疑である。（略）それらはいろ〳〵細かい事にも亙るが、要するに、本能的ともいふべきやうな感度が人々の中深く斉つてゐて、一寸した摩擦にも生ずる軌りに自ら微妙に気づくらしい。（略）次には、古事記はどう読むべきか、古事記の正体は何かといふやうな質問を性急に浴せられる。（略）此のやうな質問をする時のその人の表情の中にも何か気恥しさが閃いてゐるのを私は見逃さない。しかしそれは自分の無智を恥づるのでなくて、その人自身の問ひの姿勢が何か古事記と正対してゐないといつた感じのやうに見える。（三－四頁）

「近来の学者の所謂新研究新説」を暗に否定する一方で、「素人読者」大衆でも感性的な「本能」で以て「古事記」に直に近接する素地を見出しているようである。叙述の順が前後するが、実際、昭和の一〇年代あるいは一九四〇年を中央に据えた前後数年間は、民間に屡「古事記」を巡る勉強会や講読会が催されていたようで、その記録や解説書がその後半期には頻繁に刊行されてもいた。蓮田はここではそれに対し（先の引用に続けて）「私は、先づ古事記伝の読み方に従つて口に誦みうかべなさいと答へることにしてゐる。それから矢張り徳川時代の先学者の言葉に従つて、古事記は神典《カミノフミ》と答へることにしてゐる。」と、個別の論の適否に対する真正面からの回答は避けているが、（非学問的）一般人の直截に「古事記」の本質を求めるというような態度それ自体は否定しておらず、寧ろ好意的に捉えているようだ。

しかし、同時期に頻出した「古事記」は（内容的に）こう読むべきだ、とか、その本質はこうしたところにある、といった言説が、そのような大衆の態度に応じて登場してきたという点、そしてその多くが所謂国体論的な立場から出されていたという点は、同時代の「古事記」の位置を考える際に見逃してはならない。[*8]

（少なくともこの段階では）さすがに蓮田自身がそうした面での旗振り役を務めることは無かったようだが、彼が先の引用で好意的に示しているような大衆の適否＝正邪二分法的な発想法や、短兵急に結論（のみ）を求める（しかもそこに到るために自身による思考過程を経ようとしない――権威あるものの言を俟ってそこに一斉になだれ込むような）やり方というのは、ネット言説に代表される二一世紀現在の大衆（化）社会に多く見られるあり方でもある。ここではあくまで「古事記」を巡る言説状況の一例を見てきただけであるが、昭和一〇年代後半における〈国体〉＝「古事記」ブームを生んだ時代状況と、二〇一〇年代、（時にその根拠が曖昧なまま）〈日本的〉なものが無闇に賞賛され〈「日本人」としての一体感〉が（言説的あるいは祝祭的に）演出される一方で、〈異端〉への排除傾向がますます強まるという、政権与党から一般大衆に到るまでの一部勢力の傾向とが強く重なることを感じ、空恐ろしくもなる。*9

3―1 「古事記の文学史学的考察序説」

蓮田と「古事記」の関係――特に本論の最初に立てた、それに対する彼の態度の変遷という問題に戻ろう。結論から言えば、蓮田の「古事記」観は当初から一貫していたわけではない。そのことを確認すべく、まず初めに「古事記の文学史学的考察序説」(『国文学試論』第二輯、春陽堂、一九三四年六月)に関して検討を加えたい。先述の通り、同論文が蓮田の本格的な国文学研究の初期に位置づけられることに加え、彼が「古事記」の内容に言及した初の論と見られ、その「古事記」観を窺う上での重要な材料と考えられるからである。

実際、同論は五五頁を超える大部な論であるが、その「序」を締め括る次のような記述からは、蓮田が(今後)「古事記」の総体を捉えるような研究を目指していること、その礎石としてこれを位置づけようとしていることが看て取れる。

この論文第一部では、従来すべての古事記学者が取扱つた古事記の成立事情を多少念入りに考へて見、第二部ではそれを次いで、古事記といふ対象の対象性と太安万侶を通じて働いた方法論とを考へて見たいと思ふ。勿論紙数の制限を受けてゐるので、第一部も第二部も私の企図から言へばほんの輪廓に過ぎず、私の古事記論そのものから言へば一部分にしか過ぎない。又私は従来の学説を批評はするがそれらを無視してゐるのでないつもりである。寧ろ従来の説に沿うて来たゞけのことである。私の説そのものも亦一つの捨石となり得れば幸ひである。

とにかく私は、今は古事記の座標を発見しようとする一測量家でありたいに過ぎない。（一五二〜一五三頁）

また、引用において述べている如く、この論では全体に他の学説への批判や自説の主張において、蓮田の自制的な態度が目につく。例えば第一部冒頭では次のようなことを述べている。

徒らに想像を恣まゝにして、天武天皇や、稗田阿礼や、乃至は研究者自身に、焦点を移して、その場その場の意見を述べて、それを継ぎ合せ、それを綜合的研究だなどといふことは、実に不用意極まることである。（垣内松三氏は一昔前に「綜合」「全体」の区別を論じて居られるのに、未だに我々の学界にはそれらが不徹底である。恐らく徹底するまでには一世紀も要するのであらうか）。遺憾ながら我々はさういふ不統一な論議の、尽きる所なき所謂異説の堆積を見てきてゐるが、厳密に言へばそれは何ら異説とさへ称し得べからざるものではなかろうか。私は今古事記成立の事情を序文の記す所に拠つて考へようとするが、この点に厳密な反省を持ちたいと思ふ。（一五三〜一五四頁）

後の蓮田における「古事記」の読み方（解釈）を巡る文脈で多用される「私心を去るべし」（これ自体が宣長に由来しているであろうことは言うまでもない）という主張にも一見通じるように見えるが、これに続く展開を読むと、本論文での彼はかなり方法論について自覚・抑制的であり、自分なりに〈学問〉的であろうとしている様が見られる。勿論時としては論が（先の彼自身の言を裏切って）想像に走りそうになる部分がないわけではないが、基本的態度としては文献的記述に根拠を求めてそこからの推論で意味づけを行おうとしていること、先行論の具体名を挙げて[*10]それを批判的に踏まえることで論を進めるやり方などは、（後の彼の文章に比したとき特に）今日的視点から言っても〈学問〉としての体を成している。この点、蓮田自身がかなり意識したであろうことは、第一部末尾に次のような主張を（同部冒頭に続き）改めて述べていることからもわかる。

以上冒頭に言つたやうに、古事記成立の事情を多少念入りながら見てきた。これは従来すべての古事記学者がその研究を試みてゐる所である。併し私は従来、その全面に於ても部分に於ても異説紛々たるその仲間に入つて、又更に一異説を加へんがためにこゝに論究したのではない。私はそれらの異説が簇出する根本的な原因を——はつきり言へば欠陥を指摘し批判しつゝ、私自らの視点が他と異る所を終始把握しつゝ論じてきたつもりである。それは序文文面を読むのに、筆者太安万侶の目を探り続けたといふ事に他ならない。それは文字面を内面からの意味で読み取ることと、私が自己流の思ひつきや、解釈に窮して文字を勝手に歪曲して解釈するといふことを避けたいことの、意思にほかならない。そして今更顧みつゝ、幾らか文字面も素直に、且つ論理的な読み方をなし得たかと信ずるものである。

もとより浅智愚鈍の考論に如何なる大きな誤謬を犯してゐるやも知れないことを自ら深く恐れてゐる。読者の高教を切に俟つものである。（一八一頁）

更に、蓮田は「古事記」の成立に関して考察するにあたり、天武による修史編纂の下命とその際の稗田阿礼の役割、後の元明帝の時代の太安万侶による作業の内容とそれが実行に移された後の過程といった具合に、発端から最終的に今日のようなテクストが成立するまでの各工程それぞれについて、いくつもの段階を想定してそこを明らかにすることを目指している。[*11] 後、特に晩年の「古事記」への言及において、それがあたかも神から直接人へと伝わり今（昭和一〇年代）の我々の眼前にある（勿論、安万侶・阿礼といった媒介者の存在は拭うべくもないが）のであって、（それ故に）その記述——というよりもそこから読まれる（べき）本質的「ことば」（フルコト）は神の言としてアープリオリに正しく尊いというような、いともナイーブな発想法とはおよそ対極的なあり方をここには見出すことができる。一言で言えば、「古事記」の記述・内容についてそこに単純に絶対性を見出していない点が、この論（の時点で）の蓮田の一大特色なのである。

　そうした意味では、「序」の冒頭で述べられる、本論の題名にある（最終）目的——それは彼にとって、「古事記」を史書として見るか文学的テクストとして扱うのかという問題であるようだが——についても（そうした問いがなされることからして既に）一応慎重な態度が保たれていると言ってよい。但し、この点に関しては、記述の態度において丁寧でありながら、その内容部分では一見学問らしい言葉が頻出する一方、そこに充填されている（はずの）内実はよくわからないまま主張の方向性だけが示されるという、後の蓮田論文にもよく見られる特色が顔を出してもいる（一五二頁）。

　論者なりにその方向性というものを整理するなら、「古事記は文学書としてでなく、寧ろ史書であつた」（一五一頁）というのを基本軸に、倉野憲司が『古事記の新研究』（至文堂、一九二七年）で示したところの、「古事記」をその一書全体が民族文学的に成長・成立した叙事詩であるとする見方に同意を示しつつ、そこに「更に歴史哲学の基礎を有する角度から」（一五二頁）の把握を付け加えようとするものであるらしい。「歴史哲学の基礎」に関して蓮田は更に言葉を重ねるが、正直その部分は何を言っているのかよくわからず、彼自身もその用いている語の意味が分かっているのかも怪しい観があるが、その段落の締め括りにおいて蓮田は「事実我々はこの論文に於て我々の立場から、古事記の全体的なそして文学史的な性格と運命とを具体的に説明することが緊急の問題であることを痛感し、幾らか為し得たと信ずる」（一五二頁）と自負している。ただ、論者として着目しておきたいのは、その達成の是非ではなく、その方向性の策定において、倉野のことを高評価し、それに一定程度準拠する態度を見せている点である。先にも例として引いたが、後の「古事記」言及において、蓮田は倉野（とその立場）を「亡国的」として徹底的（同時にかなり感情的・断定的）に切り捨てている。蓮田の「古事記」に向き合う態度と共に、他の論者に対する態度に於いても変化があったことが窺われる。これについては又別の個所から考察を進めたい。

3－2　宣長に対する態度

他論者に対する態度という面で今一つ特筆すべきは、この文章における冷静かつ徹底的とも言える宣長批判である。本論で蓮田は、再三宣長の「誤読」「誤解」を指摘している。後の言説における、熱情的だがその同意根拠を殆ど示さないままに繰り返される宣長言説への全面的依拠（それは殆ど信仰的礼賛に近い）とは余りに対照的で、文字通り隔世の観すら抱かせるほどである。例えば一六〇－一六一頁では、天武からの修史の詔に関する「日本書紀」の記述を宣長が「誤読」し、その「誤解」に「自己流のけじめをつけ」るためにかなりに強引な解釈を行っているということを、具体的当該箇所を示しながら論述している。

更に宣長批判の言及はこの論の全体に亙って見られるが、特に次の部分はその時点での蓮田の、宣長に対する距離感を測る上で決定的な意味を持つだろう。「古事記」の編纂過程の詳細を考える本論第一部のそこまでの論述において、天皇からの下命を受けた阿礼の前に文字資料が存在していた可能性を考え、そこから次のように述べている。やや長いが引用する。

一体阿礼の「誦」即ち暗誦といふことは一見甚だ奇異で、かういふ事は修史に常に行はれることでもない。これに就てついでに少しいふと、阿礼の「誦」を中心に上古の口誦といふことがかなり深く研究されてゐる。

併し如何に口誦力が可能であるとしても、それとこれと今どれだけの意味で関係が見出せるかゞ問題である。資料が一書・叢書、又植木氏の重視されるやうに伝承資料にした所で、それを阿礼の口に一度移すのが目的的に説明できねば、却つて誤伝誦の虞れさへある。村岡典嗣氏の御説では、上古に口→字→口→字と循転して行くその自然の過程の一つのあらはれであると言はれる所に、他と異つた根拠のある別説が見られる（略）。併し口→字は目的々であるとしても、字→口はどれほど目的々であるか、殊に古事記そのもの、場合にどれほど第一義的目的々であり得るか疑問である。唯こゝに宣長のみは又独自の説明をもつてゐる点を注意したい。

抑直に撰録《シルサ》しめずして先ツかく人の口に移してつら〳〵誦習はしめ賜ふは語を重みしたまふが故なり。（記伝二之巻）万の事は言《コト》にいふばかりは、書《フミ》にはかき取がたく及ばぬこと多き物なるを、殊に漢文にしも書《カク》ならひたりしかば古語を違へじとては、いよゝ書取がたき故に、まづ人の口に熟誦《ツラツラ》ならはしめて後に其言の随《マニマ》に書録《シル》さしめむの大御心にぞ有けむかし（記伝一之巻「訓法の事」）

当時書籍ならねど人の語にも古語はなほのこりて失はてぬ代なれば、阿礼がよみならひつるも、漢文の書記に本づくとは云ども語のふりを此間の古語にかへして口に唱へこゝろみしめ賜へるものぞ、然せずして書より書にかきうつしては本の漢文のふり離れがたければなり。（同右細註）

この古語尊重の説の根本問題は寧ろ宣長学そのもの、問題なので他日宣長論として批評すること、するが、こゝでは次の二三を指摘してそれが必ずしも妥当の説明でないことを言ふにとゞめたい。

イ、宣長は「漢文の旧記に本づく」といふが、当時の文体はもつと弘く考察を要する。宣長の頭には古事記に対する日本書記《ママ》の文飾がこびりついてゐるが、書紀は古事記の後のものであつて、且つ書紀自身も特殊のものであること（第二部参照）を考慮する必要がある。（以下略、一七一～一七三頁）

ここで『古事記伝』より引用している箇所、即ち「語のふり」や「古語にかへして口に唱へこゝろみ」といったことは、後の例えば「古事記を誦む事」などで正しく蓮田自身が根拠とし、その実践を他にも勧めていた「古事記」受容の最要諦である。そうしたあり方がこの段階ではあっさりと否定されているのである。

言及中の論文からは離れるが、その後の蓮田の思想展開に関して、あるいはこんな筋道が予測として立てられようか。即ち、先の引用にあった通り、この評論より後に、彼は当初恐らくその否定・批判のために「宣長学そのもの、」「根本問題」である「古語尊重の説」について考えた。あるいは（彼の業績から言えば）総体的宣長論を物する中で、当然中心に来る（と嘗て考えた）古語尊重の説についても取り上げた。すると（明確な経緯は未詳ながら）当初は批判目的で検討が始められたその説に、いつかすっかり取り込まれてしまい、聽ては（「古事記」に触れる際の）自身の考えの根柢と化してしまったのではないか。そこから更に宣長学に総体的に魅せられ、絶対的・全面的にそれを否定・批判しえないような心性（メンタリティー）が形成されたという展開が考えられる。「古事記を誦む事」における、「とにかく古語古意にひたすら帰入して、そこから伝へを物した先学の行き方は、斯学の第一義である。／私はさういふ心持で古事記に劃期的な訓読を与へた宣長の読み方を尊重する。勿論その後から読方解釈の上に異議皆無である筈はないが、それは宣長の方法そのものに新たに加へ得べきものではないと私は考へてゐる。」という感想めいた評言は、遅くともその執筆時期以降の蓮田の状態をよく示している。

再び「古事記の文学史学的考察序説」に戻れば、先にも見た通り、その時点での蓮田には宣長に対して適度な距離を置こうという態度があった。古語の問題にしても、先の引用の後段に、

宣長が「古語を違へじとて」「語のふりを此間の古語にかへして口に唱へ」「口なれし」めたといつてゐるのは、前述のやうに主観的に行過ぎてゐる点もあるけれども、飽くまで口誦と断定して已まなかつたその点は正

確であつたと評してよい。（一七七〜一七八頁）

と述べていることからは、宣長の言説から拾えるべき点のみを拾ってそれを利用しようという（後の「信仰」的全面依拠とは対蹠的な）冷静な論述的態度の保持が看取できる。つまり、ここでは「古事記」成立の原点に天武の独自趣味性を見、「天皇親撰口授」すなわち「勅語」と「誦習」天皇と阿礼のコンビネーションが固定的相互的であること」（一七七頁）という自身の論の要諦を強調する文脈において、それを補強するために、宣長の観点から口誦という点のみを引き出したに過ぎず、ファナティックなその背景までは採用していないのである。

3−3　第二部——宣長、そして「国家的精神」との距離

「古事記の文学史学的考察序説」第二部では、「古事記」序文に見られる「旧辞」「古事」——蓮田はそれらを敷衍的に統合把握して「フルコト」と云い、そのフルコトとされるものが何を指すか、特に序においてそのように呼びならわしている安万侶の意識を支えていたものを時代的に探ろうとしている。

第一の結論として、蓮田に拠れば安万侶の言う「上古」の「フルコト」とは必ずしも（端的に言えば、決して）線条的時間軸の上に絶対的に古い部分を指すのではなくて、漢字（文）使用（法）を前提もしくは（新）基準とした場合、その段階において何となく「古い」と感じられる対象（当然それを漢字漢文脈に比して下位に置く意識もある）を指して、即ち時間軸の上ではほぼ同時期にも未だ存在していた「「和語」といふべき所を、多少のフルコト文学語及び措辞の内的傾向を抽象して「上古」と仮称したに過ぎない」（一九二頁）ということになる。

更に、そうした「フルコトは、民族文学伝誦文学らしい夢を見つゞけてゐる。天武天皇のフルコトへの感受傾

向・阿礼の誦習の能力性（これもフルコトの世界の人なればこそ可能なのである）・安万侶の子細採録の態度、を通じて民族文学伝誦文学的の夢が見出され」（二〇五頁）、そのような「フルコトの夢、否、実にフルコトの意志」（同）が、本来史書として天武に企図され、且つそのような態度で安万侶が編纂したはずの「古事記」を同時に「文学」的側面を多分に持つ――文学的テクストとして現存させたのだ、というのがこの論の結論として置かれている。フルコトに同時代、更には後代の人間すら動かす自律・内在的で強大な力を認めるというのは後の蓮田の「古事記」言説を根柢で支えた重要な発想であり、その最初の発現がここに体系的に述べられていることは注目に値する。しかし、ここで更に指摘しておきたいのは、その結論に至る過程もしくはその周辺において、後の――少くとも晩年の――蓮田の発想とは決定的に異なる点が二つあるということである。

その一点目は宣長に対する対象化＝それと一定の距離を置こうとする態度であり、これは同論第一部以来引き続き見られる。もう一点は恐らく前者とも連動する、「国家的意識」「国家的精神」に対する論究の態度、そうした概念的対象への、論者としての自身との距離の取り方である。その語の使用例から確認する。

先述の「和語」即ちフルコト、という仮説の続きで、蓮田は「和語」をフルコトとして囲い込むことの根柢にある、漢文字使用を所記の前提とする意識――「日本書紀」は勿論「古事記」を編むに際しても人々の中にそうした意識が顔を出してきたことについて、「恐らく文字化し、観念的な史書化さうとする動機がこれほどまでにフルコトを組織立てもし大きくもしてきたに違ひない」。と述べたところで、「その中に国家的意識の強化といふ内面的成長もあることは勿論である。」と括弧書きし、注記して「フルコトは国家的精神の成長により、漸次さうした政治的・本縁出自的色彩を濃くしてくる。」と、ここで「国家的意識」「国家的精神」という語を用いている（一九三頁）。但し、ここでのそれらの語は、単に歴史的な国家概念成立を説明する上での客観的用語として冷静に用いられており、後の蓮田の文章におけるような、それを至上・対他比較不可能な無上の価値、批判は勿論批評も不可能な絶対的概念（それこそ「国体」と同類のもの）として用いる用法とは明らかに異なる。同じ註内の後半で、「史書編修とはフルコトに就て右のやうな内面的からの醸成と外面の対外国的な国家成長との不二同一の契機として存するのである。」（同）と、古代国家の対外意識を前提に説明しているところからも、蓮田のこの時点の意識が後のそれとは異なることが分かるだろう。

宣長に対する距離のとり方に関しては、既に同論文の第一部から例を引いて指摘したところである。第二部でも、例えば「書紀の文飾は早くから言はれて居り、宣長は単に漢意の然らしむる所と言つて漢文一般だけの程度にしか考へてゐないが、実はもつと根拠が深い所にあると思はれる。」（一八九頁）といった一文があり、以下展開される、「日本書紀」は勿論、「古事記」序文にも（本場の）漢文脈の注釈内包的傾向を意識した、敢て難解を衒う用字用語法（意識）が入りこんでいるという指摘は、蓮田の後の「古事記」言及でも履行われているところである。しかしここでは、そうした点についての宣長の理解が「単に漢意の然らしむる所」という大雑把な把握に留まっていることを批判し、安万侶らがそうした表現を用いた根柢にあるものを歴史・文献的に探ろうという態度を見せているのに比して、後に書かれた蓮田の文章では宣長の意を内面化して全的に引き受けたかのように、「古事記」を初めとする古典の読み方においては、漢意（カラゴコロ）の排斥こそが至上命題であり、それ以上を斟酌する必要はないというかの如き態度に（少くとも学問をする姿勢としては）〈退行〉するような様子を見せているのである。

更により強い宣長批判の例も拾われる。「古事記」序の「即辞理叵見以注明、意況易解更非注」という部分について、（当初の）宣長の読み（＝漢文訓読の）間違いを指摘、「辞理」という語に対する彼の説明については「迷路に入つてゐる」とばっさりと斬り捨てている（一九八頁）。「古事記伝」をかなり丁寧に読みつつ、しかもその内容についてきちんと取捨を行った上で言及を行う客観的態度が、特に後の蓮田のファナティックな様と比した時とりわけ印象的である。

尚、ここで言う宣長の説とは、「古事記伝」二之巻に見える次の部分を指す。

> 即《チ》辞《ノ》・理叵《ガタキハ》レ見《エ》、以《テ》レ注《ヲ》明《ス》レ意《ヲ》、
> 理は意にて、即《チ》明《ス》レ意《ヲ》とある意これなり、叵ノ字は、不可也と注して、難と同じく用ひたり、【書紀ノ釈に引ケるには難と作《カケ》り、】さて記中に種々《クサ〴〵》の注ある中に、辞ノ理を明《アカ》したるはいと〳〵まれにして、只訓《ヨム》べきさまを教へたるのみ常に多かれば、此《コヽ》は文のまゝに心得ては少《スコ》し違ふべし、たゞ大概《オホカタ》にこゝろえてあるべきなり、*12

このように、テクストを超越して、「大概《オホカタ》にこゝろえてあるべき」といった宣長流の読書態度は、本文の記載に即して事態を出来るだけ正確に把握・再現しようとしているこの時点での蓮田にとっては批判の対象となっていると考えられる。だがこれより後、例えば「古事記を誦む事」の時点では、そのような宣長の態度に全面的に依拠、「古事記伝」の記述を信頼（ないしは信仰）し、「古事記」の内容については「大概に」把握し、宣長の示した訓法に従って「誦み」あげる事こそが最上だ、という風に変わっていたのではないか。その間の蓮田にどのような内面的変化があったのかは、今後その間に彼の執筆・発表したものを丁寧に読み解いていくことで明らかにするほかはなく、現時点ではその作業の未了を憾みとするが、先述の如く、その間になされた宣長に関する体系的（とまで言い切れなくとも、少なくとも長期連続的）な研究が、蓮田の宣長観、延いてはそこから照射される彼の「古事記」観に、何かしらの変化を齎したのではないかと推察される。

併せてこの部分から指摘できるもう一つの特色が、倉野憲司（論）に対する高評価である。「序」における倉野『古事記の新研究』（前掲）に続き、ここでは『国文学研究』第一輯所載「古事記の形態*13」を「特に古事記の施注に対して多大の注意を以て論究された深い示唆に富む」（一九八頁）ものとして挙げている（そのような比較的優れた倉野論ですら「古事記」序の「辞理」に関して理解が届いていない、という形で、研究の現状批判を行うための前置きとしての引例ではあるが)。後の「「天地初発之時」について」(『古事記学抄』所収)で蓮田は倉野の所説を徹底的に攻撃するところとなるが、この時点では宣長批判とは対極的に、倉野のことは高く買っているようである。先に述べた、蓮田のそれに対する評価の変化ということを考えると、丁度宣長に対する信頼度が上がるのと正に反比例する如く、倉野に対する評価が急速に下がったのではないかという見取り図を描いてみたくなる。

繰り返しになるが、この「古事記の文学史学的考察序説」の段階で蓮田は、宣長に対しても、また「古事記」に対しても(学問的に)冷静であった(後、いずれの段階で〈狂信〉に転じたのかが今後問題となろう)。そうした冷静さは「古事記」記載中の皇室にも及び[*14]、その序や「日本書紀」に記録のある「修史の理由」が「大体は皇室中心の氏姓系譜(系図といふ狭義のみでなく)の統制といふことが帝国々家確立の過程としてさういふ形をとつて現れてゐる」(一六二頁)と冷静に断じている。[*15]後の、神と天皇(皇室もしくは皇統)を線条的に直結させ、それを他国と全く異なる——現在の、もしくは現在に至る——帝国国家存立のア・プリオリな根拠とするような熱狂的「国体」志向はここには見られない。

それは「古事記」というテクストに対しても同様で、後の蓮田のそれを語る文章に於ける如く、その記述を現在・現実の国家というものと地続きで捉えてはいない。寧ろそれを歴史の領域のもの——現在と無関係ではないものの、対象化された過去に属するものとして捉え、その記述内容を確定していこうという考証学的態度がまず第一にあり、その遠い延長の上にその文学性を想定したいという姿勢のようだ。

可能性としてはこうしたことも言い得ようか。対象が文学となった(そのような把握をした)場合、蓮田の記述(とその基となる発想)は途端に感性的なものとなる、と。奇しくも蓮田による現代語訳「古事記」の、彼の没後に出た再刊の「あとがき」(高藤武馬)、即ち現代に於ける彼の評価として、「蓮田善明の本質は詩人であった」[*16]という見方がその冒頭にあるが、そうした前提に立って言えば、彼の文学に対する態度は研究解釈よりも徹底して鑑賞的であったのかも知れない。[*17]今回見て来たのは「古事記」に関してだが、ある対象をどう読むべきか（必然性）という文献学的なアプローチの段階では大変厳格な学問的態度を見せた蓮田であったが、対象をどう読みうるか（蓋然性）が問われる文学研究のステージでは、多様性を前提にその中での妥当性を探るという本来あるべき方向を越えて、自分がそれをどう読みたいかが最優先に来る。結果そうしたあり方を人にも勧める（「古事記を誦む事」など）一方で、自身がそれを許容できない（感情的に我慢できない）ような反射の仕方（読解）に対しては、一見学問的批評の法を装いつつ、その実感情的に攻撃を仕掛ける、というあり方へと、特に晩年傾斜していったのではないか。

乃至は、彼の方法論・態度の問題としては次のような見方もできる。すなわち「真福寺本古事記書写の研究」あるいは「古事記の文学史学的考察序説」の段階から「「天地初発之時」について」に至る一〇年間（それは即ち蓮田の国文学者としてのキャリアのほぼ全期間であるが）のいずれかの段階で、彼は明確に（そして恐らく自覚的に）実証への志向を捨てたのである。但し、学者としての矜持からか、あるいは学問という枠組への意識からか、論述においては嘗て実践した実証的方法の、その表面的形式性だけは保持し続けた、と。前段階の蓮田にとって、あくまで「学問的」態度を主張する倉野の所論（注8参照）は、「古事記」を論じる際に拠るべき一つの指標であったのかもしれない。それ故に、後に実証を捨てたとき、それに対して（あるいは過去の自己像を重ね？）反動的に排撃を行ったという展開がそこには考えられる。それほど、「「天地初発之時」について」他に見られる後年の蓮田の倉野（らの説）への批判は感情的で激越である。

その切り替えの転換点がどこにあったのか。ところで、井口時男に次のように断然と蓮田の転換を語る整理があり、それはこれまでに蓮田を研究する――というより、人物像を含めて彼に論及する人々の間で概ね共有される認識としてあったように見受けられる。[*18]

蓮田善明の決定的な転換点は、日中戦争（支那事変）勃発の翌昭和十三年（一九三八年）夏、「文藝文化」の創刊同人となり、晩秋、謀反の廉で持統天皇から「死を賜った」古代の皇子の運命に託して、「今日死ぬことが自分の文化である」「か丶る時代の人は若くして死なねばならない」（「青春の詩宗――大津皇子論」）と書いて応召した時点にある。したがって、それ以前の蓮田を「前期蓮田善明」、それ以後を「後期蓮田善明」と呼ぶこともできる。蓮田善明の前期と後期は、その思想においても文学観においても、截然と異なる。[*19]

行動に結びつく思想や自己表現を通じて、評伝的に〈人間〉蓮田善明を語るという意味で言えば、そこに「決定的な転換点」を見るというのに異論はない。しかし、本論で、あるいは今後の課題として考えたいのは、（一応）国文学研究者として彼を見た場合の、その方法的変転に関してである。見通しとしては『文芸文化』創刊時（それに続く応召）が明確に契機であるというより、そうした舞台を得、それを中心に言及発表を重ねたその後の過程の、しかも（一応）研究活動の成果として多くの著書を刊行した一九四三（昭和一八）年までのどこかの段階に、その意味での転換点もしくは漸次的転換の痕は見出せるものと思っている。

先述した、晩年の蓮田の二つの傾向のうち、前者すなわち自身の対象への好みを只管に示したものとして『花のひもとき』（一九四四（昭和一九）年一〇月刊）が、後者の、一見学術形式を取りながらやはり感情・志向性を前面に出したものとして「「天地初発之時」について」（一九四三（昭和一八）年一二月初出）がそれぞれ例として挙げられよう。尚、その際に自身の〈敵〉に対してつける「亡国的」といったレッテルは、時代が時代だけに汎用性を持ち、それゆえ必ずしもその内実を充填する必要が無いままに自在に使用しうる（そのような振る舞いを咎められない）便利な武器となり得ただろう。そうした中にあって、学問的出発の初期作として――そうした意味で言えば彼の本来の資質と言っていい――文献考証学的態度を発揮した「真福寺本古事記書写の研究」と、先述したような晩年の特質をよく示す「「天地初発之時」について」を併せて収録、刊行された『古事記学抄』（子文書房、一九四三年一二月）という一書は、蓮田というキャラクターのあり方を示すものとして大変興味深い。

文献考証学者にして文芸鑑賞家、それが世に言う国（文）学者・蓮田善明の内実の姿なのではないか、と仮に纏めておく。

最後に

本論考では、最終的に蓮田の国文学研究における態度の変化を探る、という大テーマにまで展開しながら、振り返るとその入口と出口において彼が示したあり様を比較したに過ぎなかった。本来考えられねばならない中間部・転換点に関して余り見ることが出来なかったのは、我ながら遺憾とするところである。更に、考察を進めて見えてきたこととして、蓮田にとっての「古事記」を考えることは、結局彼の中の宣長（の評価）を考えることに繋がる。という、そう纏めてみれば当たり前の、しかしそれに関して充分に考えることの重要性である。そうした意味では蓮田の大著『本居宣長』（新潮社、一九四三年）及び「本居宣長に於ける「おほやけ」の精神」（『国文学試論』第五輯（春陽堂、一九三八年六月）収録）への考察は必須なのだが、紙幅の都合からも今回は割愛せざるを得なかった。

尚、後者については、杉本和弘が「蓮田善明覚書（二）――国文学者としての善明――」（『岐阜工業高等専門学校紀要』一九八三（昭和五八）年二月）において、蓮田の国文学者としての態度を主に問題とする中で「この論文は善明の文学活動の上で、その後の方向づけをなすものであると同時に、一つの転機に位置するものでもある。それは研究から評論へという移行の転機である。」と述べている。この指摘を含め、同論は、本論が述べきれなかった、先述の表現で言えば「中間部」――すなわち蓮田に拠る〈宣長発見〉＝「本居宣長に於ける「おほやけ」の精神」以後の彼の変化の概略を捉えたものとしては概ね妥当かつ先例として重要と思われる。ただ、本論が準備的に目指したのは、蓮田のそれ以前の言論（研究）活動を含めてそこに至る、即ち蓮田の全研究を通じたときの変化を、その論述に即して実証的に述べる（それこそ蓮田が捨てた手法である）ことであり、杉本が自論に「覚書」と記す如く、未だそうした研究は（当然本論も含めて不十分な）緒に就いたところに過ぎないようである。更に、「本居宣長に於ける「おほやけ」の精神」については、本書収録河田論文にても言及があるはずである。併せてご参照いただければ幸いである。

注

1 その際の大きなきっかけとして、中央公論社に投稿した自身の原稿が不採用で返却されたことがあり、それを受けて蓮田は「僕は勉強がたりない」と痛感し退職・復学を決意したのだ、という諏訪中学校時代の同僚の推測（談話）を小高根二郎は記している（『蓮田善明とその死』〈筑摩書房、一九七〇年〉四五頁）。

2 彼らは広島高等師範学校（蓮田は一九二七〈昭和二〉年卒業）から広島文理科大学に進んだ同窓生であり、同誌は後に同じメンバーによって一九三八（昭和一三）年に創刊された『文芸文化』への布石である。

3 その間の蓮田の国文学関連著作は以下の通り。
「宇津保物語特有の『しむ』に就いて」『国文学攷』一九三六（昭和一一）年九月
「釈日本紀撰述年代新考」『国語と国文学』一九三七（昭和一二）年六月
「大鏡」『国文学試論』第四輯（春陽堂、一九三七年七月）
「古典と「今日」」『文学』一九三七（昭和一二）年一一月

「本居宣長に於ける『おほやけ』の精神――日本文芸学の精神のために――」『国文学試論』第五輯（春陽堂、一九三八年六月）
「伊勢物語の『まどひ』」『文芸文化』一九三八（昭和一三）年七月
「モールス先生『日本その日〳〵』」『文芸文化』同年八月
「日本神話の構想に関する二三の準備的考察」『国文学攷』同年九月
「万葉末季の人」『文芸文化』同年九月
「学のために」『文芸文化』同年一〇月
「青春の詩宗――大津皇子論」『文芸文化』同年一一月
「新風の位置――志貴皇子に捧ぐ」『文芸文化』一九三九（昭和一四）年二月
「詩精神と散文精神　詩のための雑感」『文芸文化』同年六月
「日本知性の構想」『文芸世紀』同年一〇月～一二月
『鷗外の方法』（文芸文化叢書第二編）子文書房、一九三九年一一月
「詩と批評――古今和歌集について」『文芸文化』一九三九（昭和一四）年一一月～翌年一月
「文章」『文芸世紀』一九四〇（昭和一五）年二月
「預言と回想」『文芸文化』同年六月
「『女流日記』に関する一問題」『文芸文化』同年一〇月
『預言と回想』（文芸文化叢書第七編）子文書房、一九四一（昭和一六）年一月
「鴨長明」『文芸文化』同年四月～一二月（全八回）
「森鷗外」『文芸世紀』一九四一（昭和一六）年九月

4　あらゆる文脈でそうした言説が幅を利かせていたことは今更贅言するまでもないが、特に「古事記」を巡るそうした状況に関しては注8を参照。

5　掲載順に名を挙げると以下の通り。

蓮田・中河与一・小高根二郎・富士正晴・山田重正・林富士馬・桜岡孝治・水島倭・清水文雄・栗山理一・池田勉・谷宏・斎藤清衞

6　後に確認する通り、嘗ては蓮田自身がそのような把握をしていた面がある。ここには彼の説に於ける劇的な転換を見ることができるが、その点も後述する。

7　これは直接に「古事記」に関して述べられたものではないが、蓮田がその著『本居宣長』（新潮社、一九四三年）で示した次のような発想が、彼のこの間の――即ち「『古事記を誦む事』と『『天地初発之時』について」とを繫ぐ証左もしくは材料となるだろう。

このやうに、希臘神話にしろ、基督教神話にしろ、その人間の歴史の根源に暗い原罪を負うて居り、神に罰せられ或は追放断絶されてゐる。初めから既に「神ながら」ではない。（中略）さういふ所にも西洋的な冒瀆の歴史観――現代の「からごころ」が、ひそんでゐるのである。（「古ことの伝へ（二）」より）

8　最も極端な例として、木戸小平《こへい》『古事記の肇国』（大日本赤誠会出版局、一九四一年九月）と梅田伊和麿『神伝古事記解』（祭政一致教学道場発行　非売品、一九四三年一一月）が挙げられる。「十時間で古事記を追ふて国体の話をせよと云はれて話したのがこの速記である。」「学問の型にはまる事を努力して、日本人の型を失ひつゝある人々への一つの警告ともなれば誠に幸である。」といった表現を自序にもつ前者において、古事記を語ることはそのまま国体を語ることに直結している。極端までいくと、それの持つ意味はもはや象徴であって文献としてではなくなる。そのような、反知性派「古事記」解説の最右翼とも言うべきものが後者で、「凡そ古事記に記録されてゐる事柄は新秩序建設に必要なる政治、経済、教育、外交等の一切を遺訓し給ふ封書暗示である」（序より）とまで言い切るその著の内容は、今日で言えば「古事記の暗号」的な所謂トンデモ本に当る。皇室の権威＝「国体」を頂点とする〈物語〉がまずあり、そこに「古事記」中の物語・記述を当てはめていこうという方向性は顕著である。そこでは自身の「真解」がある種の奥義のような形で自己認識されており、それを〈伝授〉するためにこの書がある――まさにそれが口述＝口伝される、という方向性が見てとれる（木戸著も同様）。当然ながら、他流のそれぞれ主張する「真解」はすべて自分に言わせれば「誤解」・誤伝である、という方向性をとる。

ただ、一方には「御承知の如く、現在は国民精神総動員の時で、忠勇なる将士は海外にあつて、邦家のために健闘されてゐる事は、感謝に堪へません。吾々銃後にある者、殊に教育的立場にある者は、此際日本の国民精神、国体の淵源、建国の精神を自覚して、これから先吾々は国民の進む可き正しき道を把握して進む事は大切な事であります。」（一頁）と、（時節柄）国体的立場を肯定しながらも、しかし「古事記を研究するには学問的にしなければならないのでありまして、たゞの一片の主観で古事記を見るのは危険千万であります。学問的に見て其上から本質を摑む可きであります。」（一頁）とする倉野憲司（『古事記の研究』〈倉野講述の筆記　下伊那国文研究会、一九四二年一一月〉）。又、『古事記論攷』〈立命館出版部、一九四四年七月〉にも同様の言が見える）らの主張もあった。

このように、管見ではこの時期「古事記」を巡る言説、その解釈・解説法を巡っては、大きく分けて倉野らに代表される学問系と、木戸・梅田的な反知性激越型の二系統が並存（拮抗？）して、結果的に全体での活況を呈していたものと思われる。

9　フランスの社会学者ミシェル・ヴィエビオルカは、『朝日新聞』でのインタビュー記事（二〇一五年四月二五日附、一〇版一三面「オピニオン」面「『文化』にひそむ危うさ」纏めは論説主幹・大野博人）の中で、現代の「人種」差別の中核には文化に対する偏狭な見方があるとする。即ち、本来的に変化を内在するはずの文化を不変的なものと見て、それに対する同質性への志向がナショナル・アイデンティティと結びついたとき、そこには「遺伝子的な意味での人種抜きの人種差別」が生まれること・今日日本でその傾向が強まっていることを指摘する。

10　とは言え、書誌の挙げ方などにおいて、今日の論文的視点から見て不完全な例は散見する。

11　第一部冒頭近くの一五五頁に、結論先取りの形でその見取り図が示されている。

12　引用は『校訂　古事記伝　前篇』（吉川弘文館、一九二六年）の一九四三（昭和一八）年一一月刊の七版に拠った（八三頁）。

13　この部分では論題が掲げられていないが、後の二〇〇頁にその名が見える。但し、年月の記載は無く、ここで蓮田が指摘している倉野論文は見つけることが出来なかった。国文学資料館並びに国立国会図書館のデータベースで検索しても、そうした名の倉野の論は該当がない。

14 「兎も角「詔」の対者が、従来殆ど閑却されてゐたことに対して私は明確な注意を喚起すべきことを提撕する。（略）徒らにこれを無視して阿礼や天皇に中心を設けてその場その場に推測の圏を描いてはならない。」（一六二頁、傍線引用者）という形で、天武帝を臣下である阿礼と並べて平叙する（非敬語）表現も見られる。

15 この引用の前段には、先に引用指摘した宣長による「日本書紀」誤読の例とそこからの彼の牽強附会な解釈すなわち（蓮田の所謂）「自己流のけじめ」に対する批判（一六一頁）があり、後段は「そして宣長流の「古語に在ける云々」といつた解釈を採ることが必ず妥当とのみ言へないとすれば、修史の理由も大体は古事記序のやうなものになるかと思ふ。」（～一六二頁）と続く。宣長批判の文脈と、皇室の歴史に対する客観的な把握が同じ説明の中で同時に見られるわけで、それこそが正しくこの時点での蓮田の態度を語るものとして興味深い。

16 一九七九（昭和五四）年九月、古川書房より刊行されたものに収録。その中には、「かねて愛読しつづけてきた古典を、いま太安万侶になりかわって広く現代人に聞いてもらいたいという詩人の心の声が脈々と波うって響いてくるような作品である。」といった見方も示されており、蓮田自身によるあとがき「古事記を読む人々へ」（基本的に初学者への助言ながら、同時にさりげなく自著「古事記の文学史学的考察序説」を示唆して、その自解にもなっている）と併せて注目に値する。尚、これらの文章の引用は岩波現代文庫の再録刊行本（『現代語訳　古事記』岩波書店、二〇一三年）に拠った。

17 全くの着想のみであるが、佐藤春夫に対する蓮田の親和性も、両者の持つ詩人的鑑賞家としての面からの説明が可能であるかもしれない。

18 例えば、松本健一『蓮田善明　日本伝説』（河出書房新社、一九九〇年）第二章、など。

19 井口時男「蓮田善明の戦争と文学（第四回）三　文学（一）詩、短歌、俳句――死に向けての自己改造」『表現者』二〇一五年一一月号。

付記　引用に際し、字体は通行のものに改めた。傍点は原文、傍線は引用者によるもの。

蓮田善明と近代天皇──〈日本文芸学〉との関わりから

茂木謙之介

はじめに

詩人・小高根二郎の編集による一巻本全集『蓮田善明全集』（一九八九年、以下『全集』）は、現代の我々が蓮田のテクストに触れるに際して欠くべからざる一冊であると同時に、編者の小高根の作為をめぐって、これまで様々の批判にもさらされてきた書物でもある。

松本健一は、蓮田が上官を射殺してから自死に至る経緯に関して、『全集』の「解説」における、上官がスパイであったため殺害したという解釈を、聞き取り調査から実証的に批判しており、[*1] また井口時男は、小高根が蓮田善明の最初の徴兵に際して残していたであろうテクストを隠匿した可能性を示唆し、「資料の中にもしかすると不都合な（後年の蓮田善明像を損ないかねない）記述があって隠したのではないか」と指摘する。[*2] いわば戦後においてポジティヴな評価の困難な一人としての蓮田の名誉を回復しようとした小高根二郎の、その再評価に際しての欲望が問題化されてきたといえる。では、特に井口によって示唆されるような、「後年の蓮田善明像を損ないかねない」ために不可視化されたものとは何だったのだろうか。

いま『全集』を繙くと、我々は冒頭に記された「凡例」に出会う。ここでは小高根によって『全集』が編纂されるに際して「省略」されたテクストの一部が記されている。一例として、『全集』で省略されたテクストのうち、一九四四年に刊行された『忠誠心とみやび』の一章「皇国人と忠誠心」を見てみよう。

自分は国のために犠牲になるんだぞといふやうな思ひ上つた心などもなく、唯々大君の一念「海行かば水漬く屍、山行かば草むす屍」といふ奮戦である。（略）ただ　天皇陛下の一念のみがあつて、天皇陛下万歳を唱へ、天皇陛下を拝して死に就かれたのである。（略）彼等（筆者註：日本兵の攻撃を受けたイギリス兵士）自らの中には見ることの出来ない尊いもの、美しいものを仰いだのである。

南方戦線における戦死者のエピソードを引きつつ、それを「国のため」といった英雄譚の枠組とは異質なものとするとともに、ただひたすら昭和天皇という存在への忠誠と帰依の表れと位置づけ、戦死者とその崇敬対象としての昭和天皇を称揚している。
同じく『忠誠心とみやび』に収められ、これまた『全集』で省略された「戦場精神と日本精神」でも以下の言述が確認できる。

天皇陛下万歳と唱へ奉り、一、軍人は忠節を尽くすを本分とすべし、の大御言を奉戴して、全く天皇陛下の御稜威の一念で、いかなる軍人にも、自分の持ち難い勇猛さを発揚せしめ、この一念に奮い起たせられて、そのまま全く神のやうな姿となつて戦つてゐるのである。

『全集』から省かれたこれら二つのテクストに共通するのは、崇敬対象として、また至高の存在として君臨し、人びとの死を導く昭和天皇の姿である。

一九六二年の段階で渡辺京二は、蓮田を含めた日本浪曼派について「他の何はどうあってもあの神がかり的な日本主義思想だけは何としても弁護できない」と述べているが、[*3]この『全集』から省略された部分は、まさしく「神がかり」的な言説であると同時に、一九七〇年代以降、特に問題化する天皇の戦争責任を明示するような言説に映る。いわば、小高根による編集は、戦後という言説空間における〈危険〉を不可視化していたのである。[*4]

かかる小高根による作為は、同時に、蓮田における近代天皇像の解明を遠ざけているとも言える。

従来、蓮田の天皇をめぐる問題にかかわっては、一九三八年一一月の『文芸文化』に掲載された「青春の詩宗――大津皇子論――」が特権化されてきたと言える。同テクストにおける「私はかゝる時代の人は若くして死なねばならないのではないかと思ふ」という表現が繰り返され、蓮田のファナティックなイメージが再生産されてきた。井口は、このテクストにおける、皇子に死を要請し、それを運命づける存在としての古代の天皇の在り様が、蓮田にとってはそのまま明治期以降にトレースされるべきものとしてあったと指摘する。[*5]いわば古代天皇（制）の在り様をそのまま近代天皇（制）へと結びつける思考に、蓮田の天皇観の特徴を見出していると言えるだろう。これによって蓮田における近代と古代の連続性は明確化するが、一方で蓮田にとって「近代天皇とは何か」という問いは周到に外されてしまう。

そのような中で小高根によって不可視化されたテクストにおける近代天皇への直截的な言及は、しばしば総力戦体制下のイデオローグとして位置づけられる国文学者・蓮田善明における、天皇の問題を再考することを可能にするのではないだろうか。国文学者としての蓮田、という在り様を前提としたとき、この問いは必然的に蓮田の国文学研究と近代天皇とはどのようにかかわるのか、という問いともなるだろう。

そこで本章では、同時代の文学研究をめぐる諸言説との関わりとして、蓮田の活動と共起的な動向としての〈日本文芸学〉をひとつの導きとし、蓮田善明テクストにおける近代天皇について考えてみたい。

従来蓮田における〈日本文芸学〉への注目としては、小高根による『全集』の「解説」において、一九三八年六月に『国文学試論』第四輯へ掲載された「本居宣長に於ける「おほやけ」の精神」への注目が為されている。当該テクストでは本居宣長の神代や『古事記』への注目に関して、「宣長は漫然と国文学を行つてゐるのではない。彼は対象について決心を基礎として選んでゐる」と指摘した上で、その問題意識を「日本文芸学の問題も我々はこゝから出発する」として近代に招きよせる。

いつしか又漫然たる科学主義が風をなすやうになり、これに対して立つた日本文芸学もこの旧い科学主義そのものからは一歩も出ず、寧ろ、――前に私が警戒した「発生論」のやうな学問的悪趣味に類する抽象的な「本質論」的な――文芸といふ観念を前提として、その本質を求め、又その観念的な文芸性を基礎として様式の研究に進むといつたやうな行き方、これに恰も水中の杭にいろ〳〵の藻屑が流れかゝつて行くやうにして日本文芸学の問題が栄えてゐるのである。（筆者註：傍点ママ）

当該記述に関して小高根は「蓮田による岡崎義恵批判」と指摘しているが、その指摘を除いて、蓮田と〈日本文芸学〉に関する言及は管見の限りこれまでなされていない。[*6] 一九三八年一一月の「青春の詩宗」を蓮田の著作の前期後期を分けるとする思考に立ったとき、[*7] かかるテクストはその〈前期〉蓮田善明に含まれるものとして捉えても差し支えないだろうが、この〈日本文芸学〉批判の枠組に関してはそれ以降の蓮田テクストにも踏襲されており注目に値する。

一九四二年四月の『文芸文化』に掲載された「からごころ」（『神韻の文学』一条書房、一九四三年一〇月に所収）で蓮田は日本における学問潮流として「私たちは清麗な国文学の代りにまったく唯物史観を以て埋めた大論著を新研究として勧められた。西欧美学を通して色わけした日本文芸学を見た」と述べる。いわば〈後期〉蓮田においても共通したものとして〈日本文芸学〉批判があるように見える。この〈日本文芸学〉批判という視点を導入したとき、従来の蓮田善明研究における、蓮田の転換点を日中戦争勃発に求める枠組みを再考する可能性をも生まれ得るだろう。

以下本章では蓮田善明テクストにおける近代天皇に関して、蓮田における〈日本文芸学〉を考え、手始めに同時代に〈日本文芸学〉を牽引した岡崎義恵のテクストとの比較を行う。その上で、蓮田による岡崎への反応の在り様として〈歴史〉と〈ことば〉というトピックを挙げ、それぞれ検討を試みたい。

1 〈岡崎文芸学〉への対抗

岡崎義恵は一九三四年一〇月に雑誌『文学』に掲載された「日本文芸学樹立の根拠」において、以下のように述べる。

（筆者註：日本文芸の）中に普遍的な文芸性を認識し、それが文芸的類型として持つ所の意義を考へ、日本文芸様式といふが如き、日本文芸独自の統一点を把握し、その内部構造に特殊の体制の存する事を究明し、これによつて日本文芸が一般文芸体系において占める所の位置を確定するといふ作業を行ふ

一読して明快なように、日本文芸を、世界の文芸のひとつの特殊な事例とし、「一般文芸体系」における位置を確認することがその目的となっている。笹沼俊暁によれば「岡崎の「日本文芸様式」論は、日本や西欧諸国などの

特定の芸術様式を超えた、形而上学的な「美の普遍性」の解明を最終的にめざすもの」であり、[*8]一種の〈世界文芸〉の構想であったことが知られている。

岡崎は、同テクスト内で「独逸の Literaturwissenschaft などの影響」があることに言及しつつ、「はつきりした自己の研究領域を確保せんとする意欲を感じた」という学問分野設立の欲望を提示しているが、その際に仮想敵として設定されたのは同時代の国文学であった。[*9]これらはいかなる点において岡崎の批判の対象となったのだろうか。

そのヒントとして『日本精神文化』一九三五年一月号の論文「学の対象として見たる日本文芸」がある。ここで岡崎は日本の国文学の方法について「若し日本文化とか日本精神とかいふ事実から出発して、過去の歴史的現象に即して考察を進めると、文芸といふ概念を引出すことが適当であるかどうか疑はしい」と疑義を提示した上で「最初に特殊なる文化史的領域である日本といふが如き限定から出発すれば、其伝統的特性の為に制約されて、文芸といふ如き一般概念を導き入れる契機を見出し得る可能性が乏しくなる」と述べ、〈日本〉をつきつめることの不毛さを指摘する。これまた前述の〈世界文芸〉と、世界に共通する〈一般文芸学〉の一つの分野としての〈日本文芸学〉の意義を逆説的に提示するものであったと言えるだろう。

蓮田善明は、かかる〈岡崎文芸学〉が流行する一九三〇年代の状況の中で、岡崎の『日本文芸学』が出版された一九三五年段階において既に〈日本文芸学〉への反応を示している。

一九三五年一二月発行の『国文学試論』第三輯に所収された「日本文芸史理論」(『全集』未所収)において蓮田は、「日本に於てはこの概念が更に変態的であつて、文芸といふ概念の底には、特に西欧的文芸といふ根底がひそめられてゐる。即ち西欧的文芸の試金石によつてこの国の文芸的所産が文芸か非文芸かに選別されかねまじき勢なのである」とし、「文芸」概念自体の〈西欧〉性を指摘している。「文芸」という分析概念の範囲が論者の価値規範によって恣意的に決定されていることを指摘するものであり、これは端的に〈日本文芸学〉批判として映るかもしれないが、決してそうとは言い切れない。同一テクストの中で蓮田は以下のように述べる。

特に「日本文芸学」といふ時、この国の伝統的な文芸といふ意味を多分に加味してゐるのであつて、特に「国文学」と別個でなく、それに取つて代るものとして提唱されてゐる事にも明かであらう。その提唱も国文学の畑から起こつてゐるのである。（略）今更「日本文芸学」などと言はなくても、始めから然うあるべき筈であつたのである。而も余りに軌道を逸脱した現状に対して、根本に帰れと言ふ必要が生じたのである。併し、「日本文芸学」とは、単に国文学に対しての切札の意味をもつのみではない。元来伝統的な意味の「国文学」を「日本文芸学」と取り換へたのには、伝統的な意味のほかに世界的な意味がひそんでゐることは見逃せない。ここに「国文学」を更に一歩進めた新しい意味がある。日本の伝統的な文芸のみを強調した国文学に対して、世界的普遍的な文芸学の立場をも同様に強調し、言換へれば、伝統性と世界性とを完き一如に捉へようとする意味をもつのである。

日本文芸学を国文学へのオルタナティヴとして捉えるとともに、その「世界性」を肯定的に評価している。一方で、ここで気づかされるのは「伝統性と世界性」の統一であろう。先ほどもみた様に、岡崎の〈文芸学〉においては、〈日本〉を突き詰めることはむしろ世界性の獲得を阻害するものとして否定的に扱われていたが、蓮田のテクストではそれが両立しうるものとして浮上しているのである。蓮田は同テクストで他にも、日本文芸における「外国文芸の影響といふものを重視しなければならない」と述べ、「外国文芸に触れて、新しい「生」の盪揺を起」し、同時に「伝統的な「生」の中に而も伝統によつて蔽はれてゐた生を発見する」ことを主張し、「一面復古的傾向を生ずる意味がある」と述べる。岡崎によって否定された〈日本〉を突き詰めることが、むしろその〈復古〉の意味において肯定的に取り出されているのである。
言うなれば、一九三〇年代における〈日本文芸学〉の動向の中で、その旗手となった岡崎義恵に対し、蓮田は岡崎の否定した〈日本〉を強調することで、同じ場において対抗しようとしたのである。
この動向は、蓮田の編集になる雑誌『文芸文化』においても引き継がれる。『文芸文化』は雑誌『コギト』の実質的な後継誌として日本浪曼派との密接なかかわりを指摘されることの多い雑誌であるが、風巻景次郎らの有力な国文学者もまた寄稿していた。ここで目を向けたいのは、一九三八年八月の『文芸文化』第三号に岡崎義恵が寄稿した「日本文芸と日本美術」である。ここで岡崎は国文学者による日本美術研究の必要性を提唱し、以下のように結ぶ。

これまで文芸史の研究は、比較的道徳思想や科学的業績などと結合して行はれた。江戸文芸を論ずるものは漢学者の思想や国学者の研究などを紹介しなければならない事になつて居た。併しそれは文芸の本質にさう深く関係して居るかどうか疑はしい。文芸を論じて其姉妹芸術との関係を疎そかにする事は不当であらう。蕪村を論ずる者が俳人蕪村と画家蕪村との内面的連絡を考へず、良寛を論ずるものが歌人良寛と書家良寛との様式的同一性を吟味することがなかつたのは大きな手落ちではなかつたであらうか。これは個人についての問題のみでなく、時代についても民族についても言はれる事であらう。

研究対象を作家個人のみならず、時代状況や民族といったものにまで拡張し、文学テクストのみに拘泥することへの批判を展開していると言える。これに対し蓮田は同号の「後記」において「問題的な原稿を寄せられた」とし、「岡崎氏の問題は同氏の日本文芸学の立場からの提言であるが、又決して単に「岡崎文芸学」の問題に止まらない」

とし、「日本文学研究の道途について読者の精読精考を請ひたい」と、岡崎の論考を導きとしてそれとの間に抗争関係を設定しようとしていた。

〈岡崎文芸学〉に対し、蓮田は前述のように〈日本〉を前景化させることによって意識的に対抗を試みていた。一九四一年の『預言と回想』の跋文で蓮田は、改めて〈日本文芸学〉を「単に書誌学的な風を主とする邪道に対して、文学論的なもの、美学的なものを以て律しようとするだけでもなく、又紛乱した領域を整序を与へるだけでもなく、今日の文学及び学問そのものの「智」の根本的変革から始められるもの」と、改めて肯定的に捉えると共に、そこに内在する復古性を評価し、国学を参照して「現前の人間と生活とに面して世界をしる（知る—治る）智として堪へ得たといふことは日本人の悦びであつた」と位置づけ、〈日本文芸学〉の新しさの根拠として〈日本〉を改めて提示する。

その結果は何だったのか。岡崎は一九四一年一月『文芸文化』第四巻一号に「森鷗外の文學論」を掲載し、森鷗外がハルトマンの影響の下「芸術の一部門として詩の位置を確立し、詩の中に今日我々の言ふ文学・文芸をすべて位置せしめようとした」と指摘した後、「鷗外の裁断があくまで普遍的美を基準とするもので、民族の美の伝統が評価の基準に参与すべき事を殆ど認めて居ない点は、私の甚だ遺憾とする所である。私は鷗外の美に対する厳しき律法を学ぶと共に、民族の伝統を尊ぶ心を忘れ得ないのである」とテクストを閉じる。

言うなれば、鷗外のオリジナリティの欠如に、西洋からの理論の導入を位置付けており、これは寧ろ蓮田善明による批判を受け入れているかのようにも映る。同誌同号の「編集後記」において池田勉が「学としての皇国の学びの志は何であるか。今こそ明らかに言はうすめらみことを奉ずる皇道体系の自識と樹立である。我ら国民の精神に、すめらみことを奉ずる精神体系を自覚しなければならぬ」と述べることとも呼応するような、岡崎による当該メディアへの寄り添いが考えられるだろう。笹沼は一九四〇年代の岡崎が「日本の文芸様式の独自性の検証を重視し、西欧文化を批判」したことを指摘し、それらは「軍国主義の直接の政治性やイデオロギー性からは相対的に自立しているものの、別のところからナショナリズムの高揚に寄与し、国策を補完するイデオロギーだった」と評価しているが、[*10]まさに一九四〇年代において、岡崎の〈蓮田善明化〉とでもいうべき現象が現出しているのである。

では、蓮田が〈日本文芸学〉を主張するに際して呼び込まれる〈日本〉とは何か。結論を先取りするようだが、蓮田の場合それは〈歴史〉と〈ことば〉、そしてそれらに必然的につなげられた〈天皇〉であった。

2 天皇の〈超歴史性〉と文学

既に笹沼は「岡崎の文芸論は、歴史的な視点をまったく欠いている。というより、それを意識的に排除することによってはじめて成立するのが、彼にとっての「日本文芸学」という学問だった」と位置づけている。[*11]事実、「日本文芸学樹立の根拠」において岡崎は「文芸学」と「文芸史」との相補性を主張するが、結果「文芸学」の非歴史性が浮き彫りとなる。また「学の対象として見たる日本文芸」では、以下のように述べる。

平安朝女性的様式、日本注視様式、江戸町人様式、近松様式といふが如き、極めて歴史的個性を持つ如く思はれるものを取つて見ても、若しかかる様式を単に歴史的個体として、その持つ一切の分割すべからざる属性において把握する事なく、一の文芸的類型として見る限り、その個体中から若干の主要なる概念が抽出され、其等概念が一構造体として出来得る限り簡単なる或概念に帰せられなければならない。さうする事によつてこそ学術的成果としての様式なるものが獲得されるのである。若し此作業が巧妙に、有効に成遂げられた時には、歴史的個体は変質して一般的概念となり終る事も出来る。

岡崎においては、歴史的な変化を前提として、それらから抽出された概念が一般的な概念へと帰納され、結果として普遍的な文芸概念へと練り上げられることが目指されている。

このような、岡崎の歴史と文芸の関わりに対して、蓮田の提示する〈歴史〉は差異化されたものとしてある。まず、一九三五年の「日本文芸史理論」において蓮田の時間に関する認識は以下のように示される。

「今」自身の中に、それが「ふりゆく」意味を蔵すると考へられるとき、「今」が「今」でありつつ「今」が過去や未来に行く意味がある。そして、かかる「今」に於てこそ、それが「今」であるといふ意味を得ると同時に、初めて過去が過去である意味、未来が未来として独自である意味、を見出すことが出来るといふことも理解されるであらう。時の流れる意味も見出すことができるであらう。而して、かかる「今」は既に又過去と未来とになりゆく「今」である故に単なる「今」を超越してゐる。即ち永遠性を湛へた「今」である。所謂永遠の今である。これが真に具体的な今、即ち「現実」である。

「ふりゆく」という古語を使用し、現在という時間に変化を見出すとともに、それゆえに「今」には「永遠性」があるとする。そしてこの論理を支えるものとして近代天皇は呼び込まれていく。

『全集』未所収のテクストの一つ、一九四二年五月の「古風の保守」（『神韻の文学』一条書房、一九四三年一〇月に所収）において蓮田は、日本の歴史について以下のように述べる。

まことに顧みれば、日本の太古、神勅に「宝祚の隆えまさんこと天壌と窮り無し」と預言し給うてある事実、万世一系の厳たる存在に、我々自ら目を見はるものがあらう。こんな預言をもつ国、又その通りの国は世界に超絶して無類なのである。それ故我々がたとひ今日の歴史を書いても全く神代を書いてゐるにほかならないのである。日本の歴史は変遷の歴史ではなく、不変の歴史といふことを原理とする。

「万世一系の」天皇の連続性が時間を無化すること、語りの現在時における天皇、即ち具体的には皇統を嗣ぐ昭和天皇が実在することによって「神代」が現在まで連続しているため、「今日」の歴史を書いてもそれは「神代」のものとなる、というロジックが提示されている。既に指摘もあるように、『国体の本義』や『臣民の道』といった同時代の国体をめぐるマスター・ナラティヴとの親和性を感じさせるものであると同時に、*12 一九三五年の「日本文芸史論」における「永遠性を湛へた「今」」と相響くものであると言い得るだろう。岡崎の議論における歴史性が、変化を前提とし、そこから抽出されたものに何らかの一般則を発見することだったことを考えれば、この蓮田の表明は、むしろ日本の歴史における「天壌無窮の神勅」の〈超歴史性〉を提示することによって、「世界に超絶して無類」即ち他国と比較した際の日本を卓越化する論理としてあったのである。

この歴史を語るに際して、日本と対比される西洋のそれについて、蓮田は「革新、進歩、変遷といふ歴史の考方は、「神ながら」の日本に於ては、第二次的な考方で方便にすぎない」と低評価に押しとどめる。対して日本の歴史の在り様は、以下のように説明する。

真に今日の歴史を生み、今日の歴史を考へ、今日の歴史を書くのは、我国に於ては全く「神ながら」の一義よりほかない。言ひかへるならば、復古し得る――神に帰りそして神ながらのことを叙べ得る尊い国は日本よりほかなく、又世界にとつて神ながらの消息を「今の現」に伝へ示し得る日本の尊さは、他の国柄と同日に談るべからざる絶対のものがある。

「神ながら」という万葉の言葉に由来する同時代のジャーゴンを参照しながら、[*13] 他国と比較しての日本の優越を宣言すると共に、「復古」ということばをここに招来している。蓮田は明治維新という近代の幕開けについて、一九四一年の『預言と回想』に収められた「小説の所在」において「一つには西欧の手によつて外から覚醒させられたものであると共に、それは、内部からの自覚を孕んで来てゐたものが導いたものであつて、それは「神武創業の始めに原く」復古であり新生であつた」とし、その「復古」的な側面を強く主張しており、神話的な古代の復活を明治時代に見出し、それを肯定的に評価していた。このことからも明快なように、この引用部ではこの〈歴史〉は近代の問題として取り扱われているのである。この「日本の尊さ」を「神ながら」と接続し、語りの現在の優越性を語る言説は蓮田の他のテクストに数多く見出すことができる。

一九四二年五月『文芸世紀』に掲載された「言向」（『全集』未所収）では、アジア太平洋戦争に関して「日本が、日本の歴史といふことを心に熱く感じつゝ神ながらの古風を大事にする心持で為す戦争」と位置づけ、それを「平和のためか何かのための手段」ではなく、「神ながらの「皇基の恢弘」といふほかの何でもない」と位置づけている。かかる戦争が「平和のため」のものではない、という言明に関して蓮田は、「そも〳〵平和といふ概念が、歴史に信じていき得ない民族の述懐だから」とし、「日本では戦争が最高絶対に美しい神の歴史としての皇基の恢弘そのものとしてある」とする。まさに蓮田にとって、戦争は「皇基の恢弘」即ち天皇の統治する基礎を広げることであり、その天皇統治は「美しい神の歴史」なのである。

同じく「神ながら」という言葉が表題とされた一九四三年三月のテクストで蓮田は、「日本と異国の差、言ひ換れば「やまと魂」と「からごころ」との差」について「文化が歴史的であるか否か」という判断基準をたてている。「およそ己の歴史が断絶を経験してゐるものに於ては、新しい歴史の構想といふやうなものさへ、論理を先立てることになる」とし、「西洋に於ても東洋に於ても日本を除いては、皆然りである」と位置づけられる。これも皇統の連続性が前提となっている。

この皇統の連続性に関して蓮田は、「日本の文学は絶対に世界の文学の棟梁である」という宣言とともに始まる「文学の棟梁」(『神韻の文学』一九四三年一〇月、『全集』未所収、初出誌は不明だが、単行本に一九四二年六月と注記あり)において以下のように述べている。

神につながり、古風だけを招いて居ればよい文学とは、全く日本のみのことである。歴史といふ意識についても論ぜられることが多いが、歴史といふものは勿論人間にしかないことであるが、その中でも継承して断絶することのない文化をこそ歴史といふのであつて、単に時間的関連の上にあるからとて、正しい意味で歴史といふことはできないものだ。日本だけが「宝祚の隆えまさんことまさに天壌と窮り無かるべし」と神勅に預言されてゐる。

まさに「天壌無窮」の「神勅」による日本文化の連続性が、「歴史」と名指されており、その「正しさ」即ち正統性が主張されているのである。前掲の「からごころ」と考え合わせれば明快なように、日本のみが他の一切の国々にも優越していることの証左として〈超歴史性〉が設定されているのである。この近代天皇のイメージは井口が指摘するような古代王権のトレースというよりも、古代から連綿と続くものとして想定されていることが看取されよう。

この卓越化された「歴史」は、〈文学〉という問題に再び還流してくる。「たわやめぶり」(『神韻の文学』一九四三年一〇月、『全集』未所収、初出誌は不明だが、単行本に一九四二年八月と注記あり)では、「天壌無窮の宝祚といふ歴史の自信」を根拠として「自分の身が脈々たる歴史である熱さを感ずる今は、実感として歴史はちつとも変つてゐないといふよりほか感じやうも言ひやうもない」こと、即ち〈超歴史性〉の中に自らがいるリアリティを言葉にし、それを「文学といふものが時代によつて変遷するといふ風なテーマを定まつた事の如く立てる」という文学史叙述の在り方に対置する。

その「自分の身が脈々たる歴史」である「歴史」について蓮田は同テクストで以下のように述べる。

その歴史とは、一言に言へば神ながらにつゞいてゐるいのちのことである。途中で断絶したり交代したりした――厳密に言へば歴史などとは言へない、唯の時代や経歴をもつ国と比すべき事ではない。此の歴史は、いかなる民族も国家も、今も今後も絶対に持つことの出来ないといふ大事なことである。このやうな歴史の御本体として天皇は現御神におはしますのである。

ここにおいて善明の日本における文学＝歴史＝近代天皇という図式は練り上げられ、それらは連続性という点において他国におけるすべての文化に超越するものとして位置付けられる。その傍らに岡崎義恵の〈日本文芸学〉を置いたとき、その差異は極めて明快なものとなるだろう。先にみた様に〈岡崎文芸学〉は、日本文芸を検討することによって〈一般文芸学〉即ち世界共通の文芸という様式の在り様へのヒントとしようとしていた。一方で蓮田の提示する文芸学、乃至国文学の思想は、日本を突き詰め、そこに他国と比して卓越化した歴史を見出し、その根拠として近代天皇の存在を設定し、応答としているのである。それに際しては岡崎の前提とする、変化するものとしての文芸というものは「歴史はちつとも変つてゐない」という実感の下に否定されていくのである。

3 〈ことば〉、植民地、そして天皇

文学＝歴史＝天皇をその連続性と超歴史性から卓越化し、日本文化の正統性を語る蓮田善明のテクスト群にあって、いま一つ〈歴史〉に代入可能な要素として〈ことば〉がある。酒井直樹が「言語の有機的実体感は国民共同体を構想するための図式と共犯的に機能している」ように[*14]、またベネディクト・アンダーソンが〈国語〉を国民国家の要件としたように[*15]、言語が国民統合に果たす役割は極めて大きいものがあるが、そのことに蓮田は極めて意識的であったと考えられる。

既に一九三五年の段階で、蓮田は文芸の特徴として、以下のように述べる。

和歌とか小説とかいふ形式に普遍し、最も先んずるものとして、「ことば」を見出すことが出来る。如何なる文芸も「ことば」を絶対条件とする。「ことば」によつて他の芸術と分別せられる。[*16]

他の芸術様式と文芸とを切り分ける第一義的なものとして「ことば」が提示されているわけだが、当該テクストでは同時に「併し、かうした微温的な見方に飽足らぬ人は、文芸の焦点に美的といふ概念を以てして文芸的なものを弁別しようとする。それ故「文学」といふやうな、単なる文書にも亘りさうな用語を嫌つて「文芸」といふ用語を主張したがる」と、ここでも仮想敵としての〈文芸学〉が設定されていることは見逃せない。

一九三五年一月の『日本精神文化』掲載の「学の対象として見たる日本文芸」で岡崎義恵は、「この文芸が本質上言語であるか芸術であるかといふ問題においては、私は芸術を主位に立てる立場を採らうと思ふ。文芸といふ語

の示す如く文章を以てする芸術である。文章的芸術である。芸術的文章ではない」と宣言し、「日本文芸の最も究竟的な意味は芸術的といふ点に帰する。芸術における或様式を成立せしめるものとして言語とか日本とかの契機が存する。決して芸術と言語と日本といふが如き諸要素が漫然と並び存してゐるのではない」とし、言語よりも芸術性、即ち「美的」なものを優越させる。

これらの一九三五年の蓮田と岡崎のテクストを並べるだけでも蓮田の〈岡崎文芸学〉への対抗意識を読むことはできるだろうが、より注目すべきなのは、この蓮田における〈ことば〉の芸術性に対する優越がそののち極度に先鋭化していくことである。

一九四三年に発表された『神韻の文学』においては、かかる〈ことば〉をめぐる言説を多数確認することができる。

まず『全集』から省略された、「言向」（初出『文芸世紀』一九四二年五月）を見てみたい。ここで蓮田は、「言語を文化戦の一戦術と考へる考へ方は矢張り西欧流の利巧さを出でない。それは悪くすると、未だ拝外思想の残つてゐる者が、恰も平身低頭して日本語を海外に知つて貰はうとするかの感さへある」として、日本語を海外に発信し普及させることを「西欧流」として批判する。しかし、それは機能主義的に日本語を運用することにのみ向けられたものであって、蓮田は日本語の評価自体を低く見積もっているわけではない。

> 日本語には、便利とか不便とかいふことは無い。若し不便といふならば、他の如何なる言語にも比すべき例のない敬語やてにをは、乃至は老幼親子男女朋友貴賤の詞遣ひの如きは最も不便の大なるものとするであらう。しかもこれこそ日本語の大事なる所である。畏多いことながら敬語は至尊御自らについて「かみ」の御位格としてすでに詔うところであり、これあることこそ、日本人が太古以来神ながらの御裔としての文化人である実

証である。

一読して明快なように、蓮田は日本語の「不便」さ、運用の困難さを知悉した上で、そのような部分にこそ「大事」な側面があることを指摘し、それを天皇に接続するのである。そして、天皇が自らを神格として位置付けること、それを古来より日本人が受け入れてきたことを、日本人が「文化人」である根拠に設定しているのである。此処で見逃してはならないのは、日本語の卓越性を証明するのが天皇であることのみならず、天皇が「詔う」ことに設定していることである。天皇の〈ことば〉が日本語であること、それは蓮田のテクストにとって極めて重要な位置を占める。

『神韻の文学』において同じく『全集』で省略されたテクスト「古典の新生」（初出誌は不明だが一九四二年一月と注記あり）においては、一九四二年のシンガポール陥落の際、英国将兵から英語による降伏の宣言が為され、日本軍将兵が日本語による受諾を行ったエピソードを導きとして、それを「英語を吸血的な搾取と併用して世界に傲つてゐた者の敗退と、又すべてを神ながらにみたからとして畏み、それを冒涜する者を憤激して攘ちはらひ言向けむがために命惜しまざるもの、昭々たる勝利とを意味するもの」と位置づけ、日本語の英語に対する象徴的な勝利として捉える。その上で蓮田は前掲の「言向」同様、「宣伝的意味の一用具」としての日本語の運用を否定し、「神ながらの国民の発想としての言霊」の存在を指摘する。だが、「神ながらの敷島の大和言葉」は既に日本人の間にも「相当に長い間忘れ」られているとしてそれを嘆かわしく捉えると共に「文学者さへ今は意味だけで言葉を弁じて、それを恥としない」ことを批判する。

しかし、そのような日本人においても「神ながらの敷島の大和言葉」を保存する存在を蓮田はただ一人だけ認める。

唯その中に、畏れ多いことであるが、今年新年御歌会始の／峯つゝきおほふむら雲ふく風のはやくはらへとたゝいのるなり／の御製はその御しらべの浄さ正しさ高さ、真に敷島の大和言葉と拝し奉つて比較は畏き極みながら、かへりみて新形の大東亜戦時詩歌の調べの低さ或は薄汚さを人ごとならず面上げならぬ感を覚えるのである。

昭和天皇という存在による和歌のみが「薄汚」い戦時詩歌との対比によって際立たされつつ、「御しらべの浄さ正しさ高さ」によって「真」の日本語として称揚されているのである。正統的な日本語の保存者として天皇は位置づけられていることが確認できると共に、〈御製〉というエクリチュールの生成主体として昭和天皇があることが明快であろう。日本語という〈ことば〉を操る主体として天皇が位置付けられていること、これは注目に値する。

同様の在り様は、同じ『神韻の文学』に収められた「雲の意匠」においても確認できる。そこで、蓮田は大津皇子の和歌を導きとし、雲について「形定まらず、あくまで定形や定律を否定しつゞける雲の、唯形成以前のつかみどころのない茫漠でなく、生命の根元の非常に美しいものをあらはしてゐる」とした上で、日本における「雲」の認識について、それは「神」を仰ぐものであり、それは君主を「雲の上」と表現することにも現れていると指摘する。

そして、西欧人に理解のできない「アジア的混沌」の中にある日本を「生命を神ながら悠久に養はんとするうつくしい雲のたゞよひ、かゞよふ国」と位置づけ、以下のように続ける。

畏いけれどもつゝしんでこゝに写しまつり、満腔の志もて拝したい至尊の御製がある。／きの国のしほのみさきに立ちよりて沖にたなびく雲を見るかな蓮田はここでも〈御製〉の引用によって、これまた日本語という〈ことば〉の運用に関わるテクストを締めくくりにかかるという方法を使っている。まさに、日本語の特権性を提示するに際して、近代天皇によるエクリチュールを提示し、その生成主体を称揚することにテクストが帰着しているのである。まさに蓮田の〈ことば〉に主眼をおいたテクストにおいて、天皇という焦点は一貫したものといえるだろう。

問題はその〈ことば〉をめぐる焦点としての近代天皇が、蓮田のテクストにいつ生成したのか、ということである。

それは、一九三八年八月に、同年の三月まで台湾で教育に携わっていた蓮田善明が岩波書店の雑誌『教育』に寄せた論文「台湾の国語教育」に求めることができる。なお、当該テクストは『全集』に本文所収がないのはおろか、年譜にも確認することができない。

ここで、蓮田は台湾において行った国語教育について、「事実としての現状の報告と二三の批判」を行うと述べ、冒頭においてまず「台湾教育の目標は本島人高砂族の皇民化といふ所に主眼があるといつてよい」と宣言し、「皇民化としての教育の根本二大方針として掲げられてゐるのが、「国民精神の涵養」及び「国語の普及」であつて、「国語教育といふことは台湾教育の中心をなしてゐる」と位置づけ、「全き皇民化の目的から、国語常用を求められてゐるのである。そのために一面には前にも一二の施設によつて暗示したやうに台湾語の絶滅といふことが目的されゐる」ことを提示する。

現在のアカデミズム場では、宗主国エリートの言説として一刀両断されてしまうであろうテクストだが、ここで問題なのはその論理はどのように構成されているのか、ということである。台湾人の同化が可能なのか、否かという問題について蓮田は以下のように指摘する。

日本国民化可能及び必要の問題に対しての答えを、総督府当局は別な方面から答へてゐるといつてよい。それは、畏くも明治天皇の一視同仁の御聖旨である。ここに可能や必要などといふ相対的問題を超えて、一体的方針が確立されてゐる。

即ち、明治天皇の「一視同仁」という理念が、絶対のものとして設定され、その前には同化が可能なのか否か、必要なのか否か、という議論そのものがなりたたなくなることが提示されているのである。その明治天皇の意図を背景として設定し、蓮田は台湾人について「現代の世界に於ては、あのやうな精神的非文化的生活は個人的には利己的に安住されても、ついに民族として破滅を見るよりほかない」存在と位置づけ、「私自身台湾人の現状を見て人間として座視するにしのびない、彼等の幸福のために精神を与へなければならないといふ熱情が日本人の本能として湧いてくるのを痛感した」ことを表明し、そのような「我々の胸中に漲る心情」と「明治大帝の御聖旨」が一体として同化教育に向かうべきであると結論付ける。

この台湾に関するテクストにおいて、既に蓮田はエクリチュールの生成主体としての近代天皇を称揚するとともに、同じ言葉を操る日本人の特権性を主張している。植民地台湾という場所で国語教育に携わった経験を経由する形で、かかるウルトラ・ナショナルな言説に蓮田は到達していた。それは一九三五年段階で、聊か抽象的に〈日本〉を称揚することで〈岡崎文芸学〉への対抗を構想していたのと通底しつつ、一九四五年のその死の前後まで一貫した彼の在り様と極めて近似するものと言えるのではないだろうか。

これまでにも言及してきたように、先行論では日中戦争の勃発を以て蓮田善明の転機とする見解が採用されてきた。[*17] もちろん、戦争という同時代を覆う極めて強力な文脈と善明は強く結びついており、その影響は計り知れない。併し、この一九三八年のテクストに見えるように、それ以前の蓮田の台湾における個別具体的な経験がもたらしたものも決して見逃せるものではないだろう。[*18] この、近代天皇を磁場として生成された強固な同化の論理が持つ射程は、その後の蓮田善明テクスト全体を通して考察されなければならない。

おわりに

一九三九年一〇月〜三月に『文芸世紀』へと連載された「日本知性の構想」で蓮田は日本の「科学・芸術哲学思想・政治経済産業軍事」的遅れについて、「僕はいま日本の道を考へるよりほかに考へやうがない」とし、その〈日本〉については以下のように論じる。

日本を語るのに二つある。第一のは、謂はば日本だけの日本の核心的構造、例へば万世一系の皇統、天皇統治（これは単なる政体ではなく日本文化全体の体系に関することである）。第二のは、日本が他民族他国家の文化との接触受容融合の方法に関することである。これ又日本の成長発展の体験に属する。

蓮田はこの二者について、ともに世界に対して広げていくべきであると位置づけ、その根拠として「「旧来ノ陋習ヲ破リ天地ノ公道ニ基ヅ」け而も天地ノ公道……世界を通るつてそこから求め来る知識を以て日本だけの「皇基ヲ振起ス」ることとなるべきを明治大帝御自ら宣明し給うてある」として、明治天皇の勅語を引用している。歴史の連続による〈超歴史性〉にみちびかれた文化的中心としての天皇と、その本人の〈ことば〉の特権性がここにも表れている。酒井直樹が「天皇制の歴史的言説は、「日本人」「日本語」「日本文化」といった実定性に依存し、そうすることで逆にこれらの実定性を定立する」と指摘する在り様に合致するものと言えようが、[*19] いわば蓮田は〈永続する詩神としての天皇〉を措定することによって、自らの〈日本文芸学〉を打ち立てようとし、それは結果的に「神がかり」の言説と隣接することとなった。同時代、天皇本人の言葉は勅語や御製のほかは一般に知られることは無く、戦中期はその姿もまた秘匿される傾向があったことは既に知られているが、[*20]そのような同時代における天皇の在り様を傍らに置いたとき、蓮田のテクストはその不可視の天皇の、わずかな〈ことば〉を特権化することによって、これまた同時期における天皇の神格化を補強するものとなっていたとも言い得るだろう。[*21]

本章ではここまで〈日本文芸学〉を導きとして蓮田善明テクストにおける近代天皇に関して考察を試みてきた。〈日本文芸学〉という同時代の潮流の中で、蓮田はその有力な導き手であった岡崎義恵への対抗を試みていた。それを雑駁にまとめるならば、〈文芸学〉にアクセントを置くことで〈世界文芸〉および〈一般文芸学〉への手段とした岡崎に対し、蓮田は〈日本〉を突き詰めることによって〈世界〉の超克を目指したといえるだろう。そして、その突き詰められるべき〈日本〉において〈歴史〉と〈ことば〉は特権化されていた。

岡崎が文芸から切り離した〈歴史〉について、蓮田は皇統の連続性を根拠として日本における〈歴史〉を日本文化の根拠とし、そして連続しているが故に〈歴史〉が現在もまた途切れることなく進行中であること、それゆえの〈超歴史性〉をもつことを主張した。それは他国と比しての日本の卓越化の論理にほかならなかったが、その批判の矛先が当初〈岡崎文芸学〉に向けられていたことは見逃してはならない。

岡崎が言語芸術における芸術優先を主張したのに対し、蓮田は〈ことば〉を重視し、それへの対抗を図った。その際には天皇の〈ことば〉が特権化され、その優位性が語られたが、その淵源は蓮田の植民地台湾における日本語教育経験にもあった。従来蓮田の言説がいわば〈日本〉回帰することについては日中戦争の勃発にその転機が求められていたが、台湾に関するテクストはそれを前倒しして検討する必要を迫るものと言えよう。

だが、注意しておきたいのは蓮田における天皇称揚と〈岡崎文芸学〉批判乃至〈日本文芸学〉への欲望のどちらが主でどちらが従であるかということは些末な問題に過ぎない、ということである。蓮田善明のテクストにおいて両者が分かちがたくあったこと、そしてそれらが戦後の蓮田再評価の過程で不可視化されていたことこそが問題なのだ。〈日本文芸学〉に関する言及を検討することによって明らかとなった近代天皇をめぐる蓮田の知見は、即ち同時代潮流における日本文学をめぐる動向との濃密なかかわり合いの中に蓮田善明があったことの証左でもある。端的に「神がかり」と位置付けるだけにとどまらない蓮田像の再検討は、このように不可視化されたテクストを掘り起こし、同時代文脈の中に位置づけなおすことによって改めて可能となってくるのではないだろうか。

注

1 松本健一『蓮田善明　日本伝説』（河出書房新社、一九九〇年）

2 井口時男「蓮田善明の戦争と文学（第二回）一　応召：玉井伍長と蓮田少尉」『表現者』第六一巻、二〇一五年七月

3 渡辺京二「蓮田善明試論」『思想の科学』第五次第九号、一九六二年一二月

4 『全集』刊行の一九八九年は周知の通り昭和天皇の没年であり、その死に前後して天皇の戦争責任を問う動向が活発化していた。その成果として渡辺治『戦後政治史の中の天皇制』（青木書店、一九九〇年）や中島三千男『天皇の代替りと国民』（青木書店、一九九〇年）などが知られている。なお、『全集』刊行日は同年の四月二九日と、天皇（制）にかかわる時間にきわめて意識的であり、それらもまた小高根の編集の背景としても考えることができるだろう。

5 前掲井口二〇一五年七月

6 なお笹沼俊暁『「国文学」の思想――その繁栄と終焉――』（学術出版会、二〇〇六年）では、蓮田についても言

及し、「一兵士であった蓮田の文学運動もまた、中国大陸から南方にかけて戦った、彼自身の戦争体験と異国体験を背景として展開された側面を強く持っていた」とし、蓮田の国文学研究について「近隣諸国の人々に対しての配慮がまったく欠落した独りよがりの「国文学」言説」と位置づけるものの、蓮田における〈日本文芸学〉との関わりについては言及していない。

7　井口時男「蓮田善明の戦争と文学（第四回）三 文学：詩、短歌、俳句」『表現者』第六三巻、二〇一五年一一月など。

8　前掲笹沼二〇〇六年

9　菊田茂男「岡崎義恵の日本古典文芸研究」『人文社会科学論叢』（第一三号、二〇〇四年三月）によれば、岡崎義恵の文芸学とは、「文献学や書誌学が中心領域を占め、安易な鑑賞や批評をも交えて雑然たる様相を呈して」いたという「旧来の国文学」に対して、「そういう雑学的な国文学の解体を迫り、文芸的価値もしくは文芸性の究明を目的とする学問」であり、風巻景次郎による一九三一年の名づけを受け、岡崎はその中でも特権化された存在であった。

10　前掲笹沼二〇〇六年

11　前掲笹沼二〇〇六年

12　井口時男「蓮田善明の文学と戦争　第三回　二　内務班：教育者としての蓮田善明」『表現者』第六二巻、二〇一五年九月

13　一例として筧克彦『神ながらの道』（皇后宮職、一九二五年）などを挙げることができる。

14　酒井直樹『死産される日本語・日本人　「日本」の歴史――地政的配置』（新曜社、一九九六年）

15　B．アンダーソン／白石隆・白石さや訳『定本　想像の共同体　ナショナリズムの起源と流行』（書籍工房早山、二〇〇七年）

16　蓮田善明「日本文芸史理論」『国文学試論』第三輯、一九三五年一二月

17　前掲井口二〇一五年一一月

18　但し、蓮田が日中戦争勃発前、台湾在留中にかかる変化を来していたとしても、このテクストそのものは一九三八年と、戦中期に発表されていることには留保が必要であろう。より実証的な検証のため、更なる調査が要請されるだろう。

19　前掲酒井一九九六年

20　原武史『可視化された帝国　近代日本の行幸啓』（みすず書房、二〇〇一年）

21　天皇神格化言説については、島薗進『国家神道と日本人』（岩波新書、二〇一〇年）、新田均『「現人神」「国家神道」という幻想』（神社新報社、二〇一四年）、茂木謙之介『表象としての皇族　メディアにみる地域社会の皇族像』（吉川弘文館、二〇一七年）等を参照。

蓮田善明における〈おおやけ〉の精神と宣長学の哲学的発見
——昭和一〇年前後の日本文芸学と京都学派の関わり

河田和子

1　蓮田における宣長学の目ざめ

昭和一〇年前後、〈日本的なもの〉が流行する中で、蓮田善明は本居宣長論を書いている。それが「本居宣長に於ける「おほやけ」の精神——日本文芸学の精神のために——」（『国文学試論』一九三八〈昭和一三〉年六月）であるが、宣長に言及したのはこの論文が初めてではない。「古事記の文学史学的考察序説」（『国文学試論』一九三四〈昭和九〉年六月）などでも宣長の『古事記伝』を取り上げていたが、同論ではそれが「必ずしも妥当の説明でない」点を指摘しており、この時点では宣長を余り評価していなかった。けれども、〈大東亜戦争〉中に上梓した『本居宣長』（新潮社、一九四三〈昭和一八〉年）では、宣長に心酔した形で「今日のしるべとする宣長の学問のこゝろ」を説くようになっており、それだけに蓮田が宣長の学問、古学や古道を評価するようになった経緯が問題になる。特に「本居宣長に於ける「おほやけ」の精神」では、宣長の学を科学的方法に基づくものとして評価しており、この論文自体蓮田における宣長学への〈目ざめ〉を述べたものではなかったか。[*1]

そこで、「本居宣長に於ける「おほやけ」の精神」とその前後の蓮田の言説をもとに、宣長の学を評価するようになった経緯を検証したいが、注意したいのはサブタイトルに付された日本文芸学と宣長学との関わりである。本論で言及するように、蓮田の思案する日本文芸学は、国学、宣長学と結びつけられている点で、当時岡崎義恵が提唱した日本文芸学とも異なっている。しかも、宣長の学に科学的知性を見出すにあたり、蓮田は〈京都学派〉の哲学者＝日本近代哲学の礎を築いた西田幾多郎門下の言説をしばしば援用している。特にその哲学的言説として、高坂正顕の歴史哲学や田辺元の科学哲学の影響が顕著に見てとれるのだが、問題は、カント哲学など西洋哲学を踏まえて日本の哲学を思弁した京都学派の哲学が、宣長の学とどう接続するのかということだろう。

蓮田は宣長の学を科学的知性に基づくものとして評価するのだが、その理論的根拠となったのが京都学派の哲学だったと考えられる。つまり、京都学派の哲学と宣長学を結びつけた所に、昭和一〇年代前半＝〈大東亜戦争〉勃発前の蓮田の宣長論の特徴もあり、その哲学的言説が、岡崎義恵の日本文芸学とも異なる〈日本文芸学〉を提唱する理論的根拠にもなっていたと見られる。哲学的言説と文芸学を結びつけたのも、蓮田が一国文学者としての主体的立場を問題にしていたことが深く関係しているのだが、その点も考慮しながら、本稿では「本居宣長に於ける「おほやけ」の精神」とその前後の言説をもとに、日本文芸学と宣長学との繋がり、京都学派の哲学的影響、さらにはその背景にある〈日本的なもの〉の流行との関わりについて検証していきたい。そこから、宣長に見出された〈おほやけ〉の精神がどういうものであったのか、その内実を検討し、宣長の学と京都学派の哲学を接続させた所の問題＝蓮田における〈おほやけ〉の観念と哲学的自覚に関わる問題について考察していくことにする。

2 〈日本文芸学〉の精神と国文学界の動向

まず蓮田の一国文学者としての立場を確認する上でも、彼の考える〈日本文芸学〉がどういうものだったのかということから見ていきたい。「本居宣長に於ける「おほやけ」の精神」の「7 素質と教養」で、蓮田は次のように、宣長の学は科学的知性のめざめによってもたらされたものだと論じている。

彼はかゝる科学的知性のめざめの時代に生れたのである。（略）私は、宣長学の誕生を、右のやうないろ〳〵な側面を描くことによつて、ヒユマニズム、自由主義、科学主義と性格づけ、一言に言へば、近世ルネツサンス的思潮の代表的性格として認めようと思ふのである。さうして、早急に宣長を単なる神秘主義的国粋主義的国学者として、之を非難し、或は又反つてそれ故に讃仰しようとさへする我説者流の妄説を、とりあへず払ひのけておきたいのである。又我々今日に於て学するものの自省としたいのである（小高根二郎編『蓮田善明全集』島津書房、一九八九〈平成元〉年、以下同様）。

蓮田は、「神秘主義的国粋主義的国学者」として宣長を捉える見方、その否定的、肯定的見方のいずれも批判する形で宣長の学の科学性を強調している。この時期、蓮田が科学的知性に目覚めた学者として宣長を評価するのは、〈日本文芸学〉と結びつけようとしたことが関係し、学問としての科学性を宣長学において説く必要があったからである。

注意したいのは、研究紀要『国文学試論』の同人四人（清水文雄、栗山理一、池田勉、蓮田ら）に共有された学問的立場として〈日本文芸学〉の精神が説かれており、岡崎義恵の日本文芸学に感化を受けつつも、それと異なる〈日本文芸学〉が思案されていたことである。一九三四〈昭和九〉年一二月に春陽堂から刊行された『国文学試論批評篇』第一輯には、同人四人の共同執筆による「岡崎義恵氏の歩みについて――本年度を中心として――」と蓮田の時評「「日本文芸学」の学界的問題性に就て」が掲載されている。また『国文学試論批評篇』第二輯（一九三六〈昭和一一〉年八月）にも、同人の共同執筆による「文芸学の生まれるところ」と「日本文芸学に関する文献要抄（昭和一一年五月）」が収められており、その「編輯後記」で池田勉は次のように述べていた。

僕らの批評意識も動いてゐるときが、その正しい方向を最も力強く意識することができるだらう。その意味から、文芸学の方向について考へてみた。（略）国文学試論の名称についても、はやくより色々の意味に於て不満を感じつゝあつた。僕らの仕事が文芸学の建設を主題として来るに従つて、内実・外容ともに相応しい改題を行う必要に迫られてゐる。

ここでは同人共通の志向として日本の「文芸学の建設」が考えられており、「国文学」を冠した雑誌名も改題する必要があると述べられていた。実際、その二年後、同人達とともに「日本文化の会」が結成され、「『国文学試論』を発展的に解消」（小高根二郎「『蓮田善明全集』解説」前出）する形で『文芸文化』が創刊（一九三八〈昭和一三〉年七月）されるのだが、同人らのいう「文芸学の建設」＝日本文芸学の精神とは、当時の国文学界に対する批評的立場から提唱されたものである。蓮田が宣長論を書くに際し「日本文芸学の精神のために」という副題を付したのも、同人共通の課題として「日本文芸学の建設」を考えていたからにほかならない。

ならば、蓮田らの掲げる〈日本文芸学〉は、当時岡崎義恵が提唱した日本文芸学とどういう関係にあり、どういう点で異なっていたのか。昭和一〇年前後に流布していたその学説についても触れておく必要があるが、当時、東北帝国大学教授だった岡崎義恵は、『文学』一九三四（昭和九）年一〇月号の「日本文芸学特輯」に「日本文芸学の樹立について」を発表し、その翌年、『日本文芸学』（岩波書店、一九三五〈昭和一〇〉年）を刊行していた。岡崎の『日本文芸学』は、西尾実が文学時評「「日本文芸学」をめぐりて」（『文学』一九三六〈昭和一一〉年二月）で注目していたように、「日本文芸美と日本文芸論とが史的展開に即して体系的に考察」されたもので、その「学史的な課題は、国文学の過去に雑然として発達し来つた訓詁注釈的・文献学的・鑑賞批評的・原典批評的等さまざまな研究を批判して一つの立場を決定すること」にあった。「日本文芸学」という言葉自体、石山徹郎『文芸学概論』（広文堂、一九二九〈昭和四〉年）あたりから既に用いられていたが、[*2]岡崎の「日本文芸学」は、従来の「国文学」研究（＝文献学的国文学）に対する批判として提唱され、その特徴は「鑑賞批評に立脚して文芸性の内面的規定である美の存在様式を把へ、更に科学的な様式論・様式史を発展せしめることによつて」「科学的な方法を確立」（西尾実「「日本文芸学」をめぐりて」）した点にある。

蓮田ら『国文学試論』同人が〈日本文芸学〉の建設を提唱したのも、普遍的な美を求めた岡崎文芸学に触発された所が大きく、「岡崎義恵氏の歩みについて」でもその業績を「検究」し、「氏の提唱は吾々にとつて一段の拍車となり得た」と述べている。が一方で、その美学的な文芸学に対して次のような疑問点、批判も述べていた。

> 氏は美的範疇を以て具体的作品の試金石とされる。併し、芸術にあつては美的範疇そのものは何ら芸術それ自体ではあり得ない。芸術とは具体的には、文学とか美術とかに於いてあるものである。（略）かく美学的美的範疇が一律に文学作品の根基にあるやうな観方に於いては、もはや具体的な文学の世界を超越した高踏的立場をとつてゐるのであつて、よし資料は文学作品を取扱つてゐても、それは文学の研究ではなくなつてゐると考へられる。即ち、それは対象として文学を正しく生かしてゐるものとは思はれ難い。（略）文学の美への目指し方、湛へ方については、氏の如き方法によつては明らかにされ得ないのではないか。（傍線は引用者、以下同様）

美学的な岡崎文芸学に対し敬意を示しながらも、『国文学試論』同人たちは、研究対象が文学たる必然性が弱い点に問題を見ていた。だから、彼等は「文学性なる根本問題について吾々自ら問われる立場に立ち至つて」（「岡崎義恵氏の歩みについて」）、岡崎文芸学とも異なる自分達の〈日本文芸学〉を提唱しようとしたのである。蓮田もその同人の一人として、「日本文芸史理論」（『国文学試論』一九三五〈昭和一〇〉年一二月）において、「文芸学」を提唱することの意義を次のように述べていた。

殊に、伝統的・歴史的な意味をもつ「国文学」の名と実とを「日本文芸学」に振りかへようとする今の出発点に当つて、是非反省さるべきことである。（略）元来伝統的な意味の「国文学」を「日本文芸学」と取換へたのには、伝統的な意味のほかに世界的な意味がひそんでゐることを見逃せない。ここに「国文学」を更に一歩進めた新しい意味がある。日本の伝統的な文芸のみを強調した国文学に対して、世界的普遍的な文芸性の立場をも同様に強調し、言換へれば、伝統性と世界性とを完き一如に捉へようとする意味をもつのである。（略）殊に又現代の日本文芸界の正統グループを以て任ずる人々が只管にその新生を西洋的伝統の中に求めてこの国の伝統はこれを無視するか、侮蔑するか、又は退嬰的ディレッタント風に取入れるかをする以外に殆ど関心を有たない——（略）総じて言へば、国文学界に焦点を与へると共にこれを解放し、現役文芸界の危つかしい無定見ぶりに示唆を与へて、卑屈ならざる伝統性（真に伝統を破るための伝統）を見出さしめようとするのが日本文芸学の提唱の意図である。

伝統、歴史的な意味を持つ「国文学」に対し、文芸の実体を体系的に究明する「文芸学」は、「世界的普遍的」な立場に基づくものとされている。留意したいのは、文芸学の世界性と「国文学」において強調されてきた日本の伝統、歴史を「一如」、不可分なものとして考えていることで、その点で岡崎の「日本文芸学」の立場とも異なっている。「現代の日本文芸界の正統グループを以て任ずる人々」とあるのも、岡崎の「日本文芸学」及びその賛同者を指し、その「危つかしい無定見ぶり」を指摘するのも、国文学の「伝統」に対し彼等が否定的な態度を取っていたことによる。

そもそも国文学は、「国学を科学的方法という自覚をもって推進した」（濱下昌宏「国文学からの美学（その1）」）[*3] 芳賀矢一の文献学に因むものであり、岡崎の文芸学は、その国学由来の国文学、文献学的方法を否定する立場を取っていた。それに対し、蓮田ら『国文学試論』同人は、むしろ国学に由来する国文学の伝統、歴史を重視し、文芸学の普遍性、世界性を主張しながら〈新しき国学〉としての〈日本文芸学〉を考えていたのである。特に「文芸学の生まれるところ」（前出）では、次のように「雅びの精神」に基づく文芸学を提唱していた。

> 先人の業績を以て僕らの営為を合理づけようと思ふのではないが、真淵や宣長の憧れ求めたものも所詮僕らの祖先のもつた清らかさや雅びを蘇らしめ守ることであつた。雅びを神のものとして清らかに護ることであつた。（略）僕らの意欲する文芸学が、かかる精神をその対象とするならば、文芸学の「文芸」の意味は「雅びの精神」であるといつてよいのである。ここに僕らは文芸学と旧来の国文学、または文学科学などとの区別を提示することができると思ふ。（略）この国自らの芸術精神を護ることは、古典に携はるものの常に誇とする十字軍であらねばならぬ。その意味で僕らの文芸学は一つの新しき国学を建設してゆくことにならう。

国学者の求めた〈雅びの精神〉を今日の芸術的精神として継承するものが、『国文学試論』同人らの掲げる「文芸学」であり、そこに岡崎とも異なる「文学の美への目指し方、湛へ方」（「岡崎義恵氏の歩みについて」前出）が見出されていた。いわば、岡崎の抽象的な美の観念、様式を重視する文芸学に対する形で、より具体的かつ伝統的な文芸の精神として見出されたものが〈雅びの精神〉であったと言える。

　このように『国文学試論』同人達は、岡崎の提唱した日本文芸学に感化を受けながら、それとも異なる方向、「新しき国学」として〈雅びの精神〉に基づく〈日本文芸学〉の建設を目指していた。蓮田も、そうした〈雅びの精神〉を究明する「日本文芸学」の立場から「本居宣長に於ける「おほやけ」の精神」を書いていたのである。実際その5章には「風雅《みやび》」というタイトルが付されており、宣長が「古歌にまなんで「雅を求める」ことに今日の一義を見出」している。さらに最後の14章「文芸の道」では、宣長の古学、古道の今日的意義を次のように述べている。

> 宣長が、素樸な記紀万葉の歌よりも古今三代集、新古今を正風としたのは、かゝる文化《みやび》創造の意識に基づくものであつた。芸術は直観的である。しかし、単なる自然の直観ではなく、神の構想を抽象することである。「神の道は（中略）みやびたる」ものであつた。（うひ山ぶみ）（略）宣長が、古学のために、和歌をこれほどまでに必要としたことにも注意しなければならない。（略）雅びたる神の道をしるといふ根本の精神に於ける問題である。度々述べたやうに、宣長に於ける「古道」は単に日本の原始的精神を指すのでなく、今日の文化精神の伝統として見出されるものであつた。（「14　文芸の道」）

宣長の『うひ山ぶみ』（一七九八〈寛政一〇〉年）には、「みやびの趣を知ることは、歌をよみ、物語書などをよく見るにあり」、「古へ人のみやびたる情をしり、すべて古への雅《みやび》たる世の有さまを、よくしるは、これ古の道をしるべき階梯也」（村岡典嗣校訂『うひ山ふみ　鈴屋答問録』岩波文庫、一九三四〈昭和九〉年）と述べられていた。蓮田はそのくだりも引用しながら、宣長の〈雅びの精神〉は和歌に基づくもので、古学、古道においてもその精神が根本にあったとする。

そこから日本の文化精神も、文芸（＝和歌、物語）に底流する〈雅びの精神〉にあるとされるのだが、公的なレベルにまで〈雅びの精神〉が拡げて解されており、[*4] そこに和歌＝〈私〉の〈おほやけ〉化の問題があることについては後で述べたい。この時期の蓮田が〈雅びの精神〉を説きながら、宣長学の科学性、世界性を評価しようとしたのも、国学に基づく新しい〈日本文芸学〉を思案していたからであり、その科学性と今日的な意義を説くにあたり依拠したのが京都学派の哲学者の言説だった。そこで蓮田において宣長学と京都学派の哲学がどう結びつくのかということを見ていくが、そこに〈学〉（＝国文学ないし日本文芸学）に携わる者の主体的問題が関係している。

3 〈学〉の今日的意義と高坂正顕の歴史哲学

蓮田は宣長の〈おほやけ〉の精神を評価するにあたり、その科学的知性を強調するが、神秘主義的に宣長の学を捉える見方もあった。そうした見方に対する形で「本居宣長に於ける「おほやけ」の精神」は書かれているが、[*5] 蓮田自身最初から宣長に科学的知性を見出して評価していたわけではない。留意したいのは、宣長学の科学性を評価するようになったのも、文芸を学問として追究することの今日的意味を考えていたことが関係している点である。「本居宣長に於ける「おほやけ」の精神」で度々引用される『うひ山ぶみ』は、学問を志す初学者に対しその道を説いたものだが、前述したように、蓮田は宣長の学を問題にしながら、新しい〈日本文芸学〉の建設を考えていた。宣長の学を評価するのも、国文学ないし日本文芸学の学問的な意義を考えていたからで、「本居宣長に於ける「おほやけ」の精神」では、宣長を引き合いに出しながら次のように述べている。

　近来の所謂国文学、日本文芸学の論をなす人々は、又余りに「科学的」を主張し合ひ、「科学的」といふ言葉を振りかざしさへすれば、己は科学的方法をとり得てゐるかのやうに思ひ、又その学が正しいと即断し易いとも評される。しかし、とにかく、宣長が、あくまで進歩的に人間智の正しさを儒仏学に対してかざしたにか、はらず、又今日の学が、ひとしく人間知性の自覚に立つにかゝはらず、宣長学と今日の我々の学との間に大きな転廻を見ざるを得ないのは事実である。このことを検討することが今日の我々の学のために重要である。（「11　独断への反省」）

「今日」という言葉が出てくるように、ここでは「国文学」ないし「日本文芸学」という〈学〉に携わることの今日的意味が問題にされている。つまり、何の為にその学問を為すのか、そこにその学に携わる者の主体的問題があり、蓮田は、国文学ないし日本文芸学に携わる者の意志、哲学的自覚を問題にしていた。だから、次のように、国文学をなす者の「決心」や「意志」、「哲学的な自覚」を問題にしていたのであり、その主体に関わる問題と結び付けて、宣長の学の今日的意義を説いていたのである。

宣長は漫然と国文学を行《や》つてゐるのではない。彼は対象について決心を基礎として選んでゐる。又彼の飽くなき煩瑣な文献的実証主義的方法もこの決心の実践にほかならない。何故に国文学をなすか、――と風巻景次郎氏が（『文学』昭十二・十二）問ふことは、今日に立つ国文学者の最必至の問題である。（略）日本文芸学の問題も我々はこゝから出発するのである。単に対象の問題ではない。日本文芸学の問題も一向に新しくならない頭でなしくずしにされてしまひさうな観がある。（略）今日学問の問題は、決意の問題でなければならない。科学的だとか否とか、考証だとか文芸性だとかの問題でもない。哲学的な自覚及び意志に関する問題である。（「8　ヒユマニズム・古学」）

ここで言及されている風巻景次郎の言説は「昭和十二年度国文学界概評」（『文学』一九三七〈昭和一二〉年一二月）で

あり、国文学の現況、問題点について述べたものである。岡崎の『日本文芸学』の反響にも触れながら[*6]、概評の最後では、国文学徒の課題として「何の為に日本文芸を研究するのか。」「何故政治や法律やに行かずして国文学徒たらうとするのか。」という問いの解答を自ら下し得る力が現在の国文学徒にあるか否か、ということを問題にしていた。風巻が、そのように国文学そのものの今日的意味を問うたのも、旧来の国文学に対する反省、批判の形で岡崎らの日本文芸学が登場し、国文学の学たる根拠を問うような論争がなされたからだが、一九三七〈昭和一二〉年七月勃発の〈支那事変〉により政治的にも緊迫した状況の中、国文学を為すことの意味も問われたからだろう。

こうした国文学者の主体性を問う発言にも触発されて、蓮田は「今日に立つ国文学者の最必至の問題」を考え、国文学者の「決意」、主体を問題にする形で宣長論を書いたのだが、それを哲学的な自覚、意志の問題としている点に注意したい。蓮田が国文学ないし日本文芸学の今日的意義を哲学的な問題として考えていた所に、西田幾多郎門下の哲学者、高坂正顕[*7]や田辺元らの思想的影響がある。

そこでまず、蓮田が文芸における歴史、伝統を考えるにあたり高坂の歴史哲学の影響を受けていた点について見ておきたい。前に触れた「日本文芸史理論」でも、高坂の論文「歴史的周辺」（『思想』一九三四〈昭和九〉年六月）[*8]を引用しながら、蓮田は次のように述べている。

我々が真摯な文芸家に於て見る「言葉」とは記号的な言葉でなく、言葉に於て我々が痛みを感ずるやうな言葉である。（略）生活と一元的なものである。一元的とは、所詮言葉も生活の中の一部分であるといふやうな意味ではない。それ故、文芸の世界も、所謂「もう一つの世界」ではない。

人は恐らくは玉を突き、狩りをし、将棋を差すが如くに茶呑話に時を忘れるのである。（中略）相ひ語るとは互に互の存在を負ひ合ふ事であり、時の空虚なる深淵に壊れ行く互の存在を守り合ふ事である。かくして最も日常的なる茶呑話の奥にも、最も深き人間存在の秘密が蔵されてゐる。しかも茶呑話は正にかゝる人間存在の気味悪さをば、相互の日の彼岸に面被せしめんとする努力でなければならなかつた。（略）もとより茶呑話に興ずる人が、かかる動機に裏づけられてゐる事を、自覚してゐると云ふのではない。茶呑話とは、人を彼自らに対する事より避けしむる事、従つて自覚とは総じて逆の方向に存するのである。それは人をして彼の存在を忘却せしめんとするものである。（以下略「三、言葉」）

二字下げの箇所は「歴史的周辺」の一節をそのまま引用したものである（長々と引用されており、引用者の方で、途中や最後のくだりは省略した）。蓮田は高坂の「茶呑話」のくだりを引きながら、「ここに、記号以上の言葉の世界が一つある」と述べた上で、文芸の起源に結びつけて次のように述べている。

彼等が何かを語らうとする心は、一人又は沈黙せる二人では居堪らないで、相語ることによつてのみ両者の存在を負ひ合ひ守り合ふといふ裏面の事情に唆かされ、催されてゐるのである。茶呑話といふ事の中に生活が支へられてゐるのである。（略）我々の生活に対して外在的に遊離的にある言葉――記号としての言葉、物理的な言葉ではなくて、その言葉に於て生き又死する必至なもの、その言葉に於て痛みを感じるやうな言葉である。（略）かうした言葉が文芸的に考へられる言葉である。（略）口承文芸の世界に目を転ずるならば、この無主題な、無関心的な雑談――爐邊の無駄話が、文芸を胚胎するもとになつてゐることが直ちに理解されるであらう。（略）高坂氏は、「噂話」「逸話」「伝説」「神話」等を続いて解説して居られる（以下略）。簡単に言へば、我々は、我々の「文芸」の起源をかうしたものに求めて行つてゐるやうである。（「三、言葉」）

高坂の「歴史的周辺」によれば、茶呑話も「自己の存在の気味悪さ」、即ち「時間の空虚が彼の存在、彼の生命の空虚さを示す」が故にその空虚さを自覚することを無自覚に避ける方向で行われるとされる。一方、噂話は「特定の日常的なる営みに於ける危険への防御」として為されるのだが、この高坂の論考の趣旨は、歴史に関する哲学的考察として「Tradition」と呼ばれる現象について分析することにある。高坂が問題にしたのは、「歴史学の発端は例へばベルンハイムによれば物語風の歴史」であり、歴史学にも「物語的要素は介在」するだけに「言ひ伝へ語り伝へるとはいかなる現象」か、「伝統としての Tradition」を論ずるに際し、「伝説、伝承としての Tradition」に着目していた。つまり、歴史学における〈伝統〉、〈伝承〉を問題にしていたのであり、その高坂の歴史哲学に依拠して、蓮田は文芸の「起源」として「噂話」「逸話」「伝説」「神話」等を捉え、「痛みを感じるやうな言葉」即ち人間の〈生〉と繋がるものとして文芸の言葉を捉えていたのである。

また、今日の文芸の意義を説くにあたり、蓮田は「日本文芸史理論」で、「過去の文芸」＝古典に「現在の文芸」「未来の文芸」の意味も内包されているとして、均質的な時間とは異なる次のような時間認識を示していた。

> 即ち時が過去から現在、未来の方へ流れて行くと考へざるを得ない。併し堆積的に連続して来た先端に現在があると考へる考方《ママ》では、右（引用者注、「「今」も「前」もない瞬間」のこと）のように「今」は考へ得ない。（略）我々は、実は「今日」が明日になり、「今日」が昨日になるといふが如き「今日」を見出さざるを得ない。「今日」の中にかかる意味が含まつてゐるのである。（略）「今」が「今」でありつつ「今」が過去や未来に行く意味がある。（略）而してかかる「今」は既に又過去と未来とになりゆく「今」である故に単なる「今」を超越してゐる。即ち永遠性を湛へた「今」である。所謂永遠の今である。これが真に具体的な今、即ち「現実」である。（略）実践的な今である。（略）永遠を時間化するのがかかる今である。即ち過去・現在・未来を

成り立たせる現在である。それ故、我々は、かかる現在に於て過去を見、現在をも、それを過去にずらすことなく直観的に捉え、未来を想ふことが出来るのである。（略）同時に「今日に於て文芸である」文芸をも、その内包する時間性の救済によつて救ふことが出来ると思はれる。我々は「過去の文芸」として今日の文芸以前の文芸を見ることが出来、又「未来の文芸」として予知し難い未来をも予想することが出来、「現在の文芸」を現在自身に於て直下に観ることも出来、流れうつる文芸を知ることが出来るのである。我々は「今日に於て文芸」なる文芸を対象として学的研究をなすことに、何らの不安を覚ゆることなく従ふことが出来る。（「一、今日」）

過去、未来も現在＝今日に包含されるという時間認識も、高坂の「歴史的なるもの」（『思想』一九三二〈昭和七〉年一月）で、次のように述べた時間認識を踏まえたものと見られる。

普通に人は過去が現在になり現在が未来になると考へる。（略）しかしかかる解釈に対して全然逆の解釈があり得ないのではない。時は過去から未来へ流れるのではなく、時は未来から過去に流れるのである。（略）かかる時間の考へ方に対して我々は更に他の一つの解釈を考へ得る。古くアウグスチヌスが語つた様に、我々は過去から現在未来へ、或は未来から現在過去へ移り行くのではなくして、我々は現在に於て過去と未来とを有つのである。我々は過去の現在、現在の現在、未来の現在を有つのである。（略）過去も未来も現在に於てある。（略）現在が過去、現在、未来をつつむのである。／しかしながらかくの如くに解し来ると共に我々はアウグスチヌスの現在がもはや過去、及び未来に対する現在ではなくして、過去、現在、未来を含む現在であるが故に、時間を超えた現在である事を気づかしめられる。彼の現在は永遠の現在であり、永遠の今である。

高坂は時に関する四つの見方を示しながら、「目的論的なる時間は現在より過去及び未来に行く時間即ち実践的なる時間を目ざし、実践的なる時間は永遠なる時間を目ざすのである。転じて時間的なるものは永遠なるものを目ざすのである」と述べていた。前の引用で蓮田が説いていたのは現在に過去と未来が内包されているという時間認識であり、引用の傍線部はそれぞれ内容的に符合しており、実践的な時間認識による現在、「今」の永遠性についても述べている。

こうした高坂の言説を参照しながら、「日本文芸史理論」は書かれているのだが、さらに蓮田の宣長論では、高坂の「伝承」の見方も取り入れている。「本居宣長に於ける「おほやけ」の精神」では、宣長の『古事記伝』の意義を説くにあたり、「古事記は殆ど全く漢意なく、古伝説のまゝで」あり、「かゝる伝へごとは、それを伝へてゐることそのことだけで「不可測」を超えようとしなかつた人間知性の正当なはたらきとして尊ぶべき」として、「自然のまことのまゝを尊くも護つたといふところに「伝へごと」そのことの価値があつた」（「9 神・古代」）とする。そのように「伝へごと」＝「伝承」を重視するようになったのも高坂の歴史哲学に影響を受けてのことであろう。「歴史的周辺」（前出）で高坂は「伝承」について次のように述べていた。

元来私が問題としようとしたのは広く語り伝へるとはいかなる事であるかと云ふ事であつた。（略）言はば現在の我々を取巻く歴史的周辺に於ていかにして語り伝へと云ふ現象が行はれるのか、それは又如何なる構造を有するかと云ふ事であつた。例へば人は屢々現代人の神話と云ふ如き事に就て語る。（略）我々はかかる現代人の意識の内にも見出される神話的なるものをば、本来の神話、口碑、童話の如き伝説的なるものと区別して、便宜上伝承と呼びたい。（略）伝承とは過去のものとなり終れる死せる伝承ではなくして、現在に於ても尚ほ生命を有し、現在に作用し得る伝承である。かかる伝承とはいかなるものであらうか。（略）雰囲気はその主

> 体を決定するよりは、主体を育み、主体を守るのである。（略）とにかく歴史的中心は何等かの雰囲気をその歴史的周辺として有つのである。しかして現代に於ける神話的なるものも、生ける伝承として、かかる雰囲気に属するのではなからうか。（略）既に述べたやうに、神話的なるものは「既に存在してゐる」と云ふ性格を有した事である。（略）過去はかかる意味に於て現在の基礎づけとなるのである。

高坂は、「歴史的周辺」＝主体を取り巻く「雰囲気」において「語り伝へ」がいかにして行われるのかを問題にしていた。その中でも高坂が注目したのが、既に存在している〈神話〉的なものを語る「伝承」で、過去が現在の基礎付けとなり、現在に生命を持ったものとして「伝承」が現在に作用するところの構造を論じていた。

こうした高坂の「伝承」の観念に依拠して、蓮田は『古事記』を古伝承として「伝へごと」＝伝承の態度を尊重した宣長を評価し、次のように「本居宣長に於ける「おほやけ」の精神」の「10　古事記」で宣長の「学び」、すなわち古学を評価する。

> 彼の実証の意欲は古事記――最も古い、又古の正実《まこと》を記せるこの古典に至つて満たされると共に、その完璧せる伝承の尊さ、その世界観的構想の見事さに讃歌を禁じ得なかつた。又古事記が奇蹟的に而も力強く「千年の後までも伝はり来つるを」思つて、その「公《おほやけ》」の価値の力に感激した。彼はこの古伝承即ち「神代の例《あと》」の中に、「今」の、そして永遠の「人間」を見ると共に、古伝承の態度に、知性の「公」を学び得た。まことに古事記は単に古く純粋なるのみならず、「人間性」のかゞやかしい「まこと」と「みやび」を未来の永遠に向つて描ける神々の構想を、奇しくも伝へたモニユメントであつた。

ここで蓮田は宣長の古学における伝承的態度と知性の「公」＝科学的知性の見事さを述べているが、古伝承、古典（＝過去）も今現在の基礎付けになるものとして捉えており、さらに「未来の永遠」に向かうものとしてその「伝承」の意義を説いている。ここにおいて蓮田自身、伝承的態度を取って宣長の古学や古典の今日的意義を説くことに自らの学問的立場を見出したのであり、その伝承的態度に「文芸の道」もあるものと考えていた。つまり、蓮田は、高坂の歴史哲学に基づいて文芸における伝統を〈伝承〉の問題と接続させ、古典、『古事記』を学ぶことの今日的意義とその永遠性を説こうとしたのである。いわば、高坂の歴史哲学に蓮田自身の考える〈日本文芸学〉の理論的根拠も置かれていたのだが、蓮田に感化を与えた哲学者としてもう一人、西田の後継者たる田辺元（京都帝国大学文学部教授）の存在も見落とせない。蓮田が宣長における〈おほやけ〉の精神の「哲学的な自覚」を説き、その科学的知性を評価したのは、田辺の科学哲学の影響による所が大きいと考えられる。

4　田辺元の科学哲学と不確定性の原理

そもそも蓮田が「本居宣長に於ける「おほやけ」の精神」を書いたのも、宣長学において課題とされた「「おほやけ」の精神の探究と宣明」を「追体験」することにあり（「1　和歌」）、その狙いは国学の伝統に基づく〈日本文芸学〉の建設を目論んで文芸の今日的意義を説くことにあった。そこでその「おほやけ」の精神がどのようなものなのかが問題になろう。蓮田は、次のように、「わたくし」（＝個人的な好みである和歌）が「おおやけ」（＝普遍的な人間の性情）に通じるという、「おほやけ」の精神に宣長が目覚めた点を重視している。

和歌は、実に私に好み楽しむものなりと宣するのである。（略）かくの如く、和歌をあやまりなく「わたくし」

に据ゑつけた時、同時に、彼は、真に素質的、個人的な和歌が、必然に人間の性情といふものに通じ、連なつて行くことを見出だす。この「性情」としての「好み」「楽しみ」となる時、それは、あくまで具体的に個人的であると共に、人間性といふ普遍的なものに展開するのである。この最も「わたくし」的な和歌は「性情之道」として、普遍的な「おほやけ」的なものと同一となる。／この人情普遍の理論への展開は、漠然とながら宣長の内面に新しくめざめたのであつた。（略）私たちは、こゝに、宣長に於ける人間的な知性のめざめが、実に和歌を「おほやけ」化し、文化的意味に於ける文芸のめざめを導いてゐることを注意したい。（「1 和歌」）

ここで「おほやけ」という語は「普遍」と同義に用いられているが、個人的なものが普遍に繋がるという見方自体、田辺元が「ヒューマニズムに就いて」（『思想』一九三六〈昭和一一〉年一〇月）において述べていた次のような人間観に通じるものである。

人間とは、一方に於て古代の理性の如く人類の全体に通ずる普遍的人間の謂であると同時に、他方に於ては近世の自然的解放に於て自己を発見するに至つた個人を意味すべきものであることは疑はれない。而もヒューマニズムの生活的直接態の一元主義に従つて、人類と個人とが初めから対立せしめられずして直接に合一せられたものが、即ち人間主義（人性主義、人文主義）の意味する人間に外ならない。類と個との直接的合一に於ける人間が人間主義の人間である。（略）而も両者は何等対立矛盾する所なく直接に合一する全体即部分、類即個である、といふのがヒューマニズムの人間観に外ならない。従つて個人は自己の性能に従つて個性を発揮すればする程却て全体を代表し、それに由つて更に全体に貢献し全体を豊富ならしめると同時に、教養に由つて博く人類の文化を吸収すること大なれば大なる程、益々自己に固有なる個性を発展せしめることが出来ると考へられる。

『思想』第一七三号の特集は「ヒューマニズム」[*9]で、この特集からも当時の知識人の間でヒューマニズムに関する議論が高まっていたことがうかがえる。この特集号の巻頭を飾ったのが田辺の論文で、同論文によれば人類全体（＝普遍的人間）は、個人的なものと一致する「全体即個、類即個」が人間主義、ヒューマニズムの概念で、「人類の全体に連なる個人の無限発展の可能性を自覚し主張したもの即ちヒューマニズム」だとする。したがって、蓮田が宣長の学を次のようにヒューマニズムの志向に裏づけられたものとしているのも、田辺のヒューマニズム論に感化を受けてのことだろう。

我々は宣長の学的出発点に於て、契沖の自由主義的、実証主義的態度が宣長の目をさました事実を見るのである。（略）そして、「和歌に師匠なし、古歌を以て師とす」といつた定家の言葉にならつて、直接に古歌そのものによつて、実証的、科学的に歌学を樹立しようとしたのであつた。（略）宣長は、虚誕我慢の非実証的な、非知性的な「近き世」の歌学を、自由主義的実証的にうちやぶつて、和歌を、和歌そのもののありのままなる風体に解放した時、そこにのつぴきならぬ人情につき当つた。そして同時に、その人情がありのまゝなる姿をもつて現はれたのである。それは、自由なる人間性であつた。宣長の学は、かゝるヒユーマニズムに裏づけられて、人間の知性のかゞやかしい黎明を告げるものであつた。（「6　契沖の精神」）

蓮田は、和歌にありのままの心情の表出を見た宣長に「自由なる人間性」＝ヒューマニズムを見て、宣長の学的出発点に自由主義的、実証主義的な科学的態度があることを説いている。今日的問題として、宣長学の意義をヒューマニズムの議論と結びつけているのだが、宣長の学を自由主義的、実証主義的に捉える見方自体、村岡典嗣の『本居宣長』（岩波書店、一九二八〈昭和三〉年）に基づくものだろう。[*10] 村岡の宣長論では、「契沖によつて、元祿新学問の精神である、自由討究の主義を吹き込まれた」とあり、宣長の実証主義に基づく科学的態度についても論じていた。その宣長論と田辺のヒューマニズム論を結びつける形で、蓮田は「宣長の学的出発に於て、契沖の自由主義的、実証的態度」が影響していることを重視したのである。

留意したいのは、蓮田は宣長の科学的態度、「人間的な知性のめざめが、実に和歌を「おほやけ」化し、「文化的意味に於ける文芸のめざめを導いてゐる」（「1　和歌」）と解していることである。宣長の学に「世界的普遍的な文芸学の問題」（「日本文芸史理論」）を見、「本居宣長に於ける「おほやけ」の精神」では「今日の日本文芸学の責任」について、次のように述べている。

> かくて宣長に於ける文芸の学は、「おほやけ」なる自由の人間精神の宣揚にあり、日本の道を自主的に世界の道へ進めんとする文化的努力であつた。今日の日本文芸学の責任も、単に局部的に日本の文芸の学を漫然と志して、日本と西洋、伝統と世界、文芸と科学、古典と今日の創造、等の関係についての第一課題を疎かにしてはならないのである。（「14　文芸の道」）

蓮田は、宣長の文芸の学に「自由」な「人間精神の宣揚」を見出し、それを時間・場所を越えて通じる「おほやけ」の精神として、いわば「世界の道」＝世界的普遍性を持つものとして宣揚することの意義を説いていた。蓮田はこうした宣長における「おほやけ」の精神の目覚め、自覚を今日的問題として捉えているのだが、それは宣長の科学的態度そのものよりも「哲学的な自覚」を重視してのことである。前に言及したように、「今日学問の問題は、決意の問題」で「哲学的な自覚及び意志に関する問題である」と蓮田が述べていたのも、国文学ないし日本文芸学に携わる者自身の主体を問うていたからにほかならない。

蓮田が「哲学的な自覚」や「意志」を問題にしたのも、田辺元の科学哲学に感化を受けていたからであり、「本居宣長に於ける「おほやけ」の精神」では、実際に参照したものとして田辺の『哲学と科学との間』（岩波書店、一九三七〈昭和一二〉年）が明記されている。田辺は同書において、主体における「自覚」の問題に関して次のように述べていた。

微粒子の位置を観測するのに必要とせられる光のエネルギーは、それの運動状態を攪乱するに由り、物質運動の記述に必要なる位置と速度とが同時に精密には測定せられない、といふことを主張するハイゼンベルクの不確定性原理に由り、物理学的世界の因果的構造は重大な否定的制限を加へられ、（略）斯く観測が観測せらるべき系に攪乱を与へるといふことに因由する不確定性は、認識が単に静止固定せる対象の摸写でなく、対象とそれに対立する認識手段との媒介的統一の展開に外ならざることを示す点に、極めて重要な意義を示す。（略）物理学の不確定性原理に既に潜在するといふべき主観客観の否定的媒介は、心理学に於て表面化せられるのである。有機体に於ては此媒介が生命の内容に外から投入前提せられながら内から自覚せられるに至らない。精神に至つて此自覚が顕現せられ、主観客観の媒介的統一、見られる存在と見る作用との対立的統一が表面化する。而して心理学は（略）見る精神の作用を主とし、精神の見た精神、即ち表現に於ける精神の了解の立場に進むに及び、歴史的文化の認識に入る。これは自然科学に於て抽象せられ否定せられた主体が、自己の所行を自覚する立場の認識としての歴史的文化科学に外ならない。（『哲学と科学との間』前出、「一　常識、哲学、科学」）

ここでハイゼンベルクの量子力学による「不確定性原理」について言及されているが[11]、「不確定性」とは、「観測が観測せられるべき系に撹乱を与へることに因由する」ということ、即ち観察行為（観察者）が観察される現象（観測結果）に影響を与えるという量子力学の〈観測問題〉を踏まえた理論である。量子力学の理論では、同一の原因は同一の結果を生むという因果律が適用されない。即ちそれは観測者＝主体の立場（主観）によって観測結果（客観）も変化する（＝不可測）ということでもある。元々自然科学の領域では、観測者の主観を排除することで客観的結果が導かれると考えられてきたのだが、量子力学の理論により、逆に観測者の立場が実験結果に作用することが判明し、観測主体の立場を無視できないことが科学的に立証された。田辺は、その量子力学の科学的認識に基づいて「自己の所行を自覚する」その「立場の認識」が、歴史や文化科学といった領域においても必要となることを説いていたのである。

ちなみに、前述した高坂の「歴史的周辺」も、「我々の日々の生活が不確定なる不可測の深淵の上に漂うて」いると述べており、不確定性原理を前提に「歴史認識は歴史の自覚」だと論じている。つまり、歴史に対する認識もそれを捉える主体の自覚の問題であり、この「自覚」の問題自体、西田幾多郎の哲学に由来している[12]。そもそも、「世界の自覚として自己を考えること、その世界は歴史的世界であることなどは西田哲学と後期の田辺哲学に共通する課題」であったのだが、特に田辺の科学哲学の場合、「観測者の「主体的な行為」に物理学の出発点を求めること」に特色があった（大橋良介『京都学派の思想――種々の像と思想のポテンシャル』人文書院、二〇〇四〈平成一六〉年）。田辺は『哲学と科学との間』で、「自覚」の問題と繋げた形で世界観についても、次のように述べていた。

世界像は主観を離れて静的に存立する客観としての世界形象を意味するに対し、世界観は観る主観のはたらきを包含しそれを通して内から動的に世界が自己を開示する内容を意味すると考へられる。（略）後者は、世界が自己自身を自己の内に映して観る結果である。（略）世界観は自覚に媒介された世界の開示である、と云つてもよい。（略）世界観は久しく哲学に属するものとせられ、世界像は特殊科学に属するものと考へられるのは是に由る。（略）約言すれば世界像は客観的であり、世界観は主観的である。（「二　世界観と世界像」）

世界観とは、主体の「観る主観のはたらき」によって「自己の内に映して観」たものであり、田辺は「世界の開示」は「自覚に媒介された」ものだとする。換言すれば、自己の主観は世界に包含されながらも、自己を開示する形で世界観を形成するのであり、その世界観に世界を観る観測者＝自己の自覚、立ち位置が反映されることになる。

　こうした田辺の言説に影響を受けて、蓮田は〈学〉に携わる者の主体的立場を「哲学的自覚」として問うていた。だから、宣長における知の限界の自覚について、田辺の哲学的認識＝世界の不可測性と主体的「自覚」の問題を踏まえた形で、次のように述べている。

宣長は、「人」にめざめたところに自ら人間的知性への深い自覚を有した。（略）彼は人間を、そのあるがまゝの全体性を自由に把握し、（略）儒仏的ないつはれる独断的な智慧を否定した。これは同時に、世界や人間の全体性に対する人情の「不可測」性といふことにほかならなかつた。（略）この、人間性の全体的な把握のために到達せざるを得ない「不可測」といふことこそ、懐疑ではなくて宣長が把へ得た見事な知性の自由であつた。この「奇しき」不可測があればこそ、人間は、測り知り得る限りの現実のうちに於て独断ならざる科学的な知的探究が始まり、実証的に人間を窺い知るべきことが教へられるのである。宣長は、屡屡この知性の限界を注意し、（略）不可測の彼方に神を見、此方に人智を見たのである。この神は、あくまで、この世に「しわざ」として現はれてゐるのである。／人間の道は、かくて神の道につゞいて居り、神の道は又、人間の知性に対して与へられてゐるのである。人間として知るべきことはかゝる神の道でなければならない。（「9 神・古代」）

従来、宣長の学が神秘主義的と見られやすかったのも、『直毘霊』（一七七一〈明和八〉年成稿）で「そも〳〵天地《あめつち》のことわりはしも、すべて神の御所為《みしわざ》にして、いとも〳〵妙《たへ》に奇《くす》しく霊《あや》しき物にしあれば、さらに人のかぎりある智《さとり》もては測《はか》りがたきわざなるを、いかでかよくきはめ盡《つ》くして知ることのあらむ。」（『直毘霊・馭戒慨言・霊能真柱』有朋堂書店、一九二七〈昭和二〉年）という箇所や、「大御国の説は（略）人の智《さとり》の得《え》測度《はから》ぬ深き妙《たへ》なる理のこもれるを」というくだりがあるからだが、蓮田は、その「天地のことわり」の「不可測の彼方に神を見、此方に人智を見た」のだと解する。つまり、宣長の説く天地の理《ことわり》＝神の認識に対して、神秘主義的と評されやすいところを蓮田は、不確定性、不可測の原理と結びつけ、「相対的な人間智を超えた絶対智へのさとりがあつた」（「10　古事記」）として、それを哲学的「自覚」の問題と解し、田辺哲学に依拠した形で宣長の古道＝神の道の意義を説いていたのである。

哲学的自覚の問題と繋げるこうした宣長の捉え方自体、極めて近代的見方から宣長学を解していると言わざるを得ないだろう。だが、それは蓮田が直面していた今日的問題＝国文学及び日本文芸学に携わる者の立場を京都学派の哲学と結びつけて宣長学の意義を説こうとしたことに起因している。蓮田は、「古典と「今日」」（『文学』一九三七〈昭和一二〉年一一月）で、「所謂国文学者や所謂日本文芸学者に於ては、「今日」の新への自覚が殆ど無い」と難じており、京都学派の哲学的言説に依拠したのも、「哲学とは、世界構成の全体的自覚」であり、「文芸自ら文芸哲学を有」するものと考えていたことによる。宣長の学自体、今現在を重視する現実主義の立場で説かれており、蓮田の宣長に対する共感もその点にあった。それだけに、哲学的自覚に基づく自らの立場、即ち「今日」的な文芸学の立場を宣長の学に投影しやすかったのだと考えられる。

5　「おほやけ」の概念と〈日本〉の自覚

これまで見てきたように、蓮田が宣長学に「おほやけ」の精神を見出すのも、哲学的な意味での「世界」の目覚め、全体的な自覚を問題にしていたことによる。しかし、「おほやけ」の語を用いたのは蓮田の解釈によるもので、宣長自身その語を用いていないことに注意したい。「本居宣長に於ける「おほやけ」の精神」では「おほやけ」と「わたくし」の概念について次のように述べている。

> 宣長は、後に（例へば「うひ山ぶみ」「直毘霊」等をみよ）「おほやけ」と「わたくし」といふ概念を以て皇国の学と儒者のさかしらとの学的評価を行つてゐるが、この清水童子あての書翰の中にもそれを想ひ起させられる節がある。／宣長は云ふ、儒は天下に関する道であり、和歌は、私に之を好み楽しむに足るものである、と。この第一の前提に於ては、明かに儒こそ「おほやけ」であり、和歌こそ「わたくし」である。（略）彼は、天下の民を安んずる大事を学ぶことの何ら効なきを見透した賢明（?）さのために、「おほやけ」の儒学を放擲し、又放擲すべきだと考へ、後にはさう信ずるやうになつた。（直毘霊）（略）事実として儒者たちが、実に平天下の実際家としてでなく、（略）「唯弁論是美而未三嘗毫秋益二乎天下一焉」といふ変態的現象を現実の儒と目し、之が如何に「わたしく《ママ》」事であるかを認識する。（略）宣長は、か丶る「私ごと」とさへなり得ない「私ごと」といふ矛盾に堕せる現実の儒に対して、（後には、儒意そのものに矛盾と破綻を見出した。）和歌は、実に私に好み楽しむものなりと宣するのである。（「1　和歌」）

蓮田は清水吉太郎宛書翰に言及し、「私ごと」の和歌に「人間の性情」が表されており、「最も「わたくし」的な和歌は「性情の道」として、普遍的な「おほやけ」的なものと同一」となることを宣長は発見したのだとする。だが、書翰中に「おほやけ」の語はなく、蓮田は「天下」を「おほやけ」と読みかえている。『うひ山ぶみ』や『直毘霊』においても、「おほやけ」と「わたくし」の概念で「皇国の学と儒者のさかしらとの学的評価を行つ」たとするが、二著とも「おほやけ」（＝公）の語は出てこない。傍線部のように、宣長が「「おほやけ」の儒学を放擲し、又放擲すべきだと考へ、後にはさう信ずるやうになつた」というのも、「天下」を「おほやけ」と読みかえてのことである。そうした読みかえにより儒学における「おおやけ」を否定し、和歌の「性情の道」に普遍性＝「おほやけ」の精神を自覚したとする宣長論を展開している。

　こうした読みかえがなされたのも、哲学的自覚に基づく「今日」的な〈日本文芸学〉の立場を投影する形で宣長の学を解したからである。つまり、「おほやけ」の観念自体、宣長の言説から帰納的に導き出されたものではなく、蓮田はその観念に結びつくように自らの問題意識（＝「世界的普遍的な文芸学の問題」）に即して宣長学を解釈したのである。それだけに蓮田が「おほやけ」の語を用いたのは何故かということが問題となるが、「本居宣長に於ける「おほやけ」の精神」では、次のように「公共」的な意味を明示した形で「おほやけ」の語を用いているところもある。

> たゞ彼は、西洋的知性を背景に置いて、その前景に儒仏意を据ゑて、儒仏意の妄なることを覚知し、その知性の破綻を知ると共に、かゝる儒仏意を去つて自国文化に目ざめた、という関係にあるがために、その自覚は、多く対儒仏意的となり、未だ自然科学的公共的認識には十分及び得なかつたのである。そして、宣長が庶幾した「おほやけ」も、未だ因襲的な実際性の見地を脱却し得ず、たゞ封建的な人間の心性や政治思想などに限定

された結果、寧ろ合理的精神に反して、遂に独善的な自主主義に赴き、鎖国的現状維持主義に陥つて、再び神秘主義的非合理主義的な態度をとるに至つたのである。（「11　独断への反省」）

自国文化と世界（＝「おほやけの精神」）への目覚めがなされた点を高く評価しながらも、蓮田はその「おほやけ」が「儒仏意」＝漢意の否定によって自然科学的な「公共的認識」に及ばなかったと批判している。この「自然科学的公共的認識」とは、科学的な世界認識を意味するが、「公共」という語を用いたのは、京都学派の倫理学者・和辻哲郎が『倫理学　上』（岩波書店、一九三七〈昭和一二〉年）で「人間存在の公共性」について次のように書いていたことも関係していよう。

人間存在の公共性に着目すると共に、人間存在の個人的契機は『私的存在』としてあらはになる。それは物事のあらはになる場所に於てあらはになつてゐない存在、即ち公共性の欠如態である。従つて私的存在も亦本質的には公共的なものであつて、（略）公共性こそまさに自己の本来性の欠如態である。公共性の立場に立つ人は、『世人』と呼ばれる。『世人』は自己を喪失し、本来の存在を忘れてゐる。（略）然るにこゝに主張せられる自己或は個人は、神の前に於て、或は宇宙的に、あらはとなるものであつた。即ち世間の公共性にとつては隠されたものであると共に、絶対者に於ては全然公共的なのである。さうして見るとこゝには、世間の公共性の代りに絶対者の公共性が人の本来の面目として掲げられてゐるのである。それは個人が本質的には公共的なものであるといふに他ならない。（略）然しそれならば世間の公共性は、人類一般の公共性といふ如きものにまで達するであらうか。歴史的事実としてさうでなかつたことは明かである。我々の祖先が世界の他の諸国民から切り放されてゐた時代には、人々は日本全体を云ひ現はすのに『天下』と云つた。世間は明白に国民の限界内に限られてゐる。圏外に、従つて世界的に、知られると否とは、『世間にあらはになる』といふ事にとつて、何のか、はりもなかつた。が世界との通信や交通の頻繁な現代に於てはどうであらうか。国内に於てあらはにされたことは、いかなることでも、直ちに国外に報道され、世界的に知られ得るのである。従つて世間にあらはになるといふことは世界中にあらはになり得るといふことと同義である。その限り人間の公共性は人類一般の公共性にまで達してゐると云つてよい。（第二章　第一節「私的存在と公共的存在」）

和辻のいう「公共性」とは「物事のあらはになる場所」のことであり、「私的存在も亦本質的には公共的なもの」とされる。「世間」から「国民」（国家）、「国際」（世界）から「人類一般」へとそれぞれレベルがあり、「人類一般の公共性と、現実的な国民内部の公共性との間」の橋渡しをするものとして「国際的公共性」が考えられ、それは「一つの国民における公共性」＝「世間」よりもより高次の共同性として「世界」においてあらわになるものとされている。蓮田のいう「自然科学的」な「公共」の観念は、和辻の考える公共性ともニュアンスが異なるが（「自然科学的」とするのは、前述したように田辺の科学哲学に依拠しているからだろう）、宣長において「「わたくし」的な和歌は「性情之道」として、普遍的な「おほやけ」的なものと同一となる」（「1　和歌」）と述べられているように、私的なものの中に公的なもの、普遍性が見出されている。そうした見方自体、和辻の「個人が本質的には公共的なものである」とする公共性の認識に通じるものである。和辻は「私的存在」が「公共性」においてあらわになり得るものとして日本全体＝「天下」（国家）と「世界」の関係や「絶対者」（神）の公共性に言及している。そうした点も、蓮田が「天下」を「おほやけ」と解し、「公共」の観念で宣長における世界への目覚めを述べていたことに繋がっている。和辻も言及しているように、「天下」という語自体、「世界の他の諸国民から切り放されてゐた時代」において日本の国家全体を意味していたが、蓮田は宣長に科学的知性や世界的志向を見ていたことで、

「天下」＝世界と解して「おほやけ」という語に読みかえたのである。宣長における世界の目覚めを「おほやけ」、「公共」の語を用いて論じたのは、和辻の公共性の認識に触発されてのことにちがいない。[*13]

蓮田において「おほやけ」の語は「わたくし」の対概念として用いられているが、元来、日本において「オホヤケ」は「大宅」（支配者の居宅）や「天皇、皇室、朝廷を意味」した。[*14] しかし、「本居宣長における「おほやけ」の精神」では、そうした意味では用いられず、「歴史的・世界的志向に立つ「おほやけ」事」と述べる所もあるように、「おほやけ」は世界性、歴史性と同義に捉えられ、私的なものが人間全体、時代全体に通じることで「おほやけ」の語も使われている。そうした「わたくし」の「おほやけ」化、普遍化の論理によって宣長における和歌、文芸における「雅びの精神」も「おほやけ」たる「神の道」＝古道と繋げられ、次のように日本文化の象徴として捉えられることになる。

宣長は、和歌及び物語を、雅びの精神をしり、培うものとして、神の道とひとしく見るのである。私は、こゝに文芸の精神を日本文化の精神と観じた宣長をはつきり見ることができる。この、文芸を日本文化の象徴として見る見方は、説明を要するけれども、日本民族の伝統といつてよいのではないか。私は宣長の一生を貫いてきた和歌の精神をかく思ふ。（「14　文芸の道」）

蓮田は、宣長における文芸の「雅びの精神」を究明することで、自ら提唱する〈日本文芸学〉の意義を説こうとした。「わたくし」的な和歌に「おほやけ」を見出す宣長の世界精神、公共的認識に着目したのも、蓮田自身、「わたくし」的な文芸に普遍性、世界性を見出そうとしていたからであり、「雅びの精神」に「日本文化の象徴」と見ているのもそうした普遍性、世界性を求める志向に基づく。〈日本文芸学〉の理論的根拠を京都学派の哲学的言説に求めたのも、その科学的方法、公共的認識に着目し、文芸の普遍性や世界観に関わる問題を提示するためだった。それ故、蓮田は、宣長について述べながら、「西欧的方法を生かし使ひ得る立場への努力こそ日本の運命でなければならぬ」として「他国的な（?）科学的立場も己の中に含」むところに「日本的方法」（「14 文芸の道」）もあると論じている。無論こうした折衷的立場は漢意を排する宣長の取るところではないが、蓮田の考える文芸、学問的立場を宣長に投影していることをよく表している箇所だろう。

蓮田が自らの立場を重ねて宣長論を書いたのも、「今日」の国文学に携わる者の哲学的自覚、意志の問題を考えていたからだが、この時期、日本の文化人・知識人の間で〈日本的なもの〉に対する議論が高まっていたことも関係している。昭和一〇年前後、特に昭和一二年をピークとして日本の伝統、文化に関する議論が高まる中、『新潮』一九三七（昭和一二）年五月号に掲載された座談会「古典に対する現代的意義[*15]」で、舟橋聖一は次のようなことを述べている。

> 文壇ぢや、最近日本古典文学の現代的意義といふものが、いろいろいはれてゐるといふのは、日本の文化遺産の問題と密接に結びついて考へられてゐるからでせう。（略）建設的な伝統的な考へ方を持ちたいといふ現代の知識階級の文化精神があつて、そこから日本的なものといふものが、実際は非常に人類的なものへの段階的な性質或は非常にインタアナシヨナルなものと統一して考へられるといふ複雑な性格を持つて興つて来たのだといふ風に考へられるのです。そんな風に日本的なものといふ言葉を規定したいと思ひます。

舟橋は「日本的なものも掘り下げていくと、美事に本質的な文芸の普遍性にぶつかるぞと言ひ出した、それが今の日本的といふものの本体」だということも述べている。「古典文学の現代的意義」が説かれるのも、「建設的な伝統的な考へ方」を持とうとする現代の知識人の「文化精神」によるもので、古典に見られる〈日本的なもの〉が、人類的な普遍性やインターナショナルなものと統一して考えられることが指摘されている。蓮田の宣長論もそうした「知識階級の文化精神」から古典の現代的意義を説いたものであり、宣長学に「おほやけ」の精神として世界性、普遍性を見出すことで人類の文化的意義も説いているのである。

　だが、蓮田の宣長論において「おほやけ」の語が宣長の「まことの理」、神学（古道）の「自覚」と繋げられた時、次のように「日本の道」（＝「わたくし」）の世界化（＝「おほやけ」化）、即ち皇国精神の世界化、普遍化に繋がる論理になることも看過するわけにいかない。

> 今日吾人の西洋の道に対する態度も、「西洋」の道を己の中に含むものとして、「世界」性を「日本」のうちに見ることの発見へ進まなければならない。我々はこゝに「日本」を見なければならない。（略）真に絶対的主体的世界的精神を日本の道に於て自覚する高邁な自主精神への目ざめでなければならない。（略）宣長学に顕著な皇国精神は、単に「皇国」と「あだし国」と対立的に差別視するのみの局部的国粋主義でなく、即ち「此道の霊《あやし》く奇く、異国《あだし》の万づの道にすぐれて、正しき高き貴き」（直毘霊）と自覚する絶対的自主精神を高揚したものであつた。かうした文化創造に於ける「世界」へのするどい志向を契機として国民文化意識と自覚とは、今日世界の責任ある文化国すべてに課せられる現代の痛切な問題であるともいへる。（「12　世界・科学・日本の責任」）

蓮田は「世界」性を「日本」のうちに見ることとは、「鎖国的独善的な日本の意味でもなく」、「国際的漂泊的な意味」における日本でもないとし、「国民文化意識と自覚」とは「今日世界の責任ある文化国」の「痛切な課題」だとする。それ故、ここでいう「皇国精神」は国粋主義的なものではないとされている。しかしながら、日本の道＝「皇国精神」を世界的なものと見て宣揚することにも繋がりやすく、この後に発表された「日本知性の構想」（『文芸世紀』一九三九〈昭和一四〉年一〇月〜一九四〇〈昭和一五〉年三月、『預言と回想』子文書房、一九四一〈昭和一六〉年 収録）では、〈支那事変〉勃発後の「日本の世界文化に於ける問題」が考えられるにあたり、「天皇」と結びつけた形で「おほやけ」の概念が次のように説かれることになる。

宣長のとらんとした立場は結局は私的知性の恣意妄断を厳しく排除して公的な知識を樹立するといふことにあつた。（それが国学であつた）ここに人間智を解放し新しい科学的方法を打ちたてた西洋ルネサンス人に比すべき所以があるのである。／宣長に於て意図された「公正」（おほやけ）の知性の能動こそ、科学精神でなければならない。（略）更に宣長に関して面白いことは、宣長は此の西洋人の世界的知識の公正の精神を言ふ時、同時に、「皇国」の精神の公明正大なることを更に強調し、天皇を思ひ皇国を思ひつゞけてゐることである。（「玉勝間」おらんだといふ国のまなび）彼は皇国の道は最も「おほやけ」なる知性に基づいてゐるといふことを厳しく追求したのである。（「十」、『蓮田全集』前出）

この論文では、宣長の「おほやけ」の精神を科学的方法（＝「公的な知識」）に基づく「公正の精神」としながら、皇国の公明正大さと繋げ、それは天皇への「思ひ」（＝「天皇への忠誠」）に基づくものとされている。「おほやけ」の精神は、当初「公共的認識」に通じるものとして捉えられていたのだが、この論文では日本の現人神たる天皇に結び付けられたことで「公正な精神」に意味がシフトしてしまい、「皇室《おほやけ》を思ひまつる時公正の科学精神が発揚されるのが日本の常」（「七」）だと主張されている。日本の道と結びつけて「公正な精神」を説くあたり、「支那事変」

を強く意識した論調になっており、「皇国の道」が世界的に「公明正大」なものとして意味づけされることにもなる。

元来「おほやけ」の語が朝廷や天皇を意味したことからすれば、天皇や皇国と結びつけてその語が使われるようになるのも当然の帰結であったかもしれない。しかし、「本居宣長に於ける「おほやけ」の精神」や「日本知性の構想」を書いた時点の蓮田は、宣長学の科学性を重視し、排外的な側面に対しては批判的な目を向けていた。西洋の思想（自由主義、実証主義、科学）を取り入れてきた「日本」に世界性を見ようとし、「「おほやけ」の精神」を宣長の科学的知性と繋げて捉えていたのも、蓮田にとって、日本の文芸、日本文化の世界性、普遍性を自覚することが、学問に携わる知識人の「今日」的問題として切実な問題として考えられていたからである。科学的知性を重視した形で宣長学の今日的意義が見出されたのも、そのことに由来している。蓮田の言説はファナティックな面に注視されやすいが、[*16]元々こうした側面があったことはもっと着目されてよいことだろう。

このように、世界における〈日本〉の目覚めを宣長の「おほやけ」の精神として説いていた蓮田であったが、本稿で述べてきたように、蓮田が宣長を評価したのも、その古学、古道に「おほやけ」の志向を見出したことにある。そこに蓮田自身の宣長学への目覚めもあり、「本居宣長に於ける「おほやけ」の精神」自体、蓮田における宣長学の目覚め、哲学的発見を表明したものであった。京都学派の哲学的言説に基づいて宣長における哲学的自覚を説き、それが蓮田の提唱する〈日本文芸学〉の理論的根拠になっていたところにも、文芸および宣長学の今日的意義を考え、その文化的意味を探求しようとする蓮田の立場が反映されている。それは昭和一〇年前後、知識人らの間で日本の伝統的思考や文化が顧みられ、古典文芸の現代的意義について考えられていたこととも呼応しており、宣長の「おほやけ」の精神、世界的普遍性の志向を論じることは、文芸の今日的意義を主体的に考えていくことに繋がっていたのである。だが、〈大東亜戦争〉下に発表された『本居宣長』（前出）においては、「おほやけ」の語も出てこず、その論調もかなり変わってくる。宣長の科学的知性を評価していたのとは逆に反知性主義な論調で宣長学の排外性を強調し、「日本の道」の正統性を説くとともに西洋由来の科学を否定するものとなっている。こうした論調の変化も、文芸に携わる者の自覚を問題にし、宣長学の今日的意義を追求しようとする志向と無関係でなかろうが、問われるべきことは、戦時期にあって排外的、自己言及的なものに陥ることなく、日本の文芸・文化の今日的意義をどういう形で説くことが出来るのかということだろう。蓮田の宣長論のその後の展開と論調の変化を見ても、そこになかなか難しい問題が孕まれているように思われる。

注

1　昭和一〇年前後、知識人の間で〈日本的なもの〉の議論が高まることについては、拙論「昭和一〇年代における〈日本的なもの〉――横光利一の「厨房日記」から――」(『九大日文』二〇〇八〈平成二〇〉年一〇月)で論じた。蓮田自身、「大鏡」(『国文学試論』一九三七〈昭和一二〉年七月)で「日本的なものを唯一口に封建的呼ばはりして片附けるやうな単純な気構へ」は、「世界への発展を期するものはつつしまなければならない」と述べており、〈日本的なもの〉の世界性を意識して論じている。

2　濱下昌宏「国文学からの美学(その1)――国学から岡崎義恵「日本文芸学」の生成まで――」(『文芸学研究』二〇〇七〈平成一九〉年三月)を参照。

3　注2に同じ。濱下論では、「国文学の歴史は明治における文献学の成立と共に始まる」もので、芳賀の文献学は「近世国学の伝統とヨーロッパの学問・科学精神の影響とが相俟っ」たものでその底流に「国学の近代化という課題があった」ことを指摘する。

4　栗山理一・池田勉・塚本康彦の対談「雅びを希求した壮烈なる詩精神――蓮田善明　その生涯の熱情」(『浪曼』一九七五〈昭和五〇〉年一月)で、池田は『国文学試論』や『文芸文化』同人の頃を想起し、「いろいろ精神的なものが締めつけられてしまって」、その「時代の風潮に対する違和感を雅びということばなり表情であらわそうというところが、国文学者というものの生き方だった」と述べている。しかし、そうした「デカダン風」（池田）の〈雅び〉でも、他の同人と蓮田とではニュアンスの違いがあったと考えられる。栗山自身、「日本の古典、文化というものを対象」として「天皇が文化の淵源であられるという認識で雅び」＝「都雅」として考えていたが、蓮田の場合、『忠誠心とみやび』（日本放送出版協会、一九四四〈昭和一九〉年）という著作もあり、「忠誠心」と結びつけた形で「みやび」を論じていく。その点で池田は「武人」的な独特の〈みやび〉があると指摘しており、栗山も「淵源」が異なると述べている。

5　たとえば藤村作（東京帝国大学教授）の『本居宣長』（岩波書店、一九三六〈昭和一一〉年）等を念頭に置いていよう。藤村は同書で、宣長は「古道を解釈するに際して、（略）説明に窮すると、例の神秘主義に豹変して、凡ての矛盾や不合理を許容する」とし、現実主義的な面とともに「神秘思想は彼の思想全体の中に正当な根拠を有して居る」と述べていた。

6　同概評で風巻は「岡崎文芸学の発生は、国学の伝統を引く従前の国文学が、広大な研究部門を統率しながらも、窮極に於いて、日本文芸自体を対象とする学ではあり得ないといふ批判のもとに、それに対立する日本文芸の学として生れたもので」、その反響について「国文学界での評価は評壇でのそれと相通じて何れかといへば否定的」だったとする。

7　高坂が京都帝国大学文学部哲学科に入学した時の教授が西田幾多郎、助教授が田辺元であり、西田はヘーゲルを講義し、田辺はカントを教えていた。高坂は、一九三八〈昭和八〉年に京都帝国大学哲学科と倫理学科の講師、ならびに大阪商科大学の講師を兼任し、昭和一一年に東京文理科大学助教授、一九四〇〈昭和一五〉年に京都帝国大学教授および人文科学研究所所長に就任した（高坂節三『昭和の宿命を見つめた眼――父・高坂正顕と兄・高坂正堯』ＰＨＰ研究所、二〇〇〇〈平成一二〉年）。

8　「思想」一九三四〈昭和九〉年七月号に「歴史的周辺（一）」が発表され、同論文は「歴史的なるもの」（『思想』一九三二〈昭和七〉年一月）とともに『歴史的世界　現象学的試論』（岩波書店、一九三七〈昭和一二〉年）に収録された。蓮田は「大鏡」（前出、注1）や「古典と「今日」」（『文学』一九三七〈昭和一二〉年一一月）でも高坂のこれらの論文を引用している。

9 同特集号には田辺の他、天野貞祐「ヒューマニズムの意義、限界、拡張」、三木清「ヒューマニズムの哲学的基礎」、和辻哲郎「ヒューマニズムの希臘的形態」、古在由重「ヒューマニズムの発展」、長谷川如是閑「日本に於ける教権と人文主義」、生島遼一「人間は人間的であるか」、芳賀檀「ヒューマニズムに就いて」、加田哲二「ヒュウマニズムとリベラリズム」、清水幾太郎「ヒューマニズムのために」、谷口吉郎「機械建築の内省」、谷川徹三「ヒューマニズムについて」、計一三本の論文が掲載されている。

10 神秘主義的、国粋主義的に宣長の国学を捉える見方を排する上で、蓮田が村岡の『本居宣長』に影響を受けた所は大きいだろう。村岡は、宣長の科学的態度に基づく実証的方法、自由主義的な学問的態度について、「自由にかつ、根本的に、古代そのものゝ本義を明らめようとした、換言すれば、後代注釈家の偏見、曲解を排して、古書の真意を究め、以て、古代の真相にまのあたり接しようとした、彼の自由討究の主義である」と述べ、「古典に於ける事実を基礎とし、根拠としてありのまゝに、古代を理解しやうとした、実証主義、もしくは客観主義」に特徴を見ている。さらに歌論の根底に見られる宣長の人情主義についても次のように言及していた。

契沖の代匠記総釋のはじめに一言した、所謂儒仏の道と異つた自然之道の考へ方であることをはじめ、宣長のこの考へが、常に人情主義、自然主義を説く歌論とともに、否むしろ歌論の根底として、説かれたことでわかる。

蓮田は、田辺のヒューマニズム論と村岡のいう「人情主義」を結びつけた形で宣長の「人情普遍の理論」を解していたと考えられる。

11 科学と哲学の関係を問題にするにあたり、カント批判哲学の復興を目指した新カント派の影響がある。田辺は、カントの批判哲学の特色として、科学的認識の陥る二律背反、「科学の限界を自覚せしめた点に独特の意味」（「一常識・哲学・科学」）があると述べており、カントの時代よりも一層深刻な矛盾を示す「今日の科学」として、ハイゼンベルクの不確定性原理に言及している。

12 西田幾多郎は『自覚に於ける直観と反省』（岩波書店、一九一七〈大正六〉年）を書き、その「序」で、「自覚」

は心理学的意味とは異なる「先験的自我の自覚」だとする。
13 宣長が「対儒仏意的となり、未だ自然科学的公共的認識には十分及び得なかつた」というのは、和辻のタームで言えば「人類一般の公共性」に十分及び得なかったということだろう。
14 日本法理研究会編・滝川政次郎著『日本法理叢書 第二輯（日本法律思想の特質）』（日本法理研究会、一九四〇年〈昭和一五〉年）参照。溝口雄三『公私』（三省堂、一九九六〈平成八〉年）によれば、日本における「おほやけ」の概念は、中国語の公私とも異なり、「おほやけ＝公は、首長・共同体という原義を拡大して、朝廷・国家を共同体とする、天皇・朝廷・官府のおほやけ＝公」となり、「おほやけ領域は天皇を最高位」としていたとされる。
15 座談会出席者は、舟橋の他、佐藤春夫、島津久基、雅川滉、萩原朔太郎、吉田絃二郎、川端康成、中村武羅夫の八名。
16 対談「雅びを希求した壮烈なる詩精神」（前出、注4）でも、栗山理一は「蓮田を先導とする『文芸文化』の仕事について、ファナティックな面だけを取り上げていろいろ批判」されたと述べている。

III

「詩人」と「小説家」の肖像——保田與重郎と蓮田善明が描く佐藤春夫

河野龍也

1

近代作家中、表現者としての「多様性」を体現した点で、佐藤春夫は突出した存在だったと言える。その活動領域は、詩歌から小説・評論・紀行文・戯曲そして油絵まで幅広く、個々のジャンルにおいても一定の方法に囚われない融通性が春夫の身上であった。

例えば詩の分野では、『殉情詩集』（新潮社、一九二一年）の古典的抒情詩があり、『車塵集』（武蔵野書院、一九二九年）の漢詩和訳があり、『魔女』（以士帖印社、一九三一年）のモダニズム詩がある。小説の分野では、春夫が実作も手がけた後期印象派絵画の現実再構成を応用したと見られる「田園の憂鬱」（『中外』一九一八年九月号）や、ミニチュアの世界への耽溺によって理知と狂気が癒着する「指紋」（『中央公論』一九一八年七月号）などで超現実への志向を見せ、これが現実へのアイロニーを帯びると「美しい町」（『改造』一九一九年八月・九月・一二月号）、「女誡扇綺譚」（『女性』一九二五年五月号）、「のん・しゃらん記録」（『改造』一九二九年一月号）などの社会批評を含む作品になった。その一方、谷崎潤一郎夫人をめぐる「小田原事件」を題材に、『剪られた花』（新潮社、一九二一年）や「佗しすぎる」（『中央公論』一九二三年四月号）など、恋に落魄した男の日常を描いて繊細な悲哀を醸しだす心境小説の類にも佳作が多い。

複数の才能が錯綜して犇めく様子の春夫の業績を、ロマンチシズム対リアリズムという単純な二分法の枠にはめ込むことは難しい。広津和郎は「田園の憂鬱」を評価する中で、〈意識の多面体〉である作者の〈味覚の多面性〉が、ややもすれば〈本体のない才人〉に終始することへの懸念を表明している(「新人佐藤春夫氏」『雄弁』一九一八年一一月号)。良くも悪くも「多面体」は、デビュー当初から晩年に至る春夫の積極的な実験精神を言い当てた言葉となった。

さて、日本浪曼派周辺の若い文学者が、自らに先行する一つの理想的なモデルとしてこの佐藤春夫という存在を仰ぎ見たのは一体なぜだろうか。保田與重郎・中谷孝雄・外村繁・檀一雄などが小石川関口町の春夫邸に頻繁に出入りし、春夫の身辺において日本浪曼派の濃密な人的交流が展開されていたことは確かである。山岸外史に伴われて太宰治が訪問し、後日の「芥川賞騒動」の端緒がひらかれたのも、「道化の華」(『日本浪曼派』一九三五年五月号)を読んだ春夫が特に太宰を名指しで激励したことに始まっていた。春夫が創刊当初から『日本浪曼派』の掲載作に高い関心を抱いていたことの証左である。

だが、雑誌に対する実際上の関与は、人的交流に比べて意外なほど限られている。春夫が『日本浪曼派』の同人になる時期がそもそも一九三七年一月とかなり遅く、寄稿した文章も中谷孝雄に対する「春の絵巻の評」(一九三七年一月号)と、芳賀檀に対する「知性の抒情」(一九三八年三月号)の短い書評二編を数えるに過ぎなかった。『文芸文化』の場合も大差はなく、掲載文は「和奈佐少女物語併序」(一九四一年七月号)と「遭遇」(一九四四年八月号)の二編だけである。後者はジャワにおける蓮田善明との再会を記し、蓮田の従軍中の作品(「をらびうた」)が春夫の手を経て清水文雄に託された事情の貴重な証言となっているが、文章自体は同人への報告文にとどまっている。

日本浪曼派にとって人脈の要衝のごとき役割を果たした春夫は、その点から彼らの師と見られることが多い。彼らが寄せた敬愛の根柢にはもちろん、一九三〇年代から顕著になる春夫の古典尊重の姿勢があることは改めて言うまでもないだろう。だが、目を転じてみれば、谷崎潤一郎や川端康成など、この時期に古典回帰を志した作家は格段珍しくもないなかで、とりわけなぜ春夫だったのかは考えさせる問題である。

本稿では、日本浪曼派における春夫理解の具体的な様相を、保田與重郎と蓮田善明を例に捉えてみたい。広津が言う「多面体」の作家のどの部分に彼らが「本体」を見出したか探ることは、おのずと両者の文学観の相違を識別することにも繋がるはずである。

2

保田與重郎の作家論『佐藤春夫』（弘文堂書房、一九四〇年）は、著者が単行本の形で同時代作家を論じた唯一のものである。この書が特異なのは、作品から作家の人生論的なテーマを抽出したり、作家の教養形成における外来文学の影響を指摘したりする作家論の常道を、端から徹底して忌避している点だろう。作家を〈人間生成や経験〉から論じることは、民衆＝反天才主義的な〈唯物史観〉の態度であり、保田には天才を矮小化するものとしか考えられなかったからである。

確かに、作品をいくら要素分解しても、文学や文学者の「存在意義」を論じることはできない。また、作品に反映された知識や経験などを詳細に指摘したからと言って、同じ材料さえあれば優れた作品が生まれるとは限らないのも道理である。だが、保田の試みはこうした要素主義・分析主義に対する方法論的な懐疑以前に、〈偉大な詩人や英雄は、彼の人間生成などと無関係な、もつと雄大な悲痛なしかも恩寵にあふれて、その宿命と運命の下に、ある民族の個性としてあらはれたのである〉（一七頁）という大前提から出発している。

この場合、作家論の眼目が、〈詩人（＝春夫）のもつた美の血統と系譜を明らめること〉（二一頁）に置かれることになるのは当然で、そのためには、〈詩人〉が〈この世に描いた総和より大きいものをまづ感じとつてそれを説くことが必要だと言う（三頁）。ここまでくると、論の目的地は春夫である以上に、春夫を通じて論者自身が〈美の血統と系譜〉＝伝統の世界を捉え得るか否かが問われるような形になる。「感じとる」という以上、共感や同化が行われる場所は自己の感覚の内部を措いて他にないのだから、春夫を論じることは、とりもなおさず論者自身の中に創造的な〈美の血統と系譜〉を自覚することなのである。

「天才」を「天才」たらしめている背後の大きな力を〈感じとつて〉そこに同化するというとき、美的価値の流通における生産（作者）と消費（読者）の境界は、観念の上では溶解する。「創造」の力を「享受」する場所としての伝統の世界では、作者は創造者である以前に享受者なのであり、共感をもってそこに身をひたす読者もまた、新たな美的価値の創造力をそこで受け取る。現実のレベルで生産と消費の二極に引き裂かれている作者と読者とは、伝統を「感じとる」という共感性を拠り所にして現実の序列から解き放たれ、一つに結ばれるのである。

保田の春夫論が明らかに天才主義でありながら、選民主義ではないゆえんがここにある。保田において、天才は特別な存在かも知れないが、決して大衆と無縁な存在ではない。天才が紡ぐ言葉の力も、危機的な状況下で大衆を理想の建設へと突き動かす力も、ともに民族の伝統という一つのものに淵源するという考え方である。生産と消費の序列に囚われる限りこの世界観は見えてこない。

序列関係の否定は、作者と読者あるいは天才と大衆の関係について言われるだけではなく、保田が本書で展開する〈文明開化〉批判の文脈でも、発想の核心部分を形成している。〈すべてものを影響関係でさがし求める〉という近代の学術的態度や（三六頁）、〈日本人のなさねばならぬ努力や、なしつゝある努力をあくどい冷淡さで嘲弄する〉自然主義文学について（四九頁）、保田がそれぞれ〈植民地根性の所産〉〈エピゴーネン的な文化感覚〉という言葉で否定するのは、西欧を美的価値の生産地とし、摸倣という消費活動に過ぎぬもので自らを権威づけてきた日本文学の主流に対して疑義を表明したものであった。

それでは、保田が想定する、伝統本来の力を体現した文学とは、一体どのようなものだったのだろうか。〈我国の中古以降の文人の不平と鬱結の情は、つねに万古不易の精神実体を宮廷のかつての唯美生活の回顧によつてひらくすべを知つてゐた。長い年月に於て我国の文芸はさういふ機能をはたしてきたのである〉(二三頁)。〈不平と鬱結の情〉を〈ひらく〉カタルシスの表現が文学だという点で、その主な担い手は歴史上の様々な「革新者」と「敗者」とが想定され得ることになる。近代文学史を西欧文学摂取のプロセスとは別の形で新たに素描しようとした保田が行ったのも、例えば〈先憂維新志士の詩情〉や〈神風連の一種異質の人物の詩と志〉や〈自由党青年たちのデスパレートな行動〉など、〈文明開化〉の新たな権力構造に裏切られた人々の〈悲憤慷慨〉の声を拾いあげていくことだった(二六頁)。個人を超えた価値の体現者として春夫を評価する保田が、一見それと矛盾するように春夫の出自を重視するのも、春夫の出身地の熊野が〈中世より常に時代勢力に対する革新派の根拠となり策源地となり又逃避所となつた〉特別な場所だからに他ならない(二四頁)。それは春夫文学を〈不満と鬱結〉の力を受け継いだ文学として——つまり文学伝統の正系として——位置付けるのに必要な手続きだったのである。

3

保田が春夫文学の特長として言及している点を列挙してみたい。それは次の六点である。

第一に、借物の思想より自分の感覚に忠実なことである。例えば「西班牙犬の家」(『星座』一九一七年一月号)は、〈日本人の考へてきた新文学の課題を、初めて作品の気分とか雰囲気とかニユアンスと云つたものにまで形成してゐる〉(三二頁)。「旅びと」(『新潮』一九二四年六月号)は、〈人間の誠実と、すべてのものを放棄して悔いない感情の危険な瞬間〉を美しく描きながら、〈それらの手まへの思考といふ人生案内的内容は描かれてない〉(九〇頁)。さらに、「佗しすぎる」(『中央公論』一九二三年四月号)「杏の実をくれる娘」(『新潮』一九二二年七月号)「車窓残月の記」(『改造』一九二四年二月号）「哀れ」（『婦人の国』一九二六年二月号）など、〈他人によれば物語などになりやうもないものに於て、この詩人は一そうはつとりとき丶手の心に切なく響くことばで喋りかけてくる〉（一〇二頁）。小説を西欧文学からの借物の思想を説く道具とせず、純粋な感覚の歌として自然に歌いあげながら、かえって西欧文学の近代性に通じる清新な表現を可能にしている春夫の作品は、保田にとって〈新船来の理論的な思考が、古ながらの伝説をもつ語りべのことばで語りうるものであるといふことの実証〉（一五二頁）であった。〈云はゞ一年のうちに何時間位かあるやうな、切なくやりきれない、それでゐて何か美しく娯しいやうな時間が、この詩人の手によればたちどころにロマン的マヂックのやうに築かれるのだ〉（一〇一頁）。

第二に、アイロニカルに曲折する文体の比類なさである。ゲーテの「若きウェルテルの悩み」に提示された〈近代の詩的な人間や一九世紀的新教養人の一般性〉すなわち、病的・不機嫌・不満・憂鬱・退屈・焦燥・熱し易く又さめやすい心持など、春夫が描くのを得意としたこれら〈倦怠〉の〈混沌状態〉は、主人公の性格である以前に、〈みな条件つきの、肯定と否定のたえまない連続に終始するやうな文章〉の性格によって生み出される（三三一〜三四頁）。「「風流」論」（『中央公論』一九二四年四月号）のような論文においてすら、〈つねに内外を交通する思想の姿〉を精密に描き出し、〈対象と主体が各々の独自性で交互に働きかける独自の文章〉を成している（七三頁）。

第三に、執拗な自己観察と、それに堪える誠実さである。例えば「田園の憂鬱」において、〈侘しい懶惰や華やかな憂鬱や、文明のアンニユイといつた、さういふ近代的病患や粧ひの底に、詩品の心として流れてゐるものは、自然主義や人道主義系統のどんな作家の現実追究の良心にも劣らぬ執拗な詩人の眼である〉（九六頁）。この〈詩人の眼〉の存在こそが、〈我国の文学の歴史に、最初の自意識の文学を描〉くことを可能にした。〈この詩人は遊びやデイレツタンチズムとして文学を傲然と押し進めるには余りにも己の享けた生命に対して良心的〉であり、〈弁明のやうに見えるイロニー〉すら〈有羞〉の美学と考えられるものだ。この徹底した自意識ゆえに、彼は〈ゆきづまりのデカダンスからニヒリズムへ早駆けする〉ことも、〈肉体によるデスパレートな表現を敢行〉することもない。かくのごとく、〈唯美文芸の究極は、反省の自虐と驚くべき節度である〉（九四頁）。

第四に、時代と場所を超えた普遍性である。春夫の特質は〈日本の古い詩人の詩的あるひは詩人的人生観とその詩人の本質を闡明し、さらに我国の唯美の趣味生活を新しい美意識の下に解釈した〉「「風流」論」（七一頁）に明らかなように、〈何の造作もなく、古代と近代の間をゆきゝ〉（三九頁）できることを特色とする。また〈日本の文人として、東方の詩人として、この二つの本質の上に加へてさらに我々の新時代の課題とした近代ヨーロッパ的感覚の詩人として、かういふ三つの地域と歴史をもつ文芸の種々相を具現した一個のほゞ完全の詩人〉（六七頁）である。

第五に、優雅さの底にある経国思想の存在である。〈もののあはれ〉を標榜する春夫のもう一つの美の思想は、〈現在の三流でなく、今生きてゐる将来の進歩した時代の三流作家を愛惜する〉こと、すなわち、やがては大衆に当たり前のように受け入れられる美の胎動に目を向けるということである。こうした〈正義感〉は〈確固とした家郷と父母の国土をもつたものの思想感情〉から生まれ、〈唯美主義的な非情に徹底して、現代に対する責任を放棄することをなし得ない文明への責任感が、詩人の場合経国の志といつたものを形成する〉。それは〈文芸の歴史そのものが、一時代の個性としてあらはれたもの〉であるから（七六〜七七頁）、春夫が中河與一と旗揚げした「新日本文化の会」（一九三七年七月創設）の感覚は、時局迎合的な〈今日の国策文学論の考へ方でない〉（一一八頁）。

第六に、節度と逞しさからくる信頼感である。昭和初年以降、春夫の作風は〈唯美的な観念美学〉から〈物語化〉へと向かう変化を経た（五三頁）。法然上人の物語「掬水譚」（『東京日日新聞』〈夕刊〉一九三五年六月二一日〜九月二二日）は、〈古い時代の記録や軍記物に描かれた世相と人心が、如何に今日の現実に近いものかといふことを〉我々に教えた。満洲事変から二・二六事件にいたる時代、〈既にデスパレートになつてゐた表現意欲は、そこで一つの文章のみちを示された〉。〈陰鬱の時世〉を〈生きねばならぬすべて人間の心理の切ないリズム〉と、その〈恐るべき生き方〉に対する〈同情の相〉は、〈事変下にあらはれるべき国民的気宇を表現するロマンチシズムの母胎〉を感じさせるものであった。そこに示された〈終末意識の美化に比べるなら、当時の不安の文学といふ文壇的議論など、殆んど児戯の論理にすぎなかつたのである（八〇〜八一頁）。この物語は、〈ものうくやさしいやうでゐてたくましい、むしろ不逞と云ひたいやうな東方的なものへの意識的試みにみちてゐる〉（三四頁）。

第一から第三は春夫の表現や文学史上の特徴に関わり、第四から第六は主に春夫文学の同時代的な意義にかかわる指摘である。このうち、最後の第六は、保田自身が春夫を精神的な支柱とした動機を最もよく語った部分だろう。すでに確認したように、保田にとって文学の原動力は〈不平と鬱結の情〉にあった。しかし、それが表現として満足な形を取り得ないとき、〈文芸の機能の放棄に代つて、肉体によるデスパレートな表現を敢行し、表現文学の欠如を救ふ〉（九五頁）という事態に立ち至る。保田の場合、「文学」とはやむに已まれぬ生命のエネルギーに突き動かされて迸るものの総称であり、それは文字というカタチに固定された通常の文学を乗り越えて、ややもすれば肉体行動へとダイレクトにつながっていくものなのである。一九三一年以降、プロレタリア文学運動が崩壊していく弾圧の時代は、確かに保田にとっても「文学」が文字ではすまない〈デスパレート〉な表現に陥ろうとする危険な一時期であったのだろう。この時、平家滅亡の殺伐とした時代にあって、乱世を生きる人々の罪や後悔が念仏によってただちに救われる安心立命の境地を説いた春夫の法然の物語は、まさに敗者の〈不平と鬱結の情〉を〈ひらく〉カタルシスをもたらし、保田にとっての救いとなったに違いないのである。

4

蓮田善明もまた佐藤春夫に深く私淑した一人である。春夫についての言及は保田ほどまとまった形ではないが、

「物語」と「小説」を対立概念として規定する場合の周到さや、これに関して説かれる「風流」の解釈には、佐藤春夫という存在を挟んで保田と蓮田のおのずからの差異を見て取ることができる。

蓮田の「文学の古さ」（『神韻の文学』一条書房、一九四三所収）は、同時代の作家が古典や歴史に支柱を求めても、自己の文学活動を反省する契機とは考えないから、ついにそれらが支柱とはなり得ず目前の課題作りに苛立つばかりだという現状を批判した文章である。蓮田はこの文章に、春夫の「僕の詩に就て――萩原朔太郎君に呈す」（『日本詩人』一九二五年八月号）を全文引用し、芭蕉の「笈の小文」冒頭と並べている。

「僕の詩に就て」は、春夫を例にとって詩と散文の進歩の格差を述べた朔太郎に対し、春夫が反論した文章である。論述は次の三つの段からなり、これらを通じて、春夫は古典的な詩人と現代的な散文家が同居している自己の資質の内実を明らかにした。

僕のもの（詩）は恐らくアアネスト・ダウスンとゝもに千八百九十年代のものであらう。和漢朗詠集と今様と箏唄と藤村詩集とは僕の詩の伝統である。僕は純粋な日本語の美に打たれることが折々ある。言葉とはつまり霊のことだ。さうして近代人ではなく世界人でもない自分の魂を凝視して溺愛することがある。…僕は僕のなかに生きてゐる感情が古風に統一された時に詩を歌つてゐる。

昨日の思ひ出に僕は詩人であり、今日の生活によつて僕は散文を書く。詩人は僕の一部分である。散文家は僕の全部である。

「文学の古さ」における、〈古いものを立て丶、それで歌ふといふことが文学の文学たる情なのである〉（二七七頁）という主張からすれば、蓮田が春夫の文章を引用した意図は想像に難くない。芭蕉が〈風雅と俗との間に幾往来して苦し〉み、西行・宗祇・雪舟・利休を並べてようやく現代の「俗」なる自己の業を語り得た（二七五頁）のと同様に、〈和漢朗咏集と今様と箏唄と藤村詩集〉を自らの先達として掲げながら、自己の営為を厳しく点検している佐藤春夫は、現代に稀な高い意識を持つ文学者だと言いたいのである。

蓮田は引用を引き取ってこう言っている。〈佐藤氏の言はれるところの「小説」が「物語」――つまり日本の散文文学になると、やはり第一、第二の場合即ち詩と同じやうな、古風なものなのである。…佐藤春夫氏の場合は小説とはいひ条それが物語と同じに文学になつてゐる〉（二七四～二七五頁）。ここで春夫が「散文」としか述べなかったことを、蓮田があえて「小説」と言い換えていることに注意すべきだろう。蓮田が「小説の所在」（『預言と回想』子文書房、一九四一年所収）で説いたのは、「小説」とは〈生き方としての文学〉（一二〇頁）であり、「本格小説」などと称して西欧の「小説」を羨望する前に、彼我の宗教的・思想的な生き方の相違を認め、「物語」の伝統を持つ日本人に「小説」が可能かどうかをまず突き詰めるべきだという主張であった。伝統に結ばれた「詩人」としての自己を尊重しながら、一方で「散文家」として現代につながろうとする春夫を、「小説」の日本的困難に鋭い自覚を持つ作者として認めようとする蓮田の観点が、この言い換えには表れている。

「小説の所在」における春夫への言及は、「びいだあ・まいやあ」（『中央公論』一九三九年一一月号）を〈明日の文学である〉（一三四頁）と称える断片的な感想があるに過ぎない。それ以外には、「風流」に関する私見の中に先行研究として名前を挙げた個所が認められるだけである。だが、蓮田の「風流」論は、実のところ春夫の「「風流」論」にかなりの程度で影響を受けているのではないかと考えられる節がある。蓮田は言う。

風流は一口に言へば開眼である。一木一草の上に、人生の上に天上の心を見てとつてしまふ心である。それは「探求」でなく努力でなく闘ひでない故にひどく物足りなく、近代的意味に於ける「生活」や「人間」に属せざるものである。戦ひの上に桜花を思つたり、貧居の上に月を見たりする心である。人間や人生と取り組まないで放下してゐる。それは非常に愉しい遊びの心であるが、近代的散文精神――現実に取り組んで逞しく探求し、技術を鍛錬しようといふ意欲には全然不向きである。…それは近代人から反感を受けるに十分であり、又黙殺され抹消されるに十分である。（一三五頁）

しかしその一方で、常に「生活」の敵、文学の敵として抑圧され続けてきた事実こそ、まさに「風流」が日本人の心情に深く食い込み存続してきたことの証なのだと蓮田は指摘する。〈忘れてゐていい筈の近代日本人が、近代的であらうとすればする程己の中に回想させられるのである〉（一三六頁）。「近代的」であるために、不断に「風流」と戦い続けることが、日本人にとっての宿命なのだということ。それほどに「風流」は逃れがたい蠱惑に満ちているのだということ。こうした論法は、春夫が「「風流」論」に自己を内省しつつ描き出していたアンビバレンツそのものではなかっただろうか。

現代人であるところの私は、風流などゝいふものを、実際、一言の下に馬鹿にしたいやうな気持さへ持つてゐるのである。現代人としての私、コスモポリタンとしての私。それらの私はたしかに風流などを馬鹿げ切つたものと信じてゐる。／しかも私は同時に、風流なるものを無視し去ることが出来ないところの伝統人としての私、日本人としての私を実に屢々見るのである。

春夫がこの論の末尾に、いまだ書かれざる余章としてタイトルだけを列挙した構想中、「予の人生観より見て何故に風流は価値なきか」と題された一章が存在することは無視できない。〈詩人は僕の一部分である。散文家は僕の全部である〉という「僕の詩に就て」の一節をも考え合わせれば、伝統の誘惑を克服して真に力ある散文を構築しようとする脱「風流」の意志は、そのまま「近代」への意志として春夫の中にもはっきりと存在していた。

おそらく、蓮田はこのような構築の意欲を確かに春夫の中に見て、彼を「小説」家と観じていたのではなかろうか。それは保田與重郎が、春夫を常に「詩人」と呼び続けるのと好対照をなしている。もちろんここでの「詩人」とは、〈形の詩や、さういふものをかく人を詩人と云ふのではない〉。だが、〈日本の文明開化の学問や、最近まであつたある種の文芸学や詩学の考へ方にない詩や詩人である〉(一六一頁)ということが示すように、伝統と円満に調和した文人の姿が想定されていることは確かだ。

春夫は果たしてその足取りにおいて、保田が言うほど〈何の造作もなく、古代と近代の間をゆきゝし得た自然な詩人〉(三九頁)であり得たのだろうか。この見方には、「デスパレート」になろうとしていた陰鬱な時代を、法然の「許し」の物語によって救われた保田自身の原体験が反映されているように思われてならない。保田にとって春夫文学はどこまでも、救いの文学だったのであり、蓮田にとっての春夫文学はどこまでも、格闘の文学だったのである。

付記 保田與重郎および蓮田善明の引用は、本文中に示した単行本に基づいて頁数をも示した。ただし、漢字は常用漢字に改めてある。佐藤春夫の引用は、『定本佐藤春夫全集』(臨川書店、一九九八〜二〇〇一)に拠った。

「小説の所在」――あるいは蓮田善明と川端康成

原　善

1　「考へる人」と中宮寺観音／蓮田善明と川端康成

突然ではあるが、蓮田善明「小説の所在」の「一四」章は、「ロダン「考へる人」と中宮寺観音」と題されており、〈「小説」と「物語」との差異を〉〈譬へ〉（14。以下「小説の所在」からの引用には章番号を略記する）るべく二つの彫像の対照に当てられている。後に見るように〈小説〉と〈物語〉の違いは「小説の所在」の核に当たるところであり、それを論じてきた全二十章の半ば過ぎで持ち出されたこの話題は唐突の感を覚えさせかねないところであるが、その閑話の内容自体は面白くはある。[*1] すなわちロダンの「考える人」と中宮寺の半跏思惟像は、〈一方を見る時直ちに他方を聯想させられる実に酷似したポーズをもつてゐる〉が、〈甚だ懸隔した印象〉からは、西洋の〈懐疑を肯定ではね返して闘ひを挑む〉〈火のやうな熾烈な思索探究の意欲〉に対して、東洋の〈人間が人間自ら己を観ずるしみじみした憂愁〉を導くことができ、それがひいては西洋と東洋の文学の違い、〈小説〉と〈物語〉の違いに繋がるということなのである。

　ここで本稿が扱う川端康成を持ち出せば、川端康成はロダンの「手」の彫刻を所蔵し、それが影を落とした「しぐれ」（昭和二四年一月）という作品をものしており、そして「舞姫」（昭和二五年一二月一日〜三月三一日）という作品の中ではヒロインの一人品子が「仏の手」という舞踊を舞おうとしている時のモデルとして引き合いに出されているのが〈広隆寺の観音さま〉と共にではあるが〉〈中宮寺の観音さま〉なのであって、この二つの彫像の対照は、川端文学のコンテクストの中でもなかなかに興味深いものである、それを無理やりに蓮田善明から川端康成への影響だと強弁してしまったなら、「考える人」と半跏思惟像との対照以上の牽強付会ということになってしまおうが、二人の作家における同じようなモチーフの存在を面白がることは、二つの彫像の対照と同じように所謂対比研究としてはあってもいいどころか充分な有効性を持つはずである。

しかし本稿が扱おうとする本題はそこにはない。だがもう少し閑話を続けるなら、この蓮田が持ち出した二つの彫像の対照は、今やたとえば中宮寺のホームページを開いても「国宝半跏思惟像（如意輪観音）について」のページが〈東洋美術における「考える像」で有名な、思惟半跏のこの像〉という言葉で始まっているほどに、〈有名な〉ものになってしまっているようだ。そしてネット上でも半跏思惟像を見てロダンを思い出したという、さも自分の大発見であるかのような呟きが氾濫しているのを見ると[*2]、歴史の闇に長く葬られていた蓮田ではあったが、その彼の発見と知見は闇に埋もれることなく受け継がれてきていたかに思いなせて、やや救われた気持ちになるのだが、残念ながらこの対比の発見は蓮田を嚆矢とするものではないようなのだ。

亀井勝一郎の「思惟の像」（『大和古寺風物詩』天理時報社、昭和一八年）という文章に〈ところで西洋人がつくつた様々の彫刻のなかで、とくに思惟の像とも云ひうるのは何か。それは比較しうべきものなのであらうか。私はふとロダンの「考へる人」を思ひ出した。〉とあり、所収書が古典的なロングセラーである以上、これが人口に膾炙したものと思われるのだが、その刊行年からすると亀井が蓮田の『預言と回想』（昭和一六年）を承けて執筆したのではと思わせるところが、先のような錯覚を呼んでしまうのだが、実はこの「思惟の像」という文章は亀井の先立つ著書『東洋の愛』（竹村書房、昭和一四年）に収められた「如意輪観音」[*3]を加筆して再録したものであり、実は亀井の方が先行していたのだった。「如意輪観音」から「思惟の像」へは大幅な改稿が施されているものの当該二像の対照はいずれも文章の中心であって変わらないが、「如意輪観音」の方には〈私は今更のごとく日本と西欧の思想の差について思ひめぐらさざるをえなかつた。〉とあり、まさしく蓮田が行なった思考過程と同じ展開がより前景化されている。しかしこれを以て蓮田の剽窃とするのはもちろん早計であり、ここでも決して蓮田を難じようとしているものではない。「小説の所在」の中の蓮田自身の言葉を借りれば〈これは非難のために言ふのではない。私はもつと別なことを言ひたいのである〉(1)。確かに亀井の着目に刺激され、その影響を受けて蓮田が自分なりに敷衍・深化させたという風には考えやすいが、丁寧に両者を比べ合わせれば理解に異同も多いし、はっきりと蓮田が亀井の文章を先行論として意識していたのなら、それを伏せて名前を出さずに堂々と所収書の口絵写真にまで使うということは彼の倫理観からして考えにくいので、蓮田が亀井を既読であったにせよ、それは無意識の内に蓮田の中に取りこまれ、まったく紛れもない自身の着想として意見が開陳されていると受け取るべきなのだろう。[*4]

そしてこのことからわれわれが導き出すべきは、蓮田にそうなさしめたのが、資料もない戦地にあってこの文章が綴られなければならなかったという成立事情の確認と、そんななかにあってこのように(博覧強記と言うべき)文章を書けた蓮田の記憶力・情熱・奔出を待って溜められていた書くべきことの多さへの驚きと、そして甲から乙へと一方向的に流れる影響／被影響という流れをあまり重視すべきではないのかもしれないということへの予想であろう。

2 蓮田善明と川端康成／「末期の眼」と日本浪曼派

さてしかしもう少し対比研究的な比較を行なってみれば、蓮田善明と川端康成というお題から連想しやすいのは〈末期の眼〉という言葉のはずである。

川端が芥川龍之介の自殺に触れ、その遺稿「或旧友へ送る手記」（昭和二年八月）の中の言葉から表題を得た「末期の眼」（昭和八年一二月）というエッセイがあることは今では遍く知られている。その〈末期の眼〉とは、〈自然はかう云ふ僕にはいつもよりも一層美しい。君は自然の美しいのを愛し、しかも自殺しようとする僕の矛盾を笑ふであらう。けれども自然の美しいのは僕の末期の目に映るからである。〉（「或旧友へ送る手記」）というものだが、それを承けて川端は〈修行僧の「氷のやうに透み渡つた」世界には、線香の燃える音が家の焼けるやうに聞え、その灰の落ちる音が落雷のやうに聞えたところで、それはまことであらう。あらゆる芸術の極意は、この「末期の眼」であらう。〉（「末期の眼」）と述べ、謂わばその〈末期の眼〉を方法化し、一瞬のはずのそれを永続化することを文学者の務めとしたのである。そうした〈末期の眼〉なる言葉を蓮田が使っていたわけでは決してないし、明らかにそれと通じるだろう表現を、ここで見る「小説の所在」の中に見出すことはできないが、鷗外「青年」の一節に対する〈瀕死の眼に映ずる〉〈風景は、生の終る所に初めて現はれるもの〉だとする感想を「小説について——森鷗外の方法」（『鷗外の方法』子文書房、昭和一四年）の中に拾うことができるのだし、「〈末期の眼〉の作家」（『Kumamoto』平成二六年三月）という表題で蓮田を論じた文章までがあり、そこで筆者永田充徳が〈国文学研究を通して探りあてた〉〈〈死は文化だ〉とする思想〉を表明する蓮田にとって〈戦場はむしろ生の充実を確かめさせ、しかも文学と関わることのできる〈時と処〉を与えてくれる場所であった。〉と述べているように、死と隣り合った戦地で筆を執り続けた蓮田が〈末期の眼〉（のようなもの）を身につけていただろうとは考えやすいことであろう。そしてここは時間が前後するものの、芥川の自殺を詰っていた川端も自ら命を絶ち、そして蓮田も知られているような特別な自決の仕方をしたという点でも、両者を繋ぎ合わせて考えたくなるところである。[*5]

そうなさしめる（芥川を死に追いやる）形で台頭し隆盛を極めたプロレタリア文学が衰退し、その後文学と小説の可能性をめぐって混迷を極めていく昭和初年の文学状況の発端となった芥川龍之介の死を扱った川端の「末期の眼」というエッセイを蓮田が読んでいなかったとは考えにくいことではあるが、それは後にノーベル賞作家となった川端の代表的なエッセイだということを知る現在からのパースペクティブからの想像にすぎず、[*6]当時としてはほとんど埋もれていたエッセイだったのかもしれず、蓮田が読んでいたという確証はどこにも得られないので、これも川端から蓮田への（先とは逆の方向の）影響を断定することはできないのだが、両者の文学の中に響き合うものを探してみようという気にはさせてくれるはずだ。

以上、二人の文学者の比べ得る点を挙げてみたが、それらが直接の影響／被影響を論証できるものではないレベルであったのに対して、明らかな証拠となろうのが直接の言及である。

しかし、蓮田善明は文学史的には日本浪曼派の周辺に位置づけられる文学者であるが、三島由紀夫を間に挟んでということだけでなく、川端康成と日本浪曼派には近隣性・類縁性を感じさせるものがあるものの、敬して遠ざけあってか、お互いの言及はほとんどない。

川端と周辺作家を考える際には必携の資料である（と自負している）「川端康成全集固有名詞索引」「日本文学（近代）篇」の1〜6（福田淳子他と共編、「作新国文」平成四年七月〜一〇年一二月）でも、一般的に〈日本浪曼派〉に数えあげられる文学者のうち立項されている数を括弧内に示せば、保田與重郎（11）、伊東静雄（2）、田中克己（0）、中島栄次郎（0）、中河与一（133）、亀井勝一郎（3）、林房雄（159）といったところであり、中河と林が群を抜いて多いのは、それ以前から繋がりがあり、以降も関係が深かったことによるもので、それを例外として考えれば、川端からの言及は意外なほどに少ないし、そのほとんどが文芸時評において作品名を挙げるだけであったり、先行する評価として引用するだけであったりで、深くその文学に踏みこんだものではない。ましてや蓮田善明の属した『文芸文化』の同人にいたっては、清水文雄（0）、蓮田善明（0）、栗山理一（0）、池田勉（0）という具合に、川端からの言及は皆無である。十年以上に亘り文芸時評を続け、毎月多くの同人雑誌に目を通し、多くの新人発掘にも努めた川端であってみれば、やや意外の感もあるが、〈先の自負とは反対に〉上記の索引は〈固有名詞〉と言っても文学者の場合には人名に限って、流派名などは拾っていないので、たとえば横田文子の「白日の書」への論評の前に〈現代の頽廃といふことが批評に扱はれ、新人の作品に現れてゐる。「日本浪曼派」の同人諸氏には、この傾きの作家が多く、これまでのまた他の人々の頽廃とは、よほどぢがふところが、「日本浪曼派」の特色の一つともなつてゐる。それは頽廃に溺れるところはなく、現代に傷つけられた痛ましい嘆きで、鋭く真実を求めて行かうとするものであるが、さうしてこれは今日の一つの新しさであるが〉（「芥川賞予選記」昭和一一年九月）といった枕を振ったりもしているので、よりマイナーな作家や、流派に対する言及は探すことができるのかもしれない。しかしことを蓮田善明だけに絞ったとき、このように川端の側からはまったくの言及がないなかで、蓮田の側から川端への言及を拾えるのが、ここで取り上げている「小説の所在」なのである。

3 「小説の所在」の重要さ／不遇さ

「小説の所在」とは、その末尾に皇紀で〈二千六百年一月〜二月〉と記されてあることに従えば、昭和十五年の一月から二月にかけて執筆され、蓮田の二冊目の評論集となる『予言と回想』（子文書房、昭和一六年）に収められたエッセイである。

その『預言と回想』の中で「小説の所在」を取り上げるのは、もちろん今述べたように、そこに川端への言及があるからでもあるのだが、それを別にしても、「小説の所在」は『預言と回想』の頁数で言えば三分の二を占めているのみならず、既に述べたように『預言と回想』の口絵に写真が置かれたロダンの「考える人」と中宮寺の観音像の二つを比較した部分に多くを割いており、所収書の表題作となっていてもおかしくない作品であり、しかも唯一の書き下しであるという意味でも、『預言と回想』を論ずることは「小説の所在」を論ずることであるはずである。[*7]にもかかわらず「小説の所在」について論じた言及はきわめて少ない。

もちろん蓮田善明に関しては、周知のとおり、二十年間の封印があったこともあり、またその後もあまりに刺激が強すぎることもあってか、研究が充分に積み重ねられていない。したがって「小説の所在」どころか、それを収めた『預言と回想』についてもほとんど顧みられていないのだが、それでも『預言と回想』で直前に置かれた「詩と批評」（『文芸文化』昭和一四年一一～一五年一月）に関しては、三島由紀夫との比較という論点があることもあり、松本徹「古今和歌集の絆――蓮田善明と三島由紀夫」（『日本文芸の形象』和泉書院、昭和六二年。『奇蹟への回路　小林秀雄・坂口安吾・三島由紀夫』勉誠社、平成六年）や井上隆史「蓮田善明『詩と批評』について」（『三島由紀夫研究13　三島由紀夫と昭和十年代』鼎書房、平成二五年）のような論があるのに対して、「小説の所在」に関しては、それのみを対象とするような論考は管見では見つからないのである。

これは蓮田と言えばその死にざまと、それに繋がる古典論の方に関心が向いてしまうからではあろうが、単著としては『鷗外の方法』から始まり、小高根二郎によれば〈そもそも「小説の所在」は先著『鷗外の方法』の補遺として書かれたエッセイだった。〉（『蓮田善明とその死』）らしく、『鷗外の方法』の続編に位置する「小説の所在」への流れは、その最後の創作作品「有心（今ものがたり）」（『祖國』昭和二五年五月、六月）に繋がっていく彼の独特の小説観を明らめるためにも、もっと掘り下げられるべき流れだと思われる。

本稿もそこで、そうした流れを『鷗外の方法』の中の「小説について」から「小説の所在」、そして「有心」へと辿る流れを跡づける形で「小説の所在」の意味を確かめる中で蓮田と川端の繋がりを考察することを当初目論んでいたのだが、それのみを対象にして表題化したものではないものの、井口時男が現在連載している「蓮田善明の戦争と文学」の第十一回「一〇　戦地（六）――詩と小説の弁または戦場のポスト・モダン」（『表現者』平成二九年一月）、第十二回「一一　文学（三）――表象の危機から小説『有心』へ」（『表現者』平成二九年三月）が、同じ関心というのも烏滸がましい、より広い視野の中で精緻な分析を行っているので、そこに多くを付け加えられるものでもなく、本稿では副題のように論点を絞らざるをえなかったことをお断りしておく。

4　「小説の所在」の分かりにくさ／「小説について」から「有心」へ

さてでは「小説の所在」とはどのような内容の文章かということになるが、今名前を挙げた松本徹が〈もっとも蓮田の仕事には精粗がみられ、なかには、ファナティックと言はれても仕方のない文章があるのは、認めなくてはならない〉と述べているとおりの蓮田の仕事の精粗ぶりの中で、「小説の所在」の先行評の少なさは、この〈粗〉に当たるということの証左と取ればいいのかと思われるほどに、「小説の所在」は、なかなかに論旨を辿りにくい文章なのである。

たとえば小高根二郎はその評伝『蓮田善明とその死』で、〈論旨とするところは「素材に対して余りに早く文学を感じてしまふ」日本人の資質は、和歌や俳諧には適応するが、素材や体験の「積み上げや寄せ合せ」を要する小説には不向きである……という前提から、小説に関する限り西欧に学べと、国粋主義の善明にしてはまことに異色の説をなしている〉というふうに〈論旨〉を要約し、〈「少くともわれわれが小説を書かうとするには、人間や人生の、人間や人生であるあり方を、西欧人が自ら為したやうにもつとわれわれ自ら亦た身をもつてしなければならない」と、小説西欧模倣体験論を結論し「己に誠実ではあるが、それだけに却つて大いに客観的社会的な発展をもつた小説を要求する。ドストエフスキイのやうな、バルザックのやうな」／と結論している〉と纏めているが、こうした〈論旨〉では、既に1節の二つの影像の対照のところでも挙げ、後述もするような〈物語〉の重要性がまったく見えてこないだけでなく、〈小説西欧模倣体験論〉というわけのわからない命名のもとにまったく正反対の方向の結論を誘導してしまっている。

だが纏めにくいのは、一見閑話に見えてしまうような（しかしもちろん決してそんなことはない）二彫像の対照の話題が挟みこまれたりする展開や、〈気ほつたやうな語調〉（4）で、先にも引いた〈ファナティック〉（松本徹）な論調が迸り出たりする書きぶりや、5節のジッドのところでも見るように彼の言うリアリズムが分かりにくいし、日本の文学を〈探究する前に開眼してしまつてゐる〉（7。傍点原文）としつつ、その〈探究〉か〈開眼〉かという東西の座標とは別に、日本の現代の文学の中でも〈開眼〉できない小説が多いのだという、もう一つの座標があり、そしてそもそも〈小説〉を否定して〈物語〉だと言いながら、その当のテクストは〈小説の所在〉を述べようとしているというところで、テクスト内のコンテクストが非常に辿りにくいからでもある。それはまるで「詩と批評」において紀貫之について述べた〈彼の知見とその駆使は遺憾なく放胆にその独断ぶりを発揮してゐるのである。その意味では彼はまことに精確を欠き、信用を認められないのである。〉という蓮田自身の言葉が、そのまま当てはまってしまうようなものでもあるのだ。

さて（にもかかわらず）それに対して先にも称揚した井口論は、〈蓮田は、まず詩と小説とを厳密に区別する森鷗外論「小説の方法《ママ》」を書かねばならず、「小説の所在」でも最初に日本における近代小説の不可能という苦い認識から語り出さなければならなかった。〉というところまでは小高根と同じだが、その先で〈西欧の精神は執拗に地上を「探究」するが日本の精神はたちまち天上的なものに「開眼」するのだ。〉とし、〈蓮田が提唱するのは小説という近代の超克、「物語」の復権である。〉という具合にさすがに的確に蓮田の説かんとするところを纏めてくれている。

だがこうした理解によって「小説について」から「小説の所在」への流れは辿れたとしても、「小説の所在」において小説のあるべき在り方を論じた蓮田が実際にものした〈小説〉とは「有心」だけしかなく、そしてその「小説の所在」から実践としての「有心」へのコンテクストがまた辿りにくいというところで、「小説の所在」は、はなはだわかりにくいテクストとなっているのだ。

「小説の所在」から実作「有心」への流れを頭に置きながら、次の評言を読んでみたい。

要言すれば、彼は初め芸術的な高い要求といふものに対して、非常に傾倒するかの如く、そしてそこらの低い小説家を対比させて、それら小説家の創作方法へ揶揄的批評を浴せてゐたのに、彼自らは第一義的な創作を書かず又これに触れず、却つて、第二義者に対して所謂自己弁護の過程を検してゐる。彼は第一義的なものに憧憬しつつ、結局第二義的方法に此の一篇を献じたのである。これが此の小説であつた。

これは一読すると、〈彼〉とは蓮田のことであり、〈此の小説〉とは蓮田の「有心」のことであって、ここで〈それら小説家の創作方法へ揶揄的批評を浴せてゐた〉とされるのがまさしく蓮田の「小説の所在」についてであるかのようなそれこそ〈揶揄的批評〉に読めてしまう可能性があるが、実はこれは「小説の所在」に先行する「小説について」の中にある他ならぬ蓮田自身の言葉なのであって、森鷗外「ヰタ・セクスアリス」の〈金井君〉についての評言だったたのである。

（ここではそこに立ち入る余裕も能力もないが）そうした「有心」への流れも含めて「小説の所在」の勘所・肝の所在を明かすためには必要な、小高根の漏らしてしまった〈物語〉という論点を正確に掬い上げた先の周到な井口論でも（まだ連載中の論なので論っているわけではないが、今の段階では）漏れている、重要なキーワード・論点があるのだが、それこそが、蓮田が川端に言及したところに出てくる岡本かの子や〈いのち〉の問題なのである。

5　「小説の所在」における川端への言及／ジッドと「雪国」

さて漸く本論に入ったようなものだが、しかし本論というには紹介と予測にすぎなくなるかもしれない。しかし、川端康成を専門とする立場から研究史を〈回想〉しつつ蓮田論の可能性を〈預言〉しようとするものとして、興じていただければ幸いである。

蓮田が「小説の所在」の中で川端康成について言及しているのは三カ所である。純粋小説論が喧しかった後であり横光利一が多く批判的に取り上げられ、また前著で森鷗外を称揚した蓮田としては当然の対比として夏目漱石にも手厳しい言及が目立つなかでは、同列に扱われてもおかしくもない川端康成へは批判的言辞を弄しないのみならず、その相対的には少ない言及の中で、かなり好意的に受け取れる取り上げ方がされているのである。

そのことを分かりやすくするためにも、順序は前後するが、まず最初に、いちばん後の三つ目の言及から見ていきたい。蓮田は〈国民文学の伝統が現代に〉〈現れてきてゐ〉る〈いろいろな形〉を最後に〈少し語つて筆を擱きたい〉(20)という最終「二〇」章の中で、川端の（後に名作の誉れ高くなる）「雪国」（昭和一〇年一〜一二年一〇月）*8について、〈川端康成の「雪国」も「探究」を以てでなくて書くべきもの（あの女性）を全然骨法を取ちがへてゐるので「探究」で気取つて全然混乱してゐる。〉(20)と述べている。たったこれだけの長さであり、これに続けて岡本かの子がらみの言葉が少し続くのだが、それは後述するとして、一読すると〈全然〉〈全然〉と繰り返した語調もあって、全否定の厳しい評価にも見えてしまうところである。しかし、ここが〈現代の作家（僕の気づく数氏をあげて簡単に述べておいた。恐らく他にももつともとめられると思ふ。）達の中に「物語」（…）がいろいろの形で現れつつあつたといふことである。〉（あとがき）というのが最終章で挙げた作家達だとしたら、そこでは（さらに一章前で）〈藤村の憂愁のやり場は「小説」に於ては遂にどうともならず、かの子の方法に於て遂げられるであらう。〉(19) とされて斥けられた藤村を〈前述の通りである〉と片づけた後に、芥川に続けて川端が言及され、そして有島武郎、佐藤春夫、志賀直哉、三好十郎について述べることで、「二〇」章、つまり「小説の所在」一巻の筆が擱かれるという展開が取られているのであり、川端の「雪国」にも〈物語〉が感じられるのだが、惜しいことに書き方を誤っている、といった文意を汲むべきなのかもしれないのだ。こうした部分を憶測の形でしか言えないのが何とももどかしいが、それにも関連しつつ、いずれにしても否定されているその（蓮田の批判の尺度である）〈探究〉が行なわれずにどう描かれていればよかったのかということが何ら具体的に述べられていない以上、憶測を重ねていくしかないのだが、そのとき（分かるということではなく、分からなくても仕方ないのだということの）参考になるのが、「小説の所在」における二つ目の川端への言及となる、ジッドをめぐる部分である。

蓮田は「一七」章でジッドの「田園交響楽」を取り上げ、〈このジイドの作に似たものに川端康成の作品があるらしいが私は読んでゐない。谷崎潤一郎の「春琴抄」を以て言へば〉、〈春琴の方は「田園交響楽」の少女のやうであるが、これは佐助といふ現実に結びつき、佐助は自ら瞳を破つて盲目の世界に入り、そこに二つの魂が完全に結ばつてゐる。〉ことをもって〈ジイドのやうな、リアルからの抽象は行はれてゐない。〉(17) と論じているのだが、「春琴抄」にはジッド「田園交響楽」のような〈リアルからの抽象〉はない、と評価しようとする文脈の中で川端の名前が出てきたものであり、作品名も知らないなかでは、とても肯定的に取り上げられているようには見えにくい。しかし別の箇所（「一三」章）では、〈私の読み得た唯一のものは「花の宴」といふ題のみであるが〉(13) というように未読の作品でありながらも、[*9]〈私の云ふ「物語」であると想像した〉(13) と激賞したりもしているテクストの中では、（名前すら覚えられていない）川端の作品も、[*10]ジッドが〈リアル〉でないことを批判する文脈の中で（そして、それが未読で取り上げられないので、既読の「春琴抄」を〈以て言〉うという形で）取り上げられている以上、肯定的な評価がなされていると取ることは充分に可能なのである。

しかしそれにしても、この文脈からは、蓮田は近代〈小説〉のリアリズムを批判していたのではなかったのか、という混乱に読者は陥れられるところでもあるのだが、[*11]それにも繋がりつつ、ではこの佐助と先の「雪国」の島村との違いはいったい何なのか、という問題はどうしても出てきてしまおう。〈その感動から（探究はやめて）素材を見なければならない。〉(20)というのが蓮田の言う〈探究〉否定だとして、佐助と違う島村の近代知識人ぶりが批判されているのだとしても、駒子と直に向き合わない島村に対する批判は、それが島村批判なのか語り手（あるいは作者）批判なのか（つまり、別の場所では〈素材と素材との間に、己と素材との間に論理を追求しない。〉(3)という言葉もあって、〈素材を見〉るのは誰なのか）が分かりにくいなかでは、現代における不当なフェミニズム批評と同列の倫理を以ての裁断にも見えかねないのだ。[*12]そうした澄み切っていないテクストの中では、先の「雪国」のところなどのように憶測に留めざるをえない部分がどうしても出てきてしまうのである。

6 「小説の所在」における川端への言及／岡本かの子と〈観音〉

それに比すと分かりやすいのが、一つ目の言及に当たる、「一六」章での岡本かの子についてのものである。

この第一級的文学を現代に於て最初に書かうとしてゐたのは、岡本かの子ではないだらうか。私は最近の作では「丸の内草話」をとびとび読んだにすぎない。そして彼女に関しても友人の感想や川端康成の「かの子と作品」といふ文章を読んだきりであるが、彼女の今日までの閲歴の中には、観音の心をしり、和歌により開眼の文学とその技法に通じ、母の心豊かに、天性芸術の贅沢さを誰にも増して知つてゐたやうである。私は川端康成の引用してゐる岡本一平の追憶の中に、そのまま物語文学のコツを語つてゐる一節を見出して、殆ど愕然とした。

ここで言う〈第一級的文学〉とは、すなわち蓮田の言う〈物語〉たりえているものの謂いであろうが、ここも論理が錯綜していて分かりにくいところであり、整理をしている余裕はないので、文字どおりの最高級の文学という理解で進めていくが、川端の「かの子と作品」とあるのは、正確には「岡本かの子序説」（『日本評論』昭和一四年七月）[*13] のことである。蓮田が〈愕然とした〉とまで言う一平によるかの子の追想とは、以下のようなものである。

かの女は生涯、童心に伴つて何をもつても癒し難き人生の憂苦寂寞といふものを湛へてゐた。それに絞められるとき、かの女自身如何ともし難く、もちろん僕にはどうにもならない。ただそのときかの女の骨身の痛さを身のやうに察して「可哀想なカチ坊つちやん（かの女の家中の呼名）だなあ」といつて思はず眼に涙を泛べると、かの女は見て、「パパも泣いて呉れるかい、ぢや、もういいや」と自分の涙を拭いてあつさり切上げた。
（岡本一平「妻を憶ふ」川端康成の引用より再引用）（傍点原文）

この後蓮田は、〈彼女の前に岡本一平の為してゐることは彼女に於ては、かの観音のとつたポーズそのままではないか。〉と述べ、再度一平の文章をパラフレーズしながら引用し、そこに〈「五蘊皆空なりと照見して、一切の苦厄を度したまふ」（般若心経）といふきびしさ〉（傍点原文）を持ち、その〈きびしい「一切皆空」に於て観音は衆生の涙を自ら涙するだけ〉と、かの子が〈観音〉であることを説いていく。そして〈近来こんな日本的伝統的な文学智の姿を見たことは稀であると私は思つて瞑目した。〉と結ぶのだが、ここまで最大級に褒め上げる文学者（周到に〈小説〉〈小説家〉という言葉を避けている蓮田は、かの子を文学者とも呼ばないので、〈文学智〉とすべきなのだが〉を、しかし〈最近の作〉を〈とび〱読んだにすぎない〉ところで絶賛しているというところに驚かされざるをえまい。しかし彼が評価しているのは彼女によって書かれた内容ではなく、彼女が夫に対して行なった観音的救済の行為についてなのだ。彼女が何を書くかは未来に属することであり、ここではただ〈第一級的文学を現代に於て最初に書かうとしてゐた〉という形でまさしく〈預言〉的に可能性を示しているのである。すなわちここではかの子はまさしく中宮寺の観音菩薩になぞらえられているのだ。[*14] あれ（1節で紹介した、「考える人」と対照された半跏思惟像をめぐる話題）は閑話などではなかったのである。観音は、ロダンとの対比のためだけに持ち出されたのではなく、そこに文学の理想が仮託されていたのだ。

　そしてここではひたすら〈それは〈唯現在の僕の座右にはこの論文を十分に充たしたいだけの引証の資料となる本が無い〉（序詞）という形で戦地にあって執筆している以上は仕方のないことだが〉一平の文章を孫引きするためにのみ、川端は持ち出されているかのようであるが、実は三つ目の蓮田から川端への（「雪国」に関する）言及の中でも、同じ文章（「岡本かの子序説」）の別の箇所が引かれていた。〈「今は岡本さんを私の文学の先達ともし、師ともして、同じ方向に道を歩まうとしてゐる。私が久しく求めていまだ到り得ない境地を、岡本さんに見るのである。岡本さんの血脈が、自分にも貧しいながら通ふのを、かねて感じてゐた私云々」〉である。そしてこれに対して蓮田は〈聡明な告白であらう〉としている。これは〈文学の先達ともし、師ともして、同じ方向に道を歩まうとしてゐる。〉ということや〈岡本さんの血脈が、自分にも〉〈通ふ〉ということよりも、〈いまだ到り得ない〉ことや〈貧しい〉ことに向けたものかもしれないが、それでも川端が、蓮田の理想とするところのかの子に近い位置にいることを認めての発言に他なるまい。

7 川端康成と岡本かの子／蓮田善明と亀井勝一郎

多くを記憶に頼りながら執筆しているなかで、孫引きまでできるほどに川端のテクストを横に置きつつ、これをものしている以上、蓮田の視野には川端テクスト（「岡本かの子序説」）の他の箇所も当然入っているはずだ。

そこにはかの子を観音菩薩に見立てる蓮田の理解と繋がる〈縹渺とした慈悲の円光と霎靆とした肉感の蠱惑とを兼ね具へた古仏像には、岡本さんの夢見た美女の姿があるのだらう。〉といった言葉や、〈岡本さんは厚化粧のために、かなり損をしたが、よく見るとあどけなくきれいで、豊かな顔をしてゐた。それが泣き出すと、一層童女型の観音顔になつて、清浄で甘美なものを漂はす時もあつた。〉という言葉が拾えるのであって、（そこまでの十五章で紆余曲折しながら辿ってきた論理の着地を促すかのようなナビゲートを果しているかに）蓮田に論の終結の方向の示唆を与えたように思わせるほどだが、期せずして両者が同じ理解を持ったと捉えても構わない。いずれにせよ両者の共振性・シンクロナイズをここにわれわれははっきりと見ることができるのである。

そしてそれは蓮田と川端の二人のそれにとどまらない。実は川端の「岡本かの子序説」には、亀井勝一郎の「時評」（『文芸』昭和一三年四月）、「牡丹観音」（『新日本』昭和一四年三月）、「滅びの支度」（『文芸』昭和一四年六月）という三つの岡本かの子評が紹介され引用されているのだが、そこには〈死を描いて生命への讃歌だと云つたパラドックスの意味を最大限に表現した〉（「時評」）、〈かの子氏は仏教の教義については一言も触れず、ひたすら生命の美しさ激しさに就いてのみ述べた。〉（「牡丹観音」）、〈生命の華かな無目的な浪費が贅沢の神髄であるといへる。〉、〈巴里で点火した生命の火を、数年の間に燃え立たせながら、あつといふ間に死んでしまつた岡本氏〉（「滅びの支度」）といった言葉が出てきている。川端は岡本かの子をめぐって〈いのちへのあこがれ〉〈生命の美しさ激しさ〉〈生命力は豊饒〉〈大きい積極的な生命〉〈生命の贅沢な溢れ〉〈生命の極光〉〈生命の哲学〉という具合に、〈いのち〉〈生命〉と連呼し続けていたのだが、しかしそれもまた岡本一平だけでなく（またもや）亀井勝一郎の言に促されていたかのようであることがここからは見えてくるはずだ。さらに亀井の「牡丹観音」というエッセイの表題が如実に示すように、川端の先のようなかの子＝観音理解もやはり亀井に促されている可能性もあるのだ。深澤晴美「川端康成と岡本かの子」（田村充正・馬場重行・原善編『〈川端文学の世界4〉その背景』勉誠出版、平成一一年）による精緻な整理や、前掲「川端康成全集固有名詞索引Ⅳ日本文学（近代）篇2（え〜く）」（「作新国文」平成七年一二月）を参照すれば、川端のかの子への言及の最初のものである「「鶴は病みき」の作者」（『文学界』昭和一一年六月）にも、二番目の「文芸時評　1成功した早教育——豊田正子『小山田三五郎』」（『東京朝日新聞』昭和一三年一一月三日）にも〈生命〉というキーワードは出てきておらず、初めて登場する「文学の嘘について」（『文藝春秋』昭和一四年二月）の前に、亀井の「時評」（昭和一三年四月）があったのである。こうして川端から蓮田へのラインのその前に亀井から川端への太いラインが見て取れ、そしてそれは川端の自己規定にも影響を与えていくのだが、それは今は措いて、こうしたかの子における〈生命〉を重視する見方は、蓮田が参照し（直接川端にではなく一平にだが）感銘を受け引用した「岡本かの子序説」の中に明らかであるにもかかわらず、蓮田は彼らが連呼した〈生命〉という言葉を岡本かの子に関しては表立っては使っていないことが興味深い。手垢がついているので避けたかったのかもしれないが、〈「私自身の生命を洗ひ清めたいと云ふ、虫のいい欲求〉（序詞）、〈文学と生命にさす新しい光り〉（序詞）、〈「放棄」した後の「生命」〉(19)という具合に）実は「小説の所在」の中でも〈生命〉は重要なキーワードとして嵌めこまれているはずなのにである。そのあまりの不自然さは、1節に見たもしかしたら亀井の名前を意図的に隠蔽しているのではないかという可能性を再度浮上させてくる。

そして、そうした邪推を促すのは、この「小説の所在」を締め括る際の亀井勝一郎の持ち出し方である。本論を締めくくるべくその前の「一九」章を一章まるまる使って長々と亀井の「教育小説」（『新潮』昭和一四年九月）の全文を引用した挙句、時折り強い痛罵も交えながら批判するのに当てているのだ。「一九」章は〈現代の文学的転生を考へた一つとして私は亀井勝一郎の意見を引かう。（他にも必ずあるだらうが）〉（19）と始まっているが、情報の少ない戦地ゆえに手元にあったものを引いたのであれ、〈他にも〉〈ある〉なら使えばいいのにわざわざ亀井を使っている、という風に悪意を読むべきではないにしても、しかしそれに続く最後の章を始めるにあたり、〈一つの深い試みの一つとして亀井勝一郎の意見を分析して批評を加へたが、亀井の試みは成功してゐないやうである。私は進んで私自ら語つてみたい。〉（20）と書いているのであって、初めから自説を展開するだけでも良かったところを、その補強のためとはいえ敢えて批判するためだけに、亀井を持ち出したのではないかと思えてしまうのである。そうさせるほどに蓮田の亀井への筆鋒は鋭い。まずは、〈亀井は、戦争を「宿命」と見て、（…）「戦争と自我と対立させつつ平衡を」保たうとするといふのには同意できない。〉（19）と異を唱え、〈われわれは「宿命」などを見てゐるのではない。そんなことを考へるのが非常に低級で愚劣で卑しいことと思ふのである。〉（19）と鋭く痛罵をし、〈こんな風に「軍人の死」を考へたりされるのは不快な気がする。〉（19）と不快を表明するのである。この蓮田の亀井への批判は論文全体を通してかなり目立つものである。[*15] そして、にもかかわらず、亀井の他の、自身もそれに拠っていいそうな、つまり名前を挙げて称揚してもいいようなところでは、わざとのようにその名前が伏せられているのである。

　さてしかしそのこともまた断定的な意見を寄せるのは難しく、ましてや門外漢には不可能であるので、ここまでの指摘と予測とに留めて、本論もまた終結の方に向かわせよう。

8　蓮田善明と川端康成／影響と共振

蓮田善明と川端康成をめぐって以上に見てきたことからは、憶測の域を出ないものの、明らかに蓮田にあっては川端康成を決して低くは評価していなかっただろうということが見えてきて、少なくとも2節に見たようなところでの共鳴が蓮田の側にはかなりの部分あったのではないかと、感じさせる。

そうだとしたときにそう為さしめたものは何かということになるし、本来はそこにこそ論点を絞ることで本稿は為されるべきだったのかもしれないが、ここでもまた予測を述べるにとどめざるをえない。

昭和十年代の川端は、戦時下ということもあり、「雪国」を完成させるための苦渋の模索期と見做されることが多く、綴り方の選者を務めたり、出発以来の文芸時評に精力を傾けていたりしていることも、停滞の結果であるかのように軽視されがちで、後者に関しては川嶋至「文芸時評家としての川端康成――新人発掘者としての川端」（『国文学』昭和四一年八月）や、岩田光子による紹介を中心とするような仕事[*16]以外目立った研究は為されていないが、実はもっときちんと整理し跡づけていくことが必要なはずである。そして蓮田が川端に関して具体的な作品を挙げたのは「雪国」だけで、同定できるのが『女性開眼』（あるいは「美しい旅」）のみなのだが、（ここでも亀井の場合と同じようにか）蓮田は直接名前を挙げることをしないものの、川端の時評類を読んでいるのは当然として、実はかなりの共感を寄せていたのではないかと推測されるのである[*17]。それは片方から片方への影響というよりも共振とでも呼ぶべきものであるが、少なくとも川端研究の側からは、蓮田の「小説の所在」の言葉から照らし返してみることで、先に述べた等閑視されてきた川端の時評類の言説の持つ意味やその抱える問題の大きさが改めて浮き彫りになってくるのだ。

ところで、そうした影響の双方向性あるいは複線性とでもいうべきことに関連して、先に川端の岡本かの子に関する言説について、蓮田が川端に拠ったように、川端もまた一平や亀井に促されていた可能性に触れたが、川端はそこからさらに自身の文学を〈生命〉への憧れを描いたものだと自己規定していく。〈ものを実写し、直写し得るのは私達でなく、女と子供だけではあるまいか。わが文芸に欠けているのは、寧ろ成人的なものと男性的なものであるにしろ、児童的なものと女性的なものとは、この自然と共に常に生命の明るい鏡であり、新しい泉である。〉（「本に拠る感想」）と言った川端は、自分の〈悉くの作に一貫してゐるものは、或ひは人は意外とするかもしれないが、生命の輝きに対する、憧憬と讃美の心に外ならぬ〉（「「花のワルツ」と「雪国」」昭和一二年三月）と述べ、〈私は頽廃や虚無を主題として書いたことは一度もない。生命への一種のあこがれが、さう誤り見られるだけの話である。〉（川端康成「小説と批評」昭和一四年五月）だとするのである。このように結果的に岡本かの子と川端康成は〈生命〉というキーワードで繫がるようになってはいるが、そこにはそれを促す他者からの理解・言説が介在していたのだ。その〈嚆矢としてではなくとも拍車をかけるものの〉一つとして先の蓮田の言説が作用していたとするならば、本稿のテーマとして甚だ興味深いところであるが、残念ながらその特定をすることはできないし、そもそも限定不能の同時代的な幾つもの言説の波の中に作家たちはいるのだ。そのことは、仁平政人が以下のように川端への周囲の影響を正しく読むべきことを鋭く提唱していたとおりなのである。

仁平は、ここで見ている昭和十年代より遡るが、川端の「新進作家の新傾向解説」（大正一四年一月）などについて、〈ここに見られるのは、世界的な同時代性の意識に立脚しつつ、西欧の先端的な動向を「東洋の伝統」と重ね合わせ、さらにはその「西洋」に対する優位性を主張しようとする論理に他ならない。〉としつつ、それらが〈川端の固有の志向性を示すものとして取り上げられる傾向〉に対して〈ドイツ表現主義（および「ダダイズム」など）を「東洋」や「日本」の〈伝統的な文化〉と重ね合わせるような動向は、広範に認めることができ〉る以上、〈初発期川端における「東洋」に対する志向とは、同時代の「表現主義」言説との交通を通じて形成された、「新しい表現」への志向と対応する前衛主義的な立場――一種の「伝統的最先端の視線」――として再定位する必要がある〉と指摘し、〈以降の川端の「東洋」／「日本」をめぐる語りは、基本的にこうした文脈の延長上において形づくられていく〉（「初発期川端康成の批評」『川端康成の方法』東北大学出版会、平成二三年）と述べていた。

蓮田善明にも通じる東洋／西洋の問題がまさしく川端康成のものでもあったことを明かしてくれているために長い引用になってしまったが、仁平の言うように、一人の作家の文学観なり小説観なりが、他の一個人からの影響だけで成り立つものでもなく〈同時代の〉〈言説との交通〉の中に位置づけられること、そのことを重々わきまえた上で、しかしそうした同時代状況の中で作家を正しく定位させるためにも、一つひとつの影響関係、あるいは類縁性を確認していくこともまた必要であり、本稿がその一助となれば幸いに思う。

注

1　後に引くとおり亀井の古典的書物もあるように、文化論的に面白い話題であること以上に、実は日本文学に関してはその背景の歴史（古典）を見よという蓮田が、では近代のロダン作品の背後の歴史を等閑視して表層のみを比べようとするあり方を面白がることもできよう。

2　そうした素人の呟きが自慢げであっても微笑ましいのだが、坂巻正美「イメージの力――「考える人」と「弥勒菩薩半跏思惟像」をめぐって――」（「美術解剖学雑誌」平成九年一二月）のように、堂々と副題に掲げたテーマのプライオリティを検証することなく論が進められ、結果、蓮田はもとより以下に見る亀井にも目が届かないでいる美術史の専門論文もあるので驚かされる。

3　全集解題によると初出誌が挙げられていないので書き下しだと思われる。

4　あるいは〈直ちに〉〈連想させられる〉という言い回しからは亀井のオリジナリティ・プライオリティを批判し

ているかにも取れないこともないが、今はそれを斥けておこう。

5　これは既に井口論が引き〈芥川龍之介の遺書の一節がよぎっていたかもしれない〉としていたが、井口はそこから伊東静雄との類縁に論を進めてしまっている。

6　しかもそのノーベル賞受賞記念講演の「美しい日本の私――その序説」（昭和四三年一二月）の中で引用されたことが「末期の眼」が注目される契機だったのである。

7　全集不備で解題もなく書誌情報も不明だが、そして日記類も小高根二郎『蓮田善明とその死』（島津書房、昭和五四年）に引かれているものしか見られないのだが、〈収録作品は、（…）それに最新作である「小説の所在」と「預言と回想」（「文芸文化」昭和十五年六月号）を加えて一巻としたものである。〉という記述から見るに書き下しかと思われる。

8　この初出を見ても分かるようにこの時点では完結前だったのであり、蓮田は旧版『雪国』を対象にしていたはずである。ちなみにこの旧版は出征兵士が戦地に持っていくことの多い本のうちの一冊だった。あるいは〈あの女性〉という書き方は名前の失念というより、まだ〈駒子〉という名前が与えられていない段階での雑誌分載初出を読んでいたのかもしれない。執筆時には初出で言えば「手毬唄」（昭和一二年五月）までが発表されている。いずれにせよ旧版『雪国』は現在からのパースペクティブでは未完であり、だから本当は今なら蓮田も完結版『雪国』を一番に評価したのではないか、という期待を、蓮田の評価基準が不明ながらも感じさせる。しかし『雪国』ものように完成形になるにはまだ十二年もの年月が必要だったのであり、そんなことは夢想にすぎないのは勿論である。

9　これは枕草子をめぐって〈物の名に向つて「文学」を嗅ぎ取らうとし、或は「文学」を負はせようとする異常なまでの心象〉(2)を称えた物づくし的な営為であり、そしてかの子の場合にも作品を読まずに逸話から〈「文学」を嗅ぎ取〉っているという意味で同じなのである。

10　盲目の少女を扱った川端の作品とは、蓮田の執筆中には第八回までが連載されている「美しい旅」（昭和一四年七月～一七年一〇月）か、既に刊行されている『女性開眼』（昭和一四年）が当たる。

11　そして本来は、そうした蓮田の小説観・リアリズム観を、川端を含めた周囲の時評類と比べながら明らかにしていくことが「小説の所在」には求められているのだが、ここでは立ち入る余裕がない。

12　別の場所で〈「天の夕顔」や「愛と死」の男の場合のやうに男自らをも女と相並んで扱つてゐるのとは異る。私の言ふ第一級的物語に達してゐる。〉（16）と伊勢物語の〈昔男〉のことを論じており、ここからは「雪国」でも、島村という視点人物自体が不要だと評価しているようにも見えるが、そうだとしたら佐助が最大級の評価を受けることとの違いが見えにくいのである。

13　初出題は「岡本かの子」だが全集解題によれば目次には確かに蓮田が書くとおり「かの子と作品」と記されていた。

14　観音の機能というのは、自分は何もせず、衆生に寄り添って一緒に泣くことであり、衆生の方がそのことによって自立的に解脱する、ということであるのなら、この岡本夫妻のもらい泣きエピソードにおいては、苦しむ衆生＝かの子に、何もしないがかの子の中に入ってきて一緒に泣く観音＝一平、それによって救われる衆生＝かの子ということになるはずで、実はこの理解は、後に見るかの子＝観音とする亀井や川端とは一線を画しているはずである。

15　「一二」章での佐藤信衛批判も痛烈ではあるが、亀井への批判はそれに次ぐものだろう。しかし量としては亀井に対するものの方が一章まるまるという意味で長いし、そして論の終結部だという意味でより目立つのである。

16　岩田光子は十回に亘って紀要連載した「川端康成の文芸評論」を『川端康成――後姿の独白――』（ゆまに書房、平成四年）の中に纏めている。

17　そう推測される、蓮田が共鳴しただろうと想える川端の時評類の数例を以下に列挙しておく。
〈我々にはとても書けないと思へる作品が、世界のどこにだつて、さうザラにあつてたまるものか。――そんなことを考へる暇に「光は東方より」と題する長篇小説でも書いて、東方精神の勝利を歌つたがいい。〉（「文壇天声人語」大正一三年一〇月）
〈土台わが国の文壇には、近代文学の精神なんてありはせんのである。〉（「文芸時評」昭和一〇年一二月）
〈或ひは純文芸雑誌に後方進軍すべし。小説も一度万葉に還れ。古事記、祝詞、宣命に還れ。さうして文学者は

一度純文学雑誌に総退却すべし。〉（「純文学雑誌帰還説」昭和一〇年二月）

〈しかし私の日本文学貧弱説は、例へばアンドレ・ジイドなどは断じて第一流の作家ではないといふ標準に於てである。私が常に不当に辱められた自国文学の味方であつたことは、既に諸家の知る通りである。〉（「純文学雑誌帰還説」昭和一一年二月）

〈その国の現代文芸とかくも交渉薄い古典文芸学者は、欧米にその比を見ず、日本文化の奇怪な特色である。〉（「本に拠る感想」昭和一一年三月）

〈八方やぶれの構へ、隙だらけの無造作な書き方が、実は最も天衣無縫の趣きを備へるといふことは、迂闊に見ては過せぬ面白さである。なにをどう書かうと、犯し難い小説となるところに、長い鍛錬の果てを思ひ、日本人の勘が西洋流の構成を必要とする小説を踏みつけてゐる姿を見る。これもまた日本の作家の行く末の一つの象徴であらうが、この後の作家にも許されるかどうか。西洋を離れて、日本に還らうとする今の動きが、小説なるものを果してどんな形に生み変へて行くか、余程興味の深い問題である。〉（「今日の小説」昭和一四年一月）

蓮田善明と保田與重郎――『文芸文化』と『日本浪曼派』の間

坂元昌樹

はじめに

〈我等はもはや伝統について語る必要を認めない。伝統をして自らの権威を以て語らしめ、我等はそれへの信頼を告白し、以て古典精神の指導に聴くべきである。／伝統については屢々語られもした。然し伝統をして語らしめ、伝統の権威への信頼を語りしものは近来未聞に属する。これ今日の義務ある営為として我等に課題するところ、本誌の刊行によって、その達成を期しうれば、以て冥するに足る。〉

雑誌『文芸文化』（一九三八年七月発刊～一九四四年八月終刊）の「創刊の辞」（池田勉）の一節は、この雑誌の基本的性格を提示する言説として広く知られている。この一節は、しばしば雑誌『コギト』創刊号（一九三二年三月）の「編輯後記」における記述〈私らはコギトを愛する。私らは最も深く古典を愛する。私らはこの国の省みられぬ古典を愛する。私らは古典を殻として愛する。それから私らは殻を破る意志を愛する。〉などと比較されて、雑誌『文芸文化』のグループと、雑誌『コギト』並びに雑誌『日本浪曼派』（一九三五年三月発刊～一九三八年八月終刊）のグループとの関係性を説明する際にも援用されてきた。例えば、この両雑誌の文学史上の関係性について、早く大久保典夫は〈『文芸文化』が昭和一三年七月創刊され、『日本浪曼派』が翌月廃刊に追い込まれていることは、単なる偶然とはいえない象徴的な事件だと思う。（中略）戦時体制の変化が、『もはや伝統について語る必要を認めな』くさせたと言っていい。かつての日本浪曼派のように、『文明開化』の世相への反語として「伝統について語る」ことが意味をなさなくなり、聖戦の理念を求めてひたすら『古典精神の指導に聴くべきである』とした〉と評している。[*1] ここでは雑誌『文芸文化』の登場は、雑誌『日本浪曼派』の終刊という事実といわば一対のものとして理解されている。この雑誌『文芸文化』の思想を体現した存在を国文学者の蓮田善明（一九〇四―一九四五）に措定し得るとすれば、一方の雑誌『日本浪曼派』の思考を代表した存在を文芸批評家の保田與重郎（一九一〇―一九八一）に定位可能であることは周知の通りである。以下の本論では、蓮田と保田を比較対象として、両者の日本文化をめぐる知的背景と思想的位置についての考察を試みたい。

1　文化的トポスの問題

蓮田と保田とによる日本の古典文学や文化についての言説には、多くの顕著な差異がある。その一つに、両者の生育し思考した環境に由来する差異があり、両者の思想を検討する際にも看過することはできない。蓮田善明は一九〇四年七月二八日に熊本県鹿本郡植木町（現在の熊本県熊本市北区）に生まれ、植木尋常小学校に次いで熊本県立済々黌中学で学び、同校を一九二三年に卒業するまでを熊本で過ごした。蓮田は、同年に広島高等師範学校文科に入学し、以後、一九二七年に卒業するまで広島での学生生活を送ることになるが、蓮田の場合に、郷土としての〈熊本〉という空間がその思想形成にどのような影響を与えたかは議論の余地がある。小高根二郎は蓮田の〈郷土の環境と血筋〉について、〈西南戦争の戦場であった植木町という〈硝煙が沁みこんだ土地に産声をあげた善明が、硝煙の中で文学をする運命を生れながらに担っていた〉として、〈尚武〉の土地柄の中で〈硝煙の余臭がいぶる環境に、血気の気質をうけて生育した〉と記述している。[*2] しかし、蓮田のテキストには、一般にその出自である〈熊本〉と日本の古典文化への関心を直接的に結びつける要素は乏しいように思われる。小説「有心」を別とすれば、そもそも〈熊本〉という空間に言及した著作そのものがごく限られている。

しかし、その数少ない例外の一つに、森本忠著『神風連のこころ』（国民評論社、一九四二年）についての紹介文「神風連のこころ」（『文芸文化』一九四二年一一月）がある。蓮田は、済々黌中学時代に神風連一党の遺子であった教師の石原醜男に引率されて神風連一党の桜山墓地を訪れた経験に触れつつ、その石原醜男の話が〈非常に清らかな、そして絶対動かせない或るものを、今日まで私に指し示す〉と述べている。そして〈神風連の人々は非常にふしぎな思想をもつてゐた〉と述べた上で、その〈神風連〉の〈思想〉について以下のように評価する。

〈かういふ清純な「攘夷」とは、日本の無比の歴史を受け、守り、伝へる心なのだが、今日も此の思想は理解されること少く、遠巻きにして唯頑迷固陋偏狭といふ罵言のみを投げ与へる者が専らである。これは国学者達が次々と伝承してきた根本思想で、その点最も忠実に信じて最後まで、世間の目には狂態めくまで守り通したのである。しかし神風連の国学は、学問的中心たる林桜園（河野通有を祖とす）に出で、桜園は本居宣長の学統をひく長瀬真幸に出でるが、桜園も真幸も根本的には高本順の門人である。而して高本順は、阿蘇に隠棲し、阿蘇家の古文書や阿蘇霊峰によつて、独自に既に国学精神を覚り得たのである。（中略）この肥後の国学の統流といふものは更に今日考究を要するものが多い。〉

この文章の中で、蓮田は、宣長の国学を継承しつつ独自の発展を遂げた熊本肥後藩の藩校時習館教授の高本順（一七三八—一八一四）から長瀬真幸（一七六五—一八三五）、そして林桜園（一七九八—一八七〇）へと至る〈肥後の国学の統流〉に言及している。蓮田はこの紹介文の中で〈肥後の国学の統流〉についてさらなる追尋はしていないが、蓮田の日本の古典文化への関心の知的背景を〈熊本〉の国学的伝統と接続し得る可能性を提示する点で、きわめて興味深い文章であり、石原醜男経由の神風連をめぐる国学の知識の受容とともに注意されるものである。[*3]

一方で、保田は、一九一〇年四月一五日に奈良県磯城郡桜井町（現在の奈良県桜井市）に出生し、同地の桜井尋常小学校から奈良県立畝傍中学校を経て、一九二八年に旧制の大阪高等学校に入学し卒業するまで、自宅のあった奈良を基本的に生活の拠点としていた。その保田に関して従来から反復して指摘されてきた特性の一つに、その自己の生地である大和地方に対する強力な賛美と愛着がある。橋川文三によってかつて〈郷土ショービニズム〉として命名されたこの傾向は、一九三〇年代から四〇年代に至る保田の批評テキストに頻出している。[*4] 例えば「日本の橋」（『文学界』一九三六年一〇月）において、保田は、〈自分の生国〉である畿内大和地方とその〈風土〉の〈ときめくやうな日本の血統〉に対する愛着を語っているし、同様に、評論集『戴冠詩人の御一人者』（東京堂、一九三八年九月）の著名な「緒言」でも、〈生を日本の故国に享けた私は、その年少の日々の見聞と遊戯に、国の宮址を知り、歌枕を憶え、古社寺を聞いた〉として、自己の生地としての大和桜井が占める文化上の特権的位相を強調する。また、代表的著作として知られる『万葉集の精神』（筑摩書房、一九四二年六月）の「序」の中でも、〈著者は万葉集の詩人たちの故郷を、わが少年の日の郷土として成長したものであつた。世界文明に於ける最も古い根源の風景の中に育くまれた著者〉として自ら賛美しながら、〈郷土〉としての大和地方に対する深い愛着を示している。いわば、保田による日本文化に関する批評の多くは、いずれも何らかの形式において〈日本の故国〉である大和地方に対する愛着に立脚していると言っても過言ではない。

この大和地方桜井の地に対する保田の賛美感情の構造を示すのが、雑誌『楽志』第弐集（楽志会、一九三二年八月）中に収録された「郷土といふこと」と題する初期文章である。『楽志』は、桜井尋常小学校の同窓生有志によって組織された同窓会である楽志会の発行誌であるが、この中で東京帝国大学在学中の保田は、自己の生育した大和地方の持つ文化的特権性を以下のように語っている。

〈大和は日本民族の独自の文化の最も大きい郷土なのだ。芸術もこゝが揺籃だつた。万葉集・古事記・日本書紀等皆こゝで生れた。推古・白鳳・天平・弘仁といつたわが芸術史上の黄金期の作品はすべてこゝにのみ残つてゐるといつて過言でない。又貞観・王朝・鎌倉のものも多くの傑作を残してゐる。その他の精神文化の源泉もこの地に萌芽をもつてゐる。即ち大和は日本文化の郷土なのだ。そしてわれわれが郷土を考へることは、個人の郷土と共に民族文化の郷土を考へることゝなる。そしてかゝる郷土観こそ特にわれわれにとつて切実な問題なのだ。〉

保田にとっての〈郷土〉としての〈大和〉は、同時に、記紀万葉の時代から奈良平安の〈わが芸術史上の黄金期〉を経て中世に至るまでの〈日本文化の郷土〉として示される。保田の論理においては〈個人の郷土〉を語ることが即ち〈民族文化の郷土〉を語ることであり、両者は不可分である。このような保田の〈郷土〉認識と、例えば同時期の小林秀雄「故郷を失つた文学」(『文藝春秋』一九三三年五月)において語られた「故郷喪失」の意識との距離は明白であろう。ここには、保田にとっての現実の〈郷土〉としての大和地方が、理念上の〈郷土〉としての〈大和〉へと融合・重層化され、それら両者に関する語りが恣意的に接続されていく、「日本の橋」以降の日本文化論における保田の発想の基本構造が既に顕在化している。保田の〈郷土ショービニズム〉は、そのような〈個人の郷土〉と〈民族文化の郷土〉をめぐる方法的同一化の操作に立脚するのである。

『戴冠詩人の御一人者』から『万葉集の精神』に至る一連の代表的評論集において、この〈郷土〉に関する方法的操作は一貫している。そこで保田が唱える〈日本の血統〉とは、いわばこの二重化された〈大和〉の〈血統〉であると言ってよいだろう。さらに、評論集『風景と歴史』（天理時報社、一九四二年九月）に収められた多くのテキストの時期に至ると、同様の〈郷土〉に対する操作を背景としながら、〈歴史〉や〈文学〉と一体化した〈風景〉をのみ是認するという、独自の〈風景〉認識が集中的に語られていく。そこでは、長大な〈歴史〉の連なりの上に立つ保田の〈郷土〉である大和地方が、最高の〈風景〉として称賛を受けることとなる。

このように、保田にとっての〈郷土〉としての大和地方は、その批評活動における決定的な重要性を持つ文化的トポスとして示される。しかし、一方で蓮田の場合、保田における〈郷土ショービニズム〉に対応する家郷としての〈熊本〉に対する愛着は顕在化することはない。蓮田の日本の古典文化への関心の知的背景を肥後国学の知的伝統と接続し得る可能性はあるものの、それらが保田のような〈郷土ショービニズム〉の構造を保持していないことは明らかだろう。少なくとも蓮田が、保田とは異なる形で日本の古典文化への知的関心を形成しなければならなかったのは確かである。蓮田と保田による日本の古典文学や文化への関心のあり方を比較検討する際に、この両者の文化的トポスの個別の検証はさらに深化される必要があるだろう。

2 〈外地〉との交錯の問題

蓮田と保田による日本の古典文学や文化についての言説は、共通して一九三八年ごろに大きく変化したように思われる。蓮田の場合、一九三三年に創刊された研究紀要『国文学試論』第一輯（一九三三年九月）での「真福寺本古事記書写の研究」に始まる文献学的・註釈的な性格の強い論考の時代を経て、一九三八年における「日本文学の会」結成を契機として、「本居宣長に於ける『おほやけ』の精神」（『国文学試論』第五輯、一九三八年六月）を皮切りに、月刊雑誌『文芸文化』創刊号掲載の「伊勢物語の『まどひ』」（一九三八年七月）などの蓮田自身の対象への価値判断を全面的に提示した古典文学に関する評論へと至ることになる。一方、保田においては、一九三八年ごろは評論集『蒙疆』（生活社生活社、一九三八年一二月）所収の諸テキストが執筆される時期であり、それらの批評においては、近代世界内部におけるヨーロッパによるアジアに対する一方的な支配の歴史と、それに抵抗してアジアの〈精神〉と〈文化〉を防衛する日本という構図が繰り返し出現することになる。それらの諸テキスト中の近代西洋のアジアへの支配と搾取に抵抗する日本という構図は、西洋中心の政治的・経済的・文化的ヘゲモニーの世界的変革を意志して行動する日本という認識と重層化しながら、保田の世界史的な認識を提出している。

この蓮田と保田の一九三八年ごろの知的姿勢の転換の背景には、日本を取り巻く歴史的な情勢変化があったことは言うまでもない。しかし同時に、その変化の要因の一部として、両者がそれぞれの形で当時の日本にとっての〈内地〉に対する〈外地〉＝植民地における経験を経由していることが興味深い。蓮田は、その伝記から明らかなように、一九三五年三月の広島文理科大学卒業後、同年の四月から一九三八年三月までの三年間を台湾の州立台中商業学校の国語教師として台湾台中に滞在している。台湾滞在中の蓮田の動静を知る資料として蓮田自身による日記（『台中日記』）が存在するが、この日記中において、蓮田は自らの台湾での生活を以下のように総括している。[*5]

〈自分が台湾にきたのは、スサノヲノ命や大国主命が根国を神避らはれたやうにして、自らをここにすてたのである。肉体的に蝕まれ、起ち上る力のなくなつたものは、かうして捨てるにふさはしかつたといつてよい。三年前の自分は肺門を犯されてゐた。あの激動を自分は忘れることはできない。しかしそれは幸にして一年半でなほつた。活力も出た。／けれど、何といふむなしい自分を自分は味はつたことか。自分は肉体の絶望を早計した。いや事実さうであつた。これは、余り、自分を他にまかせきつたからであつた。そして結果として、この台湾を、又台湾を通じて支那や、南方の植民地的な世界を、そして、かういふ世界に向つてのびてくる世界の手をみることができた〉（『台中日記』昭和一三年二月一五日）

蓮田によって、台湾での三年間は、〈むなしい自分を味はつた〉期間であり〈肉体の絶望〉を〈早計〉した時期であったと同時に、〈台湾〉だけではなく〈支那〉や〈南方の植民地的な世界〉そして〈かういふ世界に向つてのびてくる世界の手〉を認識する経験となったと語られていることが興味深い。広島文理大学を卒業後に東京か京都で就職したいと希望していた蓮田が台中商業学校へ着任した主要な理由として、蓮田の伝記研究では、病気治療（肺門リンパ腺炎）と経済的事情（奨学資金の返済）の二つが挙げられてきた。[*6] 偶然的な契機が介在した台湾行であったにせよ、この台湾での三年間の教師経験が持つ蓮田の思想形成における重要性に十分に注意が払われる必要がある。蓮田による日本の古典文学と文化への関心が、同時代状況の変化と並行して深化した時期であると推定されるからである。蓮田は、さらに〈内地〉への帰還に際して、以下のように自らの将来について述べている。

〈もちろん、自分は単に内地に帰るのではない。自分は世界へ行く。益々世界へ行く。と同時に自主の地位に上る。そのための一つの行動としての上京である。勉強もそれを中心にする仕事である。単に学界に近づいたり、単に勉強のし易い環境に行くのではない。（中略）自分を世界精神と自主精神の数字にまで抽象しつくさう。そこに自分の生かし方がある。／日本を守り、日本のために進んで戦ふ思想でなければならない。それは、すでに昨年七月以前に於ける小国民根性でない。現在の日本の現実は、今までの日本が知らなかつた大きな摩擦をなしてゐる。かつての日清戦争ともちがふ。その時は追ひ払へばすんだ。今度は進んで入らうとする。そしてそのために世界に大きな波を起させ、その波の中心たらんと意志してゐる。／軍事力や政治力の問題にそれはとどまらない。それらでさへも、あくまでそれが文化の問題としてであるところに今日の大いなる意味がある。軍事力や政治力をうごかす日本人の対世界の態度、その中にある人間的人類的態度、この態度に裏づけられた日本の自主、自由。〉（『台中日記』昭和一三年二月一六日）

〈自分は単に内地に帰るのではない。自分は世界へ行く。益々世界へ行く。〉という記述は、その後の国文学者としての蓮田の展開を検討する上でも興味深い記述である。〈世界精神〉や〈自主精神〉という語の使用も含めて、当時の蓮田の思想的拡がりをも推測させる。同時期の中国大陸での戦況の情勢の変化に対応しながら、この『台中日記』の記述からは、蓮田における〈世界〉と〈日本の現実〉についての認識が、ある意味では〈台湾〉という〈外部〉での経験を通して深化していったことが見て取れるのである。

一方で、保田の場合は、一九三八年の五月から六月にかけて、佐藤春夫らとともに、朝鮮半島（釜山・慶州・扶余）を経由して中国東北部を中心とした中国各地（奉天・北京・熱河・旅順・大連など）での旅行を行っている。この旅行時の見聞と思索は、前述の評論集『蒙疆』に収録された一九三八年中に発表されたテキストにまとめられているが、この『蒙疆』所収の一連の文章には、〈蒙疆〉での見聞とともに、保田による同時代の世界と日本の関係性をめぐる認識が、集中的に提示されている。[*7] 例えば、保田は、同書巻頭の「昭和の精神――序に代へて」（『新潮』一九三八年四月）と題する評論において、事変下の日本の位相に関して以下のように主張する。

〈日本の独立が、今や、アジアの独立へとその一歩の前進が画せられつゝあるのである。そのことは文化史的には、世界文化の再建である。旧世界文化から締め出されてゐたアジアの文化と精神と叡智を主張することは、新日本の使命である。（中略）今日の精神はしかし曖昧で漠然で未形で、さうしてそのため力強いのである。

それらは普通の分析的統計的批評に耐へないであらう。（中略）普通の分析的批評の方法、一般理論による分析の方法は、それのよつて立つシステムの中に、この新しく、若く、生まれつゝある、雄々しい、形定まらぬ精神の状態を定め得ないからである。〉

同様の保田の主張は、評論集『蒙疆』所収の他の複数の批評においても共通して展開される。例えば、「朝鮮の印象」（『コギト』一九三八年一一月）の中で、保田は〈世界と世界史に於ける日本〉の〈理想〉を強調し、〈世界的日本精神〉の重要性を鼓吹している。一方、「北寧鉄路」（『コギト』一九三八年一〇月）においては、〈白人専制とアジアの植民地化を理論づけた〉〈民族圧迫の論理によつて肯定された世界情勢論〉や〈アジアの分割と隷属を永久づける理論〉を〈今日の日本は粉砕せねばならぬ〉とする。また、「蒙疆」（『新日本』一九三八年九月／一一月）においても、近代西洋によって形成された〈一九世紀的文化理念〉や〈一九世紀的理論体系〉〈一九世紀的秩序〉を反復して批判し、それらに対する〈世界史の規模〉における〈変革〉行為として日中戦争を評価する。更に、「満州の風物」（『いのち』一九三八年一〇月）の中でも、旧来の〈知識と文化と倫理を変革しつつある〉〈まだシステムに組織されてゐない〉〈新しい若者の倫理の芽〉を肯定している。このように評論集『蒙疆』においては、当時の日本の中国大陸での戦争を肯定するレトリックが一方的に展開されている。これらの批評文が日本の中国への侵略が進行しつつあった一九三八年に執筆された事実を考慮するならば、それらのレトリックは、その虚偽性とアイロニーを一層増大させる。保田の文芸批評が、『蒙疆』以前と以後で大きく変質するという事実はしばしば指摘されることであるが、保田の『蒙疆』での言説の持つデマゴーグ的性格を認識した上で、一連の保田の文芸批評の変質をもたらした世界認識の転換が、〈蒙疆〉という〈外部〉における見聞によって喚起されたことはやはり重要である。

一九三八年の近接した時期において、蓮田と保田は、〈台湾〉と〈蒙疆〉というそれぞれ〈内地〉とは異なる

〈外地〉との交錯によって、それぞれ思想的な〈転回〉を経験したという見方が採用できないだろうか。いわば両者における日本の古典文学と文化の探求は、〈外地〉を媒介することによって深化したのである。いうまでもなく、そこでの両者の思想的な〈転回〉のプロセスには多様な差異が存在するだろう。一九三八年前後の両者の活動と思想的な転換については、更なる比較と検討の余地があるように思われる。

3 〈日本文学史〉観の問題

蓮田と保田による日本文学や日本文化についての思考は、どのような点で共通し、どのような点で差異を持っているのだろうか。ここでは、両者の日本の古典文学史に対する理解を大きな枠組みの中で概観してみたい。

蓮田の場合、清水文雄・栗山理一・池田勉と共に創刊した『文芸文化』（一九三八年七月）の創刊号に掲載された「創刊の辞」が趣旨を語るように、その著作活動が新たな段階を迎えた一九三八年の時点で、日本近代文学についての批評もあったものの、その基本的な対象は既に日本の古典文学であった。蓮田は、主として『文芸文化』や『文芸世紀』を執筆の場として、後の『鷗外の方法』（子文書房、一九三九年一一月）に始まり『預言と回想』（子文書房、一九四一年一月）、『本居宣長』（新潮社、一九四三年九月）、『鴨長明』（八雲書林、一九四三年九月）、『神韻の文学』（一条書房、一九四三年九月）、『忠誠心とみやび』（日本放送出版協会、一九四四年六月）、『花のひもとき』（河出書房、一九四四年一〇月）に収録される著作を次々に発表していくことになったことは周知の通りである。

蓮田の日本文学史についての構想を概観するに際して、そのエッセンスを示す著作の一つとして『忠誠心とみやび』（日本放送出版協会、一九四四年六月）を選択し、同書のタイトルの〈忠誠心〉と〈みやび〉の語を蓮田の文学史構想の軸に使用して素描してみたい。この〈みやび〉というキーワードは『文芸文化』創刊号（一九三八年七月）に蓮田が寄せた評論「伊勢物語の「まどひ」」以来、反復されるものである。同書の冒頭の「みやび」と題する文章において、蓮田は万葉集巻四の歌「あしひきの山にし居れば風流（みやび）無み吾が為るわざをとがめ賜ふな」「鳰鳥の潜く池水こころあらば君に吾が恋ふ情示さね」を引きつつ、以下のように論じている。

〈国文学が古典研究といった立ち向ひ方で賢しらを誇つて、国学の古道を思ふこころを外にしてきてゐるやうに、「みやび」のことを考へても、「みやび」が先づこの小文の冒頭にかかげた万葉歌のやうな「君に吾が恋ふ情」を無しに、或る文学的理念くらゐに考へる所から「みやび」論が始まりさうな気がするのは杞憂であらうか。もし事実なら「みやび」の言挙げはここから真二つに分れる。そして「心」なき「みやび」研究の智慧の古意への反抗的態度は「みやび」のこころの埋もれに堪へないその「みやび」心から、正に討たれねばならないのである。「みやび」とは実にまたただ藤原氏的なとまり方でなくて、実は私の友人達が次第に明らかにしてきてゐるやうに、藤原氏的な政治的経綸を討ち彼等をさへ遂に「みやび」にあやからしめ尽したしたたかなものが「みやび」でもあったのである。在原業平と紀貫之、伊勢物語と古今和歌集を考へただけでもこの事は明瞭に言はれる。上にしては万葉集、下にしては芭蕉の風雅に貫いて「みやび」はそれであった。〉

蓮田によれば、〈みやび〉とは単なる〈文学的理念〉ではなく〈君に吾が恋ふ情〉であり、〈国文学〉の〈「心」なき「みやび」研究〉は否定されるべきものである。蓮田はさらに〈みやび〉を換言する。〈「みやび」は、言ひかへるならば、皇神のみこころとみてぶりは、めぐみとして民の心々に滲み透つて血肉になって芽ぐみ生きてゐるので、大君は民のこころを御心ひとつにいたはりたまひ、民は思ひと思ふことに禽獣や「えみし」心をはらって「みやび」がちなのである。尊皇攘夷といふのは、さういふ最も自然なことなので、また尊皇攘夷といふその最も自然なことの心に、愉しい天地をあげての俗心が大らかに息通ってゐるのである。〉このように〈みやび〉のあり方を示した上で、蓮田は、柿本人麿から大伴家持、旅人らの万葉集の歌風に始まり、次いで在原業平に代表される伊勢物語、古今和歌集、源氏物語、そして芭蕉に至る〈みやび〉の文学史を提示するに至るのである。[*8]

一方で保田の場合、旧制大阪高等学校の同窓生を中心に発刊した雑誌『コギト』創刊号（一九三二年三月）での〈この国の省みられぬ古典〉への関心の表出にも関わらず、初期『コギト』における保田の文芸批評の主たる対象は、ドイツ・ロマン派を一つの軸とするヨーロッパの近代文学や日本の近現代文学に限られていた。保田が言明した〈この国〉の〈古典〉に対する関心と思考が著作の上に直接反映されるようになるのは、一九三五年三月に雑誌『日本浪曼派』が創刊されて以降の時期である。一九三五年に発表された初期の体系的な評論「更級日記」（『国語国文』一九三五年八月）や同年の『コギト』「芭蕉特集号」（一九三五年一一月）に掲載された「芭蕉」と題する論考を端緒として、著名な「日本の橋」（『文学界』一九三六年一一月）を経て「和泉式部」（『文学界』三七年二月）や「饗宴の芸術と雑遊の芸術」（『コギト』一九三八年二月）に至る保田の著述の展開の過程で、その日本の〈古典〉文学に関する評論の数は増加を遂げる。そして、それら一連の〈古典〉をめぐる評論が総合されて『日本の橋』（芝書店、一九三六年一一月）や『戴冠詩人の御一人者』（東京堂、一九三八年九月）、『後鳥羽院』（思潮社、一九三九年一〇月）といった一九三〇年代後期の保田の代表的な評論集に結実することになる。そして、一九四〇年前後を一つの画期として、保田はその文芸評論の対象を日本の上代から近世へ至る文学史上の作品と事象へとほぼ全面的に移行させ、同時代文学に関する論及の機会は限定的な文脈を除いて減少することになる。

保田の日本文学史の構想は、評論集『後鳥羽院』（思潮社、一九三九年一〇月）において集中的に展開されている。保田は、その「序」において同書の試みを以下のように規定する。

〈本書はわが国文芸史上に於ける後鳥羽院の精神と位置を追慕する著者近年の文章を集成したものである。本書は日本文学の源流と伝統と傍題した如く、この院に、絢爛たる歴史の綜合と整理を、稀有なる将来の源流と流域を考へる著者の、文学史的信念を系統づける意図を以て、近年諸月刊誌上に発表したものを再編したのである。〉〈著者の考へるところは文学史への一つの試みである。〉

保田は〈後鳥羽院の精神〉に〈絢爛たる歴史の綜合と整理〉と〈稀有なる将来の源流と流域〉を発見する。ここで保田の主張する〈文学史的信念〉は、『後鳥羽院』の巻頭に収録された「日本文芸の伝統を愛しむ」(『短歌研究』一九三七年二月)に詳しい。このテキストの中で、保田は〈後鳥羽院の意義〉を〈国民的であり同時に民族的である意味で現在世界に唯一の文芸伝統の屈折のあるま丶な一すぢの流れに、大きい一つの時代の点を与へた詩神〉として措定し、そのような認識を媒介した存在として〈元禄の芭蕉〉に言及する。

保田は後鳥羽院を〈日本文学〉の〈歴史〉における重要な集約者として評価した上で、先行する〈西行〉と後世の〈芭蕉〉を共に〈隠遁詩人〉という観点から系統化し、この三者を主軸とする〈隠遁詩人の系譜〉を樹立する。この「日本文芸の伝統を愛しむ」における保田の〈文学史〉構想に関しては、テキスト中に保田自身による言及がある通り、従来から折口信夫の「女房文学から隠者文学へ」(『隠岐本新古今和歌集』「巻首」一九二七年九月)の影響が指摘されてきた。保田によれば、後鳥羽院は〈綜合者であると共に正風の止揚者〉であり、〈自らにして英風をもつた指導者〉として評価可能な存在である。〈もののあはれを中心にして考察される日本文芸の歴史を思ふとき、そのときこそ院が一つの時代の集約者としてあらはれ、それは従つて次にくるものの萌芽である。正しく近世の萌芽であつた。芭蕉が彼の変革の決意に方法を与へたとき、後鳥羽院を回顧したことは、このときに意味深く、しかもそれとこれとは別のことを意味するのである。院が古代の復興者として、決意の行為者として、伝統の醇美の防衛者として、またやがて来るものの源流としての意味は、釈阿西行をへて、この御一人者の形相の中に見られたのである。〉保田はこのような基本的認識に立脚しながら、自らの構想する〈日本文芸の伝統〉の内部に、旧来の〈日本文学〉の諸事象を回収し、その〈文学史〉的位相を再構成していく。

蓮田は、柿本人麿から大伴家持、旅人らの万葉集の歌風、次いで在原業平に代表される伊勢物語、古今和歌集、源氏物語、そして芭蕉に至る〈みやび〉の文学史を提示する。それらは、保田のいわゆる〈後鳥羽院以後隠遁詩人〉論に代表される日本文学史観に近似しつつも、その対象と理念においては明確な差異をも含むものである。しかし、〈みやび〉（蓮田）も〈隠遁詩人〉（保田）も特定の観念を軸として日本文学史を通時的に記述する方法を採用しており、そこに共通の知的背景も想定されよう。

4　『文芸文化』と『日本浪曼派』の間

ここまで本論では雑誌『文芸文化』の思想を体現した存在を蓮田に限定し、雑誌『日本浪曼派』の思考を代表した存在を保田に絞りつつ記述を進めてきた。しかし、『文芸文化』創刊時の主要同人である蓮田に対して、池田勉（一九〇八―二〇〇二）、栗山理一（一九〇九―一九八九）、清水文雄（一九〇三―一九九八）らによる日本の古典文学や文化についての言説は、実際には『文芸文化』の内部で多様な偏差を含んでいる。また、『日本浪曼派』についても、保田とそれ以外の主要同人であった亀井勝一郎（一九〇七―一九六六）、神保光太郎（一九〇五―一九九〇）、中谷孝雄（一九〇一―一九九五）、中島栄次郎（一九一〇―一九四五）らの言説の間に多様な差異が存在することは言うまでもない。さらには、後に同人として合流した太宰治（一九〇九―一九四八）や檀一雄（一九一二―一九七六）、山岸外史（一九〇四―一九七七）、芳賀檀（一九〇三―一九九一）らの各同人が持った多彩な志向については、それらを同一雑誌の同人として同列に論じることが困難なほどの文学的な拡がりを持つだろう。つまり、この二つの雑誌を単純にグループとして対比的に論じることには、多くの比較上の課題が存在するのである。

また、『文芸文化』と『日本浪曼派』の両雑誌の執筆者が少なからず重複していることも、その単純な比較を困難にする要因である。例えば、伊東静雄（一九〇六—一九五三）の場合、両雑誌のいずれにおいても重要な役割を果たした同人であり執筆者であったことは、周知の通りである。[*9] その意味でも、本論はあくまでも蓮田と保田の両者についての比較の試みに留まるものである。今後、両雑誌の更なる比較検討を進めたい。

注

1 大久保典夫『昭和文学史の構想と分析』（至文堂、一九七一年）「第三章　戦争と昭和のロマン主義」「八　『文芸文化の位置』」。

2 小高根二郎編『蓮田善明全集』（島津書房、一九八九年）「解説」。

3 石原醜男には神風連についての著名な著作『神風連血涙史』（大日社、一九三五年）がある。

4 橋川文三『増補日本浪曼派批判序説』（未来社、一九六五年）「七　美意識と政治」。この保田における〈郷土ショービニズム〉の問題については、以前拙論で論じたことがある。拙論「保田與重郎と〈差異〉——幻想としての〈郷土〉」（『近代文学研究』日本文学協会近代部会、二〇〇二年六月）。

5 小高根二郎編『蓮田善明全集』（島津書房、一九八九年）「解説」中に引用の「台中日記」に従う。

6 小高根二郎『蓮田善明とその死』（島津書房、一九七九年）「第一部」「第十一章　台中商業の教諭時代」。

7 保田の評論集『蒙疆』については、下記の拙論でも言及した。拙論「「日本浪曼派」批判の再構成——分岐する〈民衆〉」（『近代文学研究』日本文学協会近代部会一九九七年一二月）。

8 同じく『忠誠心とみやび』（日本放送出版協会、一九四四年六月）「みやび」において、以下のように述べる。〈激慟して神を思ひ歌つたのが人麿であるならば、欝結の中に大君の万葉をしのんだのが大伴家持であり、また雅遊に臣たる己を愛しんだのが大伴旅人であつたと、いつてみることもできる。在原業平や紀貫之の置かれた境涯とその憤りと戦ひとは、大伴氏等以上の惨たるものさへあつたのである。源氏物語や枕草子にも、さういふ「心」を見るとしたら、人は誇張となすであらうか。しかし源氏物語がその後にどういふ心に継がれ護られてきたかを考へる者には、私のいふ所も思ひ当らないとはいへまい。最も近くでなら、樋口一葉に生きてゐる源氏物語といふものを窺つて見るがよく、枕草子は野村望東尼の幽囚の牢中に於て、思ひ高めたみやびの中に、星かげが旅にたたへられてゐるやうにあやしいばかり清麗に湛へられてゐるのを知ることができる。〉

9 『文芸文化』と『日本浪曼派』『コギト』との両雑誌に執筆し、両雑誌の同人と交流を持った人物の一人に、中島栄次郎（一九一〇―一九四五）が存在する。中島栄次郎は、保田の大阪高等学校時代の文乙クラス（ドイツ語）での同級生であり、保田と同じく一九一〇（明治四三）年生まれの中島は、大阪高等学校時代に短歌の同人雑誌『炫火』の同人として保田と交流を持つようになった。その後、京都帝国大学文学部哲学科に進学し、田辺元の下でカント哲学の研究を行う一方で、松下武雄（一九一〇―一九三八）らと並んで雑誌『コギト』の創刊以来の主要同人となった。さらに後に保田とともに雑誌『日本浪曼派』の発起人となるが、戦時下に補充兵として召集を受け、戦争末期の一九四五年五月にフィリピンのルソン島で戦死している。中島は、『文芸文化』創刊以後、同誌の同人と持続的な交流を持っており、以下のようなテキストを掲載している。一九三九年に「文学伝統の問題」「詩に就いて」「「文芸と文化」の問題」「詩精神と散文精神」「鬼貫「七久留萬」合評（一）大悟物狂の句」「鬼貫「七久留萬」合評（二）春の句」、一九四〇年に「鬼貫「七久留萬」合評（三）春の句（続）」「「風流論」を読みつつ」、一九四一年に「表現に就いて」「詩のこと」である。雑誌『コギト』、さらに『日本浪曼派』の性格を検討する際に、保田のテキストだけではなく中島や松下のそれらが持った意味を検討することは重要だが、従来、十分な考察に乏しいように思われる。『コギト』と『文芸文化』の関係を検討する場合も、保田のみならず、『文芸文化』に掲載された中島の評論は重要な分析の対象となるだろう。

付記　論文中の蓮田善明の引用は小高根二郎編『蓮田善明全集』（島津書房、一九八九年）を使用し、保田與重郎の引用は『保田與重郎全集』（講談社、一九八五年一一月―一九八九年九月）を使用した。資料の引用に際しては、旧漢字は原則として現行の新漢字に改めた。

雑誌『文芸文化』の昭和一六年——蓮田善明のなかの三島由紀夫

奥山文幸

1

二〇一六年一一月一一日付の熊本日日新聞夕刊に、三島由紀夫の直筆原稿が見つかったという記事が掲載された。同年九月に蓮田善明のご遺族がくまもと文学・歴史館に寄贈した蓮田善明関係資料のなかに、三島由紀夫直筆と思われる小説「花ざかりの森」、「みのもの月」、「世々に残さん」、随筆「壽」の原稿があったのである。四編とも、蓮田が編集責任をしていた雑誌『文芸文化』に掲載された。その後、これらの直筆原稿の所在はわかっていなかったのであるが、今回、くまもと文学・歴史館に寄贈された資料の中から発見されたということになる。くまもと文学・歴史館での一般公開までには様々な問題を解決する必要があり、その実物を確認することは関係者以外はしばらく先のことになるようである。寄贈された蓮田善明関係資料の全体がどのようなものかについても今後明らかになることが期待される。

蓮田が二度目の招集によって戦地に赴く際に、これらの原稿を『文芸文化』関係者に預けなかったこと、つまり、自宅で保管しようとしていたことが何を意味するのかについて、今後明らかになるのだろう。さしあたって、冒頭に述べた事実からは、蓮田善明にとって三島由紀夫がかけがえのない人物だったことが推定できる。

本稿では、蓮田善明が三島由紀夫をどのように記述しているのかを確認し、「花ざかりの森」が発表される前後の状況を考察する。

なお、近年の三島由紀夫研究の側からは、三島由紀夫による蓮田善明や日本浪曼派への意味づけが見直されつつある。例えば、杉山欣也『「三島由紀夫」の誕生』（翰林書房、二〇〇八年）においては、「蓮田の死を重ね合わせることによって三十年前と今の自分とを呼応させつつ、自らの死に対する遡及的な謎解きに読者を誘導する三島の自己言及」の問題を繰り返し指摘している。

また、井上隆史「三島由紀夫と桜――『熊野《ゆや》』と『文芸文化』」（『三島由紀夫　虚無の光と闇』所収、詩論社、二〇〇六年）においては、三島由紀夫と「古今集」とのつながりを三点に整理し、①「三島由紀夫と『文芸文化』の接点として、現実や私情を越えた詩的秩序を構築するところに古今集の美学を見出している点」、②「古今集の美学の中に、現実における不如意を統御する」志向を見出している点、②とは反対に、③「古今集の美学の中」に「現実の不如意から逃避する」志向を見出している点を指摘している。そして、「戦時下における三島の『文芸文化』体験の本質は③に傾いていた」とし、「三島は後年、『文芸文化』体験の本質を②に見出す立場へと転じた」とする。井上によれば、この場合、「①は②を別の側面から言い換えたもの」である。重要な指摘である。

小川和佑は『三島由紀夫　少年詩』（冬樹社、一九九一年）において、次のように述べている。

彼は学習院の「輔仁会雑誌」という特殊世界のなかでの小公子であり、天才であった。その彼を外界に導き出したのは師清水文雄である。清水が「花ざかりの森」を僚友蓮田善明に示すことによって、学習院中等科生の平岡公威の運命は新しい転機を迎えることとなる。断っておくが、この「花ざかりの森」の制作の時点で、少年が「文芸文化」の精神、もしくは蓮田善明の思想に共鳴したという形跡はない。

「花ざかりの森」が「文芸文化」に連載されるに及んで、師清水文雄を通じて、はじめて、彼は彼と異質な、そして、それは彼から見れば、遥かな壮年の世界を発見したのである。浪曼派たらんとする自覚はこの時点以後に生じていると断じてよいであろう。

筆者は、三島由紀夫の切腹と蓮田善明の自殺について、三島の言説によって直結されすぎたのではないかという疑問を持つ。生前の蓮田にとって後の三島の切腹など予想もしないことであり、三島による事後的な見解の付与によって三島由紀夫研究だけではなく、蓮田善明研究までもが一方向に偏ったのではないかという思いを持つのである。三島の切腹から遡って意味づけをしようとしてきた作家論的研究が、蓮田善明研究にも大きな影響を与えすぎたのではないだろうか、ということである。とすれば、蓮田の側から発せられた三島由紀夫に関する言及を中心に考察すると何が見えてくるのかということが重要になる。焦点となるのは、昭和一六年ということになるだろう。

2

「花ざかりの森」は、『文芸文化』第四巻第九号（昭和一六年九月）から同第四巻第一二号（昭和一六年一二月）まで四回にわたって掲載された。

雑誌『文芸文化』は、一九三八年七月に創刊し、一九四四年八月まで全七巻七〇冊が刊行された。「創刊の辞」に「我等はもはや伝統について語る必要を認めない。伝統をして自ら権威を以て語らしめ、我等はそれへの信頼を告白し、以て古典精神の指導に聴くべきである」とあるように、日本の古典精神を賞揚する文芸同人雑誌である。旗幟は鮮明であった。『文芸文化』の同人は、清水文雄、蓮田善明、池田勉、栗山理一の四名であり、広島文理大学及び広島高等師範学校において古典文学を専攻した国文学者たちであり、そこの教官であった国文学者斎藤清衛を敬愛することで強い絆を保っていた。

『日本浪曼派』や『コギト』の同人たちの多くが寄稿したことも注目される。この雑誌を後に代表するものが昭和一六年に連載されており、蓮田善明「鴨長明」、池田勉「在原業平」、清水文雄「能因法師伝」、松尾聡「平安朝散失物語攷」、三島由紀夫「花ざかりの森」などが挙げられる。編集兼発行人は蓮田善明であった。

本稿ではその余裕はないが、雑誌『文芸文化』について今後検討すべきは、学術的色彩という要素の質の問題であり、その根拠である。学術的色彩は、時代やその社会からの中立を保証するものではない。むしろ、学問的知は、無意識的に権力となり、結果として暴走する権力を効果的に補完することもある。戦時下の国文学を検討する難しさは、戦争への協力や戦争への黙認という結果やそれにまつわる事実によってそれを無価値と判断しかねない点にある。[*1]戦中と戦後は断絶しているわけではない。何を切断し、何を継続したのかを判断する複眼的思考が必要となる。三島由紀夫の登場は、その意味でも興味深い事例のひとつである。

昭和一六年七月二八日付清水文雄宛封書[*2]に、「扨《さ》て突然ではございますが、先日完成した小説をお送り申し上げます故、御高覧下さいませ。これは秋の輔仁会《ほじんくわい》雑誌に出す心積りでをりますが、何か御高評の御こと葉たまはれば幸せ」とある。

平岡公威少年から原稿を託された清水文雄は、『文芸文化』編集会議を兼ねた夏休み一泊旅行の旅館で、同人の蓮田善明、池田勉、栗山理一にその原稿を見せた。そして『文芸文化』九月号から連載することに衆議一決した。清水文雄「『花ざかりの森』をめぐって」(『三島由紀夫全集』第一巻、月報、新潮社、一九七五年)から以下に引用する。清水のこの文章は、事実を時系列にそって述べるという内容であり、多くの三島由起夫評伝に見られるようなエピソードの誇張は無い。回想というバイアスはかかっているが、おそらく事実であろうと推測する。

ただ、われわれの雑誌は片々たる小冊子ではあったが、校友会誌とはおのずから性格を異にし、読者圏も全国にひろがっていた。掲載するにしても、彼がまだ中学生の身であること、それに御両親の思わくなども考慮して、今しばらく平岡公威の実名を伏せて、その成長を静かに見守ってやりたい——というのが、期せずして一致した同人の意向であった。筆名を用いて、この作品を雑誌に載せるについては、何よりも平岡君自身の承諾を得なければならぬ。そのためには筆名の試案のようなものを持っているのがよい。旅館の一室で、だれからともなく言い出したヒントは、「三島」であり「ゆき」であった。東海道から修善寺へ通ずる電車に乗り換える駅が「三島」であり、そこから仰ぎ見たのが富士の秀峯であったことが、ごく自然にこの二語を選ばせたのであろう。それがその席で、「三島ゆきお」までは固まったと思うが、「三島由紀夫」まではゆかなかったと記憶する。ともあれ、交渉の使者には私が立つ外なかった。

この引用部分で注目しておきたい部分は、「三島ゆきお」という筆名が「だれからともなく言い出したヒント」から、この旅館の一室で試案として決定したということで、言い出した人物は蓮田であった可能性もあるということである。「三島ゆきお」という筆名案の誕生に『文芸文化』同人四名が密接にかかわったのである。

清水は帰京してから、平岡少年に筆名案のいきさつを話し、平岡少年が持ち合わせの紙に「三島由紀雄」と書いて「これはどうでしょう」と尋ねたので、「雄」は重すぎるということで「夫」と改めて少年の手元に返したところ、「それでは、これに決めます」ということになった。

以上のような経緯で、『文芸文化』昭和一六年九月号に三島由紀夫の筆名が載ることになった。その号の編集後記で、蓮田は次のように書いた。

> 「花ざかりの森」の作者は全くの年少者である。どういふ人であるかといふことは暫く秘しておきたい。それが最もいいと信ずるからである。若し強ひて知りたい人があつたら、われわれ自身の年少者といふやうなものであるとだけ答へておく。日本にもこんな年少者が生れて来つつあることは何とも言葉に言ひやうのないよろこびであるし、日本の文学に自信のない人たちには、この事実は信じられない位の驚きともなるであろう。
> 　この年少の作者は、併し悠久な日本の歴史の請《まを》し子である。我々より歳は遥に少いがすでに成熟したものの誕生である。此作者を知つてこの一篇を載せることになつたのはほんの偶然であつた。併し全く我々の中から生まれたものであることを直ぐ覚つた。さういふ縁はあつたのである。

「花ざかりの森」の掲載をめぐって、三島由紀夫に関する論文では従来からよく引用されてきた部分でもある。しかし、筆者にとっては奇怪な文章なのである。「どういふ人であるかといふことは暫く秘しておきたい」という部分は、実は編集者としてはそれを明らかにしたいけれども何かの事情があるのだろうということをわざわざ読者に予想させ、そして、いずれ明らかになるかもしれないことを読者に告げしらせようとする。くどいまでに思わせぶりな文章である。「それが最もいいと信ずるからである」は、根拠を示さずに自分はそう信じているという押しつけがましい付加の文章であり、その後も、日本にこのような天才的年少者が登場したことや、雑誌『文芸文化』がそれを掲載した誇らしさが語られる。そこまでに贅言を費やす必要があったのだろうか。おそらく蓮田にはその必要があったのだ。

　蓮田が言うように「花ざかりの森」の作者が「悠久な日本の歴史の請《まを》し子」であり、「全く我々の中から生まれたもの」であるとすれば、「我々」もまた「悠久な日本の歴史」に密接につながっているからこそ「我々の中から生まれた」という自覚になる。では、「我々の中」とは具体的にどのようなものか。

私達は国文学をやつてゐるが、私達はどんなものが国文学であるとか、日本文芸学であるかとかいふことは当分言はないことにしてゐる。学問といふものを私達は世間の考へ方のやうなのと全く別に考へてゐるので、説明しても人は唯自己流に受け取つて結局えたいの知れないものと片付けるだけのことだから無駄である。（中略）私達の学問は所謂科学的といふことからも生れないし、また直感といふことからも生れるものでもない。そんなてだては私達は信じてゐない。私達が此頃益々信ずるやうになつたのは、謂はば「縁」（エンと訓んでも、ゆかり・えにし・ちなみと訓んでもいい）といふことである。「縁」などが学問の根本になるなどといふと世の学者は笑ふかもしれないが、例へば私達同人の言ひ出したり書いたりするものは予知なくして屡々一致する。

この部分で言われていることは、「我々の中」と外とを分けるのは「縁」であって、しかも「我々」の内と外とを分ける境界の根拠はないということである。「私達」とはつまり、「私達同人」のことで、寄稿者たちは「縁」でつながっているが、少なくとも「私達」ではない。「私達の学問」は、「所謂科学的といふこと」からも発生したものではない。芳賀矢一を嚆矢とする当時の実証的国文学でもないし、岡崎義恵のような文芸学でもない。また「直感」によって作品の深淵を解明する評論などの文学として出発したものでもない。このように、「〜ではない」という否定の積み重ねによって浮上する仮構の共同体が「我々」であり、それによって「我々」とは違う仮想敵としての〈彼ら〉が自ずから確定する。〈彼ら〉にとって、「私達」は「えたいの知れないもの」なのだろうが、〈彼ら〉と議論することは「無駄」なのである。このような境界線の引き方がたとえ恣意的なものであろうとも一向にさしつかえないという攻撃的姿勢が、蓮田の文章から垣間見える。攻撃的姿勢は身内のもの、すなわち、「私達」や「我々」を守るための防壁ともなる。ここには、日本の伝統への垂直的思考が求められるばかりで、その根拠を問う対話は存在しないし、弁証法的思考も存在しない。問題は、それが「信ずる」ことを前提にしていることであり、また、仮構の共同体のなかで観念を突き抜けて思想の実体化へと向かうかのように装うことである。観念ではなく「信ずる」ことによる行動が求められるのだ。

なお、科学的な国文学研究との決別については、すでに『文芸文化』昭和一六年五月号の編集後記において、蓮田が「此頃殊に、正論というものを吐きたい、と考へ出した。今更不用意な覚悟であるが、私は併しもう疾つくに所謂哲学的乃至科学的な正論ぶりは見捨てて来てゐる。そんなもの私は信用できないと思つてゐる」と強い調子で書いていることを指摘しておく。では、「科学的」ではないところから生まれる学問とは何か。それは、本居宣長のことであるということが、「明治神宮菖蒲田拝観——自序にかへて——」(『神韻の文学』所収、一条書房、一九四三年)の「大抵は今の学者は宣長を非科学的だなどと片付ける」という文言から推定できる。本書第Ⅱ部で河田和子が述べるように、昭和一三年時点では宣長に科学的知性を見い出しているが、昭和一六年にはそれと正反対とも言える宣長観を打ち出している。

なお、『神韻の文学』に「永井荷風」の章があり、蓮田はそこで三島由紀夫について次のように記述する。この章には「昭和十六年九月」の日付がある。

荷風が江戸時代の爛熟駘蕩を追慕し己の文学を無用無頼としつゝ、その底に明治以来随一の、国の清純にして豊麗なる生命をつぐものとなりえてゐることは、人麿が実は挽歌詩人を以て国の歌神として永生の讃歌の詩人として印象されてゐるのにひとしい。詩人は挽歌を以て最も清純なるものを表現してゐる。(中略)追憶は「現在」のもつとも清純な証なのだ、と「はなざかり《ママ》の森」(文芸文化九月号)の中で三島由紀夫といふ年少の作家は書いてゐる。今日このやうな言葉も素直にこのやうな年少の人の口から美しく流れるやうになつたのである。

荷風を挙げ、人麿を挙げて「国の清純」を表現した文学を讃え、その後に三島由紀夫というまだ無名の「年少の作家」を挙げる。ここまでの賞賛は、平岡少年にとって逆に負担となるだろう。蓮田は、絶賛という形での抑圧を三島由紀夫に加えているとも言える。

昭和二一年三月三日付川端康成宛書簡の一節、「戦争中、私の洗礼《バプティスマ》であつた文芸文化一派の所謂『国学』から、どんなにじたばたして逃げ出したか、今でも私はありありと思ひ返すことができます」（『決定版　三島由紀夫全集』第三八巻、新潮社、二〇〇四年）が書かれる遠因は、すでに『文芸文化』昭和一六年九月号の蓮田による編集後記に胚胎していたと言えるだろう。

蓮田の編集後記に戻る。その最後の段落は次の通りである。

> 私達は整はないながら七月号を出してから更に志の新たなるものを感じると共に何かを期待した。（中略）又私達はその期待のための試みとして、同人の執筆署名を、その文章の傍から消すことを申合せた。（中略）実際は三月頃から考へてみてゐたりしたことである。（中略）「よみ人しらず」といふことは、昔あつたことである。ところが、そんな申合せをした直後に「花ざかりの森」が現れてきたのであつた。

「よみ人しらず」の昔は、「古今集」をすぐさま連想させる。「そんな申合せをした直後」に「その期待」を具現化した小説の原稿を清水文雄が持ってきた。偶然性の強調である。蓮田にしてみれば、同人の間で「志の新たなるもの」を感じつつ、それが具体的に何であるのかをつかめないまま「何かを期待」していたところに、その期待通りの作家が登場してきたのである。僥倖のようなものを感じたのだろう。

三島はこの編集後記を読んで、清水に葉書をおくる。昭和一六年八月二五日付である[*3]――「さて雑誌『文芸文化』をお送り戴き、誠にありがたう存じました。一六日からずつと鵠沼《くげぬま》に行つてをりましたが、今日返りましてすぐさま拝見いたしたやうなわけでございます。『よみ人知らず』のお試みなどまことにこの雑誌独特のものと存じました」。

三島としては、清水宛の葉書では、「よみ人しらず」の部分が反応しやすかったのであろう。

3

W・ベンヤミンの小論「経験と貧困」（一九三三年）によれば、第一次世界大戦が始まって以降、経験の貧困化が顕著になっており、人から人へと語り継ぐことができるような豊かな経験はすでに失われ、虚偽のものとなっている――「経験は、明らかにその株価を下げてしまったのである。（中略）この経験の貧困は、単に私的なものだけにとどまらない。人類の経験そのものが貧困におちいっているのだ。そして、これはそのまま、一種の新しい野蛮状態を意味する」[*4]。近代において人間を啓蒙化してきたはずだった理性が、〈経験の貧困化〉とともに新たな野蛮状態を生み出していることの指摘である。この時点では、「野蛮化」という言葉には前衛的芸術の起点としての肯定的意味あいもあった。後にナチズムにおいて理性の野蛮化が展開され、それに対する批判的思考が、後にアドルノとホルクハイマーの共著『啓蒙の弁証法』（一九四七年）へとつながっていく。

ベンヤミンは、一九四〇年に「ボードレールのいくつかのモティーフについて」を発表する。そのなかで彼は、「プルーストはベルクソンとは異なるかれの確信をあらかじめその用語によって告げている」[*5]とする。「ベルクソン理論の純粋記憶」は、プルーストにおいては、「無意識の記憶」になる——「プルーストはこの無意識の記憶を、ただちに、知性に隷属する意志による記憶と対決させる」[*6]。過去は「知性の領土のそと、その勢力範囲のそとで、なにか思ってもみなかった物質的な対象のなかに（その物質的な対象がわれわれにあたえてくれる感覚のなかに）匿されている。われわれが生きているうちにそのような対象に出会うか出会わないかは偶然によるのである」[*7]。プルーストの小説『失われた時を求めて』において、主人公は、「陰鬱だった一日の出来事と明日も悲しい思いをするだろうという見通しに打ちひしがれて、何の気なしに、マドレーヌのひと切れを柔らかくするために浸しておいた紅茶を一杯スプーンにすくって口に運」[*8]ぶ。すると、「なにか思ってもみなかった物質的な対象」、すなわち、マドレーヌが、自分の過去の本質的な全体性を呼び覚ます——「お菓子のかけらのまじったひと口の紅茶が口蓋に触れた瞬間、私のなかで尋常でないことが起こっていることに気がつき、私は思わず身震いをした。ほかのものから隔絶した、えもいわれぬ快感が、原因のわからぬままに私のうちに行きわたったのである。人生の苦難などどうでもよくなり、災難などは無害なものにすぎず、人生の短さなど錯覚だと思われた。それは恋愛の作用と同じで、私を貴重な何かの本質で満たしたのだ。あるいはむしろ、その本質は私のなかにあるのではなくて、私自身だったと言うべきだろうか。私はもはや自分が平凡な、偶然に存在するだけの、死すべき存在だとは感じていなかった」[*9]。この時、過去は単に回復されるのではなく、現在を構成する一要素としての「純粋過去」となる。

「プルーストによれば」、とベンヤミンは言う、「個々の人間が自分自身についてひとつの像を獲得できるかどうか、自分の経験をわがものにしうるかどうかは、偶然に委ねられている」[*10]。さらに、カール・クラウスの「新聞の語法がいかに読者の想像力を麻痺させるか」という言葉を引用しつつ、「新聞の本質は、さまざまな事件を読者の経験に触れるかもしれない領域に浸透しないように封鎖するところにある」[*11]ことを強調する。新聞という近代のメディアが拡散する情報によって、例えば「より古い形式である見聞談」[*12]が解体されていくのだが、それによって経験の貧困化が増大するのである。これと対立するのが「無意識の記憶」を抱え込んだ「物語」だということになる。さらにベンヤミンは続ける――「厳密な意味での経験が宰領しているところでは、記憶のなかで、個人的な過去のある種の記憶と集団的な過去のそれとが結合する」[*13]。

小林秀雄は、一九三三年（昭和八）九月、雑誌『文藝春秋』に「故郷を失った文学」を発表している。そこで、一世代上の谷崎潤一郎や瀧井孝作と違って、小林自身には「確乎たる」輪郭をもった故郷がないことを述べている。小林秀雄は、明治三五年の生まれである。江戸時代の面影がなくなった近代化のさなかで生まれた。「母親の子供の頃の話を聞いている時でもよく感ずる事だが、別に何んの感動もなくごく普通な話をしてそれでいて何かしっかりとした感情がおのずから流れている。何気ない思い出話が、恰も物語の態を備えている」と述べた後、小林は、「自分の思い出が一貫した物語の体をなさない」ことを述べる。近代化によって、あるいは、近代化の中で増大する情報によって、「無意識の記憶」や「物語」が希薄になってしまった、ということであろう。

小林は、「故郷を失った文学」を発表する前後に、「Xへの手紙」（『中央公論』、一九三二年九月）、「私小説について」（『文学界』、一九三三年一〇月）、「文学界の混乱」（『文藝春秋』、一九三四年一月）、「私小説論」（『経済往来』、一九三五年五月）などを発表し、また、併行して一連のドストエフスキー論を発表している。これらを〈経験の貧困化〉を意識したものとして読むと、「個々の人間が自分自身についてひとつの像を獲得できるかどうか、自分の経験をわがものにしうるかどうか」ということに関する小林の苦闘がより具体的に理解できる。

戦前にW・ベンヤミンを読んでいた日本人は数少ない。久野収は「ベンヤミンとの邂逅」（『ヴァルター・ベンヤミン著作集』第三巻、晶文社、一九八一年）において、「私がベンヤミンと出逢ったのは、一九三〇年代の後半、『社会研究誌』掲載の諸論文を通じてであり、たぶん日本では一番早かった一人であると思われる」と述べている――「私には彼はフランス人ではないかと思われたので、彼をバンジャマンと発音するくらいの無知さかげんであった」。

久野収が初めてベンヤミンを読んだのは「複製技術時代における芸術作品」(一九三五年)であった。

小林は、少なくとも戦中期にベンヤミンを読んではいないし、「故郷を失った文学」を発表したのは、「ボードレールのいくつかのモティーフについて」が発表される数年も前である(「経験と貧困」は一九三三年に発表されているが)。したがって、経験の貧困化をめぐる小林秀雄とベンヤミンの共振は、それぞれの国の政治状況に差があるにせよ、近代がある種の行き詰まりを見せていた時期の少数者による世界同時的な現象だともいえる。日本の場合、とりわけ日本浪曼派の場合、経験の貧困化に対処する方策の主要な一つが日本文学の伝統に帰ることだったのだろう。

保田與重郎の場合、ベンヤミンの言う〈経験〉ではなく、ドイツ解釈学の流れを受けた〈体験〉が前景化してくる。彼の場合、W・ディルタイなどの〈生の哲学〉からの影響が強い。ディルタイの代表作『体験と詩作』(一九〇六年)[*14]は、詩人や作家の想像力を解釈学として分析し、ゲーテやノヴァーリス、そしてヘルダーリンなど、天才たちの〈体験〉と〈精神〉を〈了解〉しようとするもので、それによって過去と、過去から断絶した現在とを架橋しようとする。天才の残した正典としての作品を解釈として追体験していく方法を精神科学として確立しようとしたのである。『体験と詩作』はドイツの保守的思想を代表するもののひとつで、ベンヤミンが、ファシズムに抗する個人として、また、アドルノやホルクハイマーなどのフランクフルト学派の一員としてベルグソンやプルーストについて考察しようとした〈経験〉とはほぼ正反対をなすものである。ディルタイが挙げるゲーテなど天才の残した正典としての作品を、「古事記」や「古今集」などの古典に置き換えれば、保田與重郎の基本的な戦略を見通すことができる。

その亜種として、蓮田善明が挙げられる。蓮田は、昭和一四年四月から召集解除になった昭和一五年一二月まで中国戦線に身を置いたが、戦地から死ぬこともなく日本に帰ってきてからの方が生きることに苛立っていた。戦地にいた間、進撃中に右腕を負傷し野戦病院に入院したこともあった。召集解除になって日本に帰ってきてみると、戦場の日々を語ろうとしてもそれを受け止める聞き手もいないし、経験を共有できる相手もいないことに気付いたのではないだろうか。蓮田の場合、保田のような観念的〈体験〉ではなく、〈経験〉とその貧困化が前景化されてくる。そして、改めて、中世隠遁詩人の人生が自分の現在と共振していること、とりわけ鴨長明が「激越の情」を抱え込みながら孤独な魂の戦いを人生において挑んでいたことを強く意識するようになる。こうした苛立ちの中で、「鴨長明」を書き、小説「有心」を書いた。そのことは、拙稿「蓮田善明の昭和一六年——『鴨長明』を中心にして」(『幻想のモナドロジー　日本近代文学試論』所収、翰林書房、二〇一五年)ですでに述べた。

経験の貧困化を克服して、日本文学の伝統に回帰しようとする先には、しかし、〈独善〉というもう一つの経験の貧困化が待ち受けていた。

4

昭和一六年(一九四一年)とはどのような年であったのか。

満州事変(一九三一年)、五・一五事件(一九三二年)、二・二六事件(一九三六年)、国家総動員法公布(一九三八年)、ノモンハン事件(一九三九年)、大政翼賛会創立(一九四〇年)などを経て、日本は戦争を強力に推し進めている最中であった。そうした中で、昭和一五年一二月には、内閣情報局が設置され、言論や報道に対しての〈指導〉や取り締まりを強化していった。出版統制のための社団法人日本出版文化協会設立(昭和一五年一二月一九日)、全書籍雑誌の一元的配給を行う日本出版配給株式会社設立(昭和一六年五月五日)、出版用紙配給割当規定施行(昭和一六年六月二一日)などによって、出版社、取次業者、用紙のすべてが統制されていく。いよいよ本格的な出版統制が開始されたのである。そして、昭和一六年一二月に真珠湾攻撃に突入していくことになる。
昭和一六年における一般市民の時代感やその雰囲気を知るには、北杜夫『楡家の人びと』（新潮社、一九六四年）第一〇章の以下のような部分が有効かもしれない。

青山の楡病院の事務室で、最近は事務長という呼称を受けている大石が、老眼鏡をかけて熱心に新聞を読んでいた。賄いの隅でも看護人が別の新聞を開いていた。松原の病院でもあちこちで似たような風景が見られた。大体が外の世界に関心の薄いこうした人々が、これほどむさぼるように新聞を読みだしたことは、昭和になってから嘗てなかった。昔は、殊に基一郎が代議士であった頃は、書生たちもしきりに政治を論じたものであった。現在は一国の運命をあげつらう人物は少ないものの、しかし人々はあのビリケンさんのように声こそ出さなかったが、生真面目な表情で新聞を見つめることが多くなった。たしかに、この昭和十六年の春以来、多くのことが矢継早に起った。米の通帳制が実施された。日ソ中立条約が調印された。日米交渉が発足した。日蘭会商の打切りが声明された。ドイツ軍がソ連領に侵入した。すべてが唐突で予期しなかったことであり、次には一体何が起るのか予測することはできなかった。しかし、それは、その底知れぬ深みのなかにかげを没しているものは、徐々におぼろげな形態を浮びあがらせ、人々の頭上に重苦しくおおいかぶさってきた。それは新聞やラジオを通じて、日一日と抜きさしならぬ形態を明瞭にしてきた。楡病院の誰も彼もが、そのことを噂し、あれこれと論議をした。軽症の患者までがそのことに無縁ではなかった。しかし、他のことなら奔放な妄想を形成し得る彼らも、日本をめぐる激しい波立ちに対しては、新聞の見出し以上のものから抜きんでることはできなかった。

「楡病院の誰も彼も」が、「むさぼるように新聞を読み」ながらもその記事内容をそのまま信用することの危険性を感じている。彼らは、「日本をめぐる激しい波立ち」を漠然とは感じつつ、その実態を知ることからは遠ざけられていたのだ。ここにも、「新聞やラジオ」というメディアによって増幅される〈経験の貧困化〉が示されている。

昭和一六年、太宰治は三二歳。一一月に文士徴用の予定ではあったが胸部の病気のため免除されている。『風の便り』[*15]において、次に引用するような悪罵を小説家「木戸一郎」に投げつける小説家「井原退蔵」の手紙の日付は、「昭和十六年八月十九日」である。この時期になおも作家（芸術家）であり続けようとすることの困難と苛立ちを表現した一節である。

もう自分に手紙を寄こさないそうだが、自分は、なんとも思わない。友情は、義務でない。また手紙を寄こしたくなったら、寄こすがよい。要するに、自分は、君の言う事を、信用しない事にする。君の言ってる事が、わからないのです。

はっきり言うと、自分は、あの温泉宿で君と遊んで、たいへんつまらなかった。君はまだ、作家を鼻にかけている。そうして、井原と木戸を、いつでも秤にかけて較べてみていました。つまらない。あんまり悪口を言うと、君がまた小説を書けなくなるといけないから、最後に一つだけ、君を歓ばせる言葉を附け加えます。

「天才とは、いつでも自身を駄目だと思っている人たちである。」

笑ったね。匆々。

この年、中島敦も三二歳。宿痾の喘息から逃れるための転地療養を望んでいた。「山月記」を書き上げた後、南洋庁に就職し、同年六月にパラオ島に赴く。死の前年のことである。

上村松園「母への追慕」[*16]では次のように書かれている――「私は母のそばにさえ居れば、ほかに何が無くとも幸福であった。／旅行も出来なかった。泊りがけの旅行など母を残して、とても出来なかったのである。／昭和十六年の中支行きは、そのような訳で私にとっては初旅といっていいものである」。上村松園の「初旅」は、文化人徴用であった。

『海野十三全集』別巻2（三一書房、一九九三年）の「日記」によれば、「本格的な空襲は、昭和十九年の十一月二十四日から始まった」のであるが、海野十三は自宅の防空壕を「昭和十六年一月に一千円ばかり費やして作っ」ている。先見の明があったのだ。

この年、石原完爾は、「昨年の末感ずるところあり、京都で御世話になった方々及び部下の希望者に『戦争史大観』を説明したい気持になり、年末年始の休みに要旨を書くつもりであったが果さなかった。正月に入って主として出張先の宿屋で書きつづけ二月十二日辛うじて脱稿した」[*17]という文章を『戦争史大観』序文として書いた。同年七月に『戦争史大観』を出版したもののすぐに出版差し止めとなる。

楠山正雄は、昭和一七年に『世界名作家庭文庫』第一二巻として『青い鳥』の翻訳を主婦之友社から出版する。「昭和十六年の紀元節の日」という日付のある「『青い鳥』訳者序」を次のように結んだ――「メーテルリンク氏は、西暦で一八六二年八月の生れですから、今年はもう八十歳の老人です。ベルギー帝国では第一の国民詩人とたふとばれて、侯爵の位までもらつた人ですが、こんどの大戦で、国をのがれて、外国へ浪々の旅をつづけてゐます。でも、そんな老年になつてさういふ目にあふのは気の毒だ、といつて同情する人があつたとしても、この老詩人は、にこにこ笑つていふでせう、『なあに、青い鳥はどこへ行つても窓の下でうたつてゐますよ。』と」。

宮本百合子は、「ある回想から」[*18]において、次に引用するように、昭和一六年を振り返っている。

一九三二年の春から一九四五年十月までの十三年間に、日本の一作家たる私が、ともかく書いたものを発表できたのは、三年九ヵ月ほどであった。あとの九年という歳月は、拘禁生活か、あるいは十三年度の一年半、十六年一月から治安維持法撤廃までの執筆禁止の長い期間にあたっている。

公衆の面前で、一定の人間を、これでもか、これでもか、というふうにあつかったことは、直接そういう目にあうものを極度に苦しめたばかりでなく、ある距離をもってそのぐるりをかこみ、その光景を目撃している、より多数の、より不安定な条件におかれているものの精神を毒することはおびただしかった。文学の領域において、作家の敏感性や個人主義の傾向は、この点で十二分に利用された。一九四一年（昭和十六年）の一月から、また、幾人かの作家・評論家が執筆禁止になった。三年前は、主として内務省がその仕事をやったものであったが、四一年には、情報局がこの抑圧の中心になった。噂では、けがらわしいリスト調製に無関係ではないと話される作家さえもあった。

宮本百合子にとって、「十六年一月から治安維持法撤廃まで」、「情報局がこの抑圧の中心になった」という時期は、骨の髄までの恨みを残す時代でもあったのだ。

5

以上のような状況を考え合わせると、雑誌『文芸文化』は比較的恵まれた出版事情のもとにあったことがわかる。小田切秀雄が「戦争中の日本の体制がわが奉じまた強制した超国家主義・天皇主義・伝統主義（というより伝統拝跪主義）のゆえに、もともと〝国学〟系または神道系の多かった日本文学研究者は、戦時下に優遇され、おし出され、なかにはわが世の春が来たようにふるまう手合いまであった」と述べているが、小田切の中では、おそらく雑誌『文芸文化』も「戦時下に優遇され、おし出され」たものの中にはいっていたであろう。[*19]

ただ、雑誌『文芸文化』が「伝統拝跪主義」的であったかというと、すくなくとも昭和一六年時点での『文芸文化』についてはそのように断定できるわけでもない。すでにナショナリストの容貌を見せていた蓮田善明がいたし、保田與重郎も寄稿者の一人ではあったが、両者とも反時代的な要素を合わせもっていた。両者とも、批判されるべき点が多々あるが、単純な軍国主義者でもなかったし、体制に対して狡猾な功利主義者でもなかった。他の寄稿者のなかには時局迎合的な要素を持つものはもちろんあったが、雑誌そのものは基本的には国文学の学術的色彩を残していた。清水文雄による「能因法師伝」連載は実証的であろうとする姿勢を保っていたし、松尾聰による「平安朝散失物語攷」が毎号のように連載されていて研究テーマそのものによる時局からの韜晦ないし逃避を示してもいた。

三島由紀夫がこの雑誌に参加することが可能であったのもそのようなことがあってのことであろう。三島由紀夫『私の遍歴時代』(講談社、一九六四年)では、雑誌『文芸文化』について、「戦争中のこちたき指導者理論や国家総力戦の功利的な目的意識から、あえかな日本の古典美を守る城砦であった」と述べられている。彼の回想にはおそらく常に二重の意味がつきまとうのであるが、軍国主義者ではなかった三島のように才能に溢れた青少年が、時局に左右されず自由にその才能を発揮することができる言説空間は、すでに閉ざされていたのであり、選択肢としてわずかに残されたのが、例えば「文芸文化一派の所謂『国学』」であった。「国学」の色彩をもっとも強めていたのは、『文芸文化』同人四名のなかでは、本居宣長への傾倒を深めていた蓮田善明である。「文芸文化一派の所謂『国学』」は清水文雄のことを指しているのではない。

蓮田善明は、三島由起夫をひたすら賞賛した。そのことの意味は、三島由起夫のなかで何度か変容していくのであろう。

注

1 混濁した文体の中に時折鋭い分析も混在するというのが、蓮田善明の特徴である。
インターネット版「松岡正剛の千夜千冊」の第九百九十二夜、「小林秀雄『本居宣長』」（二〇〇四年六月一八日）のページにおいて、松岡正剛は、「宣長には、情というものについて、『はかなく児女子のやうなるもの』が本来のものだという確信があった。この確信が画期的だった。（中略）こういうことをさっと気がつくのは、どちらかといえば蓮田善明や吉川幸次郎や中島誠だった」と述べている。

また、名木橋忠大「本歌取り論の近代」（『文学部紀要　言語・文学・文化』第二五四巻第一一五号、中央大学文学部、二〇一五年）においては、明治以降の本歌取り論を俯瞰し、「蓮田には神話の現代への再生が企図される積極的態度が強調されている」とし、まとめとして次のように述べている。

近代において本歌取りは進歩史観の影響下、古歌へ頼らざるを得ない技法として、思想の枯渇化、尚古の余弊として捉えられ、昭和一〇年に至るまでは古への回帰自体が排斥される。しかし古と今を等価一元的に捉える国体思想が跋扈する機運の中、古回帰の価値は上昇し、保田與重郎のような歴史の悠久に没入する詠作者の主体性が捨象された本歌取りの論理が齎された。その一方、「根源への自覚の態度」から積極的に古典世界に参入し、「新しい構成の息吹き」を構成していく詠作者の主体的態度を見る蓮田善明他の論が展開され、現在の本歌取り論の原形が象られていく。

2 三島由紀夫『師・清水文雄への手紙』（新潮社、二〇〇三年）

3 注2に同じ

4 『ヴァルター・ベンヤミン著作集』第一巻（高原宏平訳、晶文社、一九六九年）

5 『ヴァルター・ベンヤミン著作集』第六巻（円子修平訳、晶文社、一九七五年）

6　注5に同じ

7　注5に同じ

8　『失われた時を求めて〈1〉』第一篇「スワン家のほうへ　1」（高遠弘美訳、光文社、二〇一〇年）

9　注8に同じ

10　注5に同じ

11　注5に同じ

12　注5に同じ

13　注5に同じ

14　『体験と創作』は、佐々木政一訳『詩と体験』（モナス、一九三三年）として出版されている。

15　太宰治「風の便り」は、『文学界』一九四一年一一月号、『文芸』一九四一年一一月号、『新潮』一九四一年一二月号に分載された後、一九四二年発行の短編集『風の便り』（利根書房）に収録された。

16　『青眉抄』所収（三彩新社、一九八六年）

17　『最終戦争論・戦争史大観』（中公文庫、一九九三年）

18　『宮本百合子全集』第一三巻（新日本出版社、一九七九年）

19　『私の見た昭和の思想と文学の五十年』上巻（集英社、一九八八年）

執筆者紹介（執筆順）

五味渕　典嗣（ごみぶち　のりつぐ）。大妻女子大学准教授。著書として、『言葉を食べる　谷崎潤一郎、一九二〇～一九三一』（世織書房、二〇〇九年）、『谷崎潤一郎読本』（共編、翰林書房、二〇一六年）など。論文として、「テクストという名の戦場――金史良『郷愁』の言語戦略――」（『日本文学』64巻11号、日本文学協会、二〇一五年一一月）など。

浦田　義和（うらた　よしかず）。久留米大学教授。著書として、『太宰治――制度・自由・悲劇』（法政大学出版局、一九八六年）、『占領と文学』（法政大学出版局、二〇〇七年）、詩集『日々割れ』（詩人名　うらいちら）（あすら舎、二〇一七年）など。

野坂　昭雄（のさか　あきお）。山口大学准教授。共著として、『近代の夢と知性』（翰林書房、二〇〇〇年）、共訳書として、ジョン・トリート『グラウンド・ゼロを書く』（法政大学出版局、二〇一〇年）。論文として、「戦争詩の視覚性に関する試論――丸山薫の作品を手掛かりに――」（『近代文学論集』四〇号、二〇一五年二月）など。

中野　貴文（なかの　たかふみ）。東京女子大学准教授。著書として、『大学生のための文学レッスン　古典編』（共編、三省堂、二〇一〇年）など。論文として、「『徒然草』が依拠するもの」（『国語と国文学』、二〇一二年五月）など。

五島　慶一（ごとう　けいいち）。熊本県立大学准教授。共編著（部分）として、『芥川龍之介ハンドブック』（庄司達也編、鼎書房、二〇一五年）。論文として、「「あの頃の自分の事」論」（『藝文研究』第１０９号第一分冊、慶應義塾大学藝文学会、二〇一五年一二月）、「対米開戦前夜の『少年倶楽部』と読者たち」（『近代文学合同研究会論集』第3号、近代文学合同研究会、二〇〇六年一二月）など。

茂木　謙之介（もてぎ　けんのすけ）。日本学術振興会特別研究員。著書として、『表象としての皇族　メディアにみる地域社会の皇室像』（吉川弘文館、二〇一七年）、編著として、『怪異とは誰か』（一柳廣孝監修、青弓社、二〇一六年）など。論文として、「戦前期地域社会における皇族表象——埼玉県秩父地方における秩父宮をめぐる諸言説の検討から——」（『研究紀要』第一巻第六号、頸城野郷土資料室学術研究部、二〇一六年）など。

河田　和子（かわだ　かずこ）。元尚絅大学准教授。現在、九州大学大学院比較社会文化研究院特別研究者。著書として、『戦時下の文学と〈日本的なもの〉——横光利一と保田與重郎——』（花書院、二〇〇九年）。論文として、「戦時下の朝鮮・大陸への旅と「世界交通路」——保田與重郎の『蒙疆』——」（『近代文学論集』36号、日本近代文学会九州支部、二〇一〇年一一月）、「横光利一におけるヨーロッパ認識と〈スペイン動乱〉の影響」（『横光利一研究』14号、横光利一文学会、二〇一六年三月）など。

河野　龍也（こうの　たつや）。実践女子大学准教授。編著として、『佐藤春夫読本』（勉誠出版、二〇一五年）。論文として、「佐藤春夫「女誡扇綺譚」論——或る〈下婢〉の死まで」（『日本近代文学』、日本近代文学会、二〇〇六年一一月）、「言語体験としての旅——佐藤春夫の「台湾もの」における「越境」」（『跨境：日本語文学研究』、二〇一六年六月）など。

原　善（はら　ぜん）。元武蔵野大学教授。著書として、『〈新鋭研究叢書10〉川端康成の魔界』（有精堂、一九八七年）、『秦恒平の文学——夢のまた夢——』（右文書院、一九九四年）、『川端康成——その遠近法』（大修館書店、一九九九年）など。

坂元　昌樹（さかもと　まさき）。熊本大学准教授。著書として、『漱石文学の水脈』（共編著、思文閣出版、二〇一〇年）、『越境する漱石文学』（共編著、思文閣出版、二〇一一年）、『ハーンのまなざし』（共編著、熊本出版文化会館、二〇一二年）など。

奥山　文幸（おくやま　ふみゆき）。熊本学園大学教授。著書として、『宮沢賢治『春と修羅』論　言語と映像』（双文社出版、一九九七年）、『宮沢賢治論　幻想への階梯』（蒼丘書林、二〇一四年）、『幻想のモナドロジー　日本近代文学試論』（翰林書房、二〇一五年）など。

蓮田善明論
戦時下の国文学者と〈知〉の行方

発行日	2017年 9 月20日　初版第一刷
編　者	奥山文幸
発行人	今井　肇
発行所	翰林書房
	〒151-0071 東京都渋谷区本町1-4-16
	電 話　(03) 6278-0633
	FAX　(03) 6278-0634
	http://www.kanrin.co.jp/
	Eメール●Kanrin@nifty.com
装　釘	須藤康子＋島津デザイン事務所
印刷・製本	メデューム

落丁・乱丁本はお取替えいたします

ISBN978-4-87737-415-0